KB244130

드래곤
킹덤

BBULMEDIA FANTASY STORY

드래곤
킹덤

BBULMEDIA FANTASY STORY

5

공작, 로인의 이름
〈완결〉

SWORD OF DRAGON LOAD

강유 판타지 장편 소설

뿔미디어

드래곤킹덤
SWORD OF DRAGON LOAD 5권 공작, 로인의 이름 〈완결〉

1판 1쇄 찍음 2007년 4월 7일
1판 1쇄 펴냄 2007년 4월 10일

지은이 | 강 유
펴낸이 | 정 필
펴낸곳 | 도서출판 뿔미디어

출판등록 | 2002년 9월 11일 (제1081-1-132호)
주소 | 부천시 원미구 심곡2동 163-2 3층 (우)420-822
전화 | 032)651-6513,6092,6093 / 팩시밀리 032)651-6094
E-mail | BBULMEDIA@paran.com

값 8,000원

ISBN 978-89-5849-449-2 04810
ISBN 978-89-5849-365-5 04810 (세트)

제5권

공작, 로인의 이름

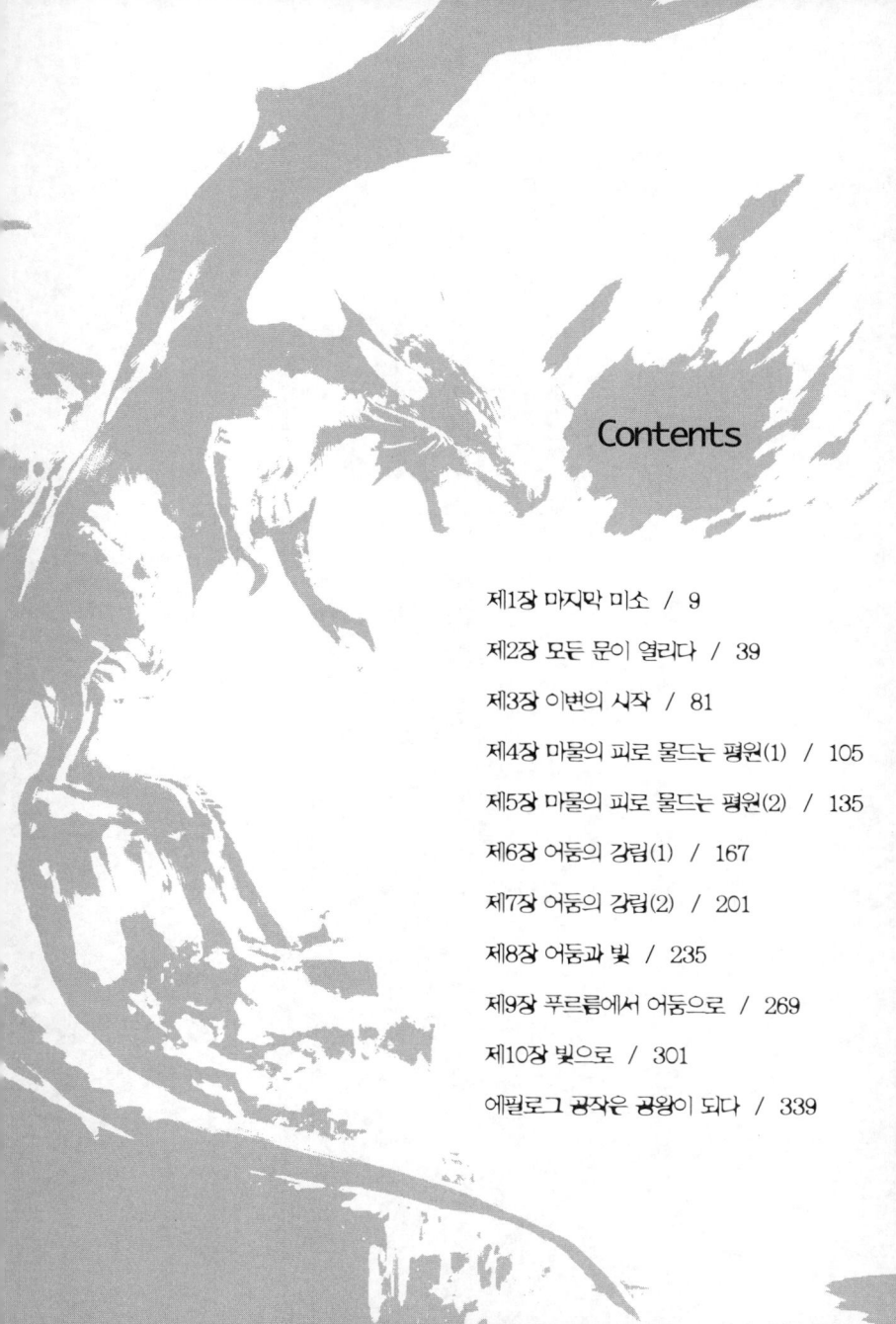

Contents

SWORD OF
DRAGONLOAD

제1장

마지막 미소

내성의 거리는 을씨년스러웠다.

귀족들의 저택 외벽은 깨끗하게 물로 닦여 있었고, 정원 화초들은 다시 단정하게 잎을 나부끼고 있었다. 열어 놓은 창문으로는 레이스와 화려한 금테를 두른 커튼이 살짝 손을 흔들 듯 나부끼고 있다.

그런데도, 더할 나위 없이 고요했다.

모두가 숨을 죽인 채 눈치만 보고 있었다. 거리로 나서는 귀족들은 없었고, 간혹 지나가는 이들은 완전무장한 채 긴장한 기사들 정도였다.

비록 저택마다 뿌려진 피와 비명은 이미 흔적을 찾아볼 수는 없으나 아직 공기 중에는 그 잔재가 남아 있었다. 엘프가 나무들이 죽으며 지르는 비명을 들을 수 있는 것처럼 지금 내성 사람들 역시 그런 소리를 들을 수 있었다.

이웃 저택의 귀족들이 죽는 소리. 피와 비명으로 가득 찬 미친 축제!

재주껏 내성을 빠져나간 귀족들도 간간이 있었다. 하지만 그건 정말 극소수였다.

그 중심에 있는 황궁에는 삼엄한 경계가 펼쳐졌다. 들어가는 사람도 없었고, 심지어 식량 등의 필수품들조차 드나들지 않았다.

말 그대로 황궁의 문은 닫혀 있었다. 그 누구에게도 열리지 않을 듯, 천년만년 이대로 잠들어 버릴 듯싶었다.

지금 이 시점에서 황궁 문을 열 수 있는 사람은 딱 한 사람뿐이었다. 바로 그 황궁을 그토록 삼엄하게 걸어 잠근 당사자.

밀테이너 공작.

그러나 그는 머나먼 로인의 땅 위에서 시체조차 찾아 낼 수 없는 신세였다. 세 가지 언령이 서로 충돌해서 로인의 땅을 갈기갈기 찢어 버린 그 가운데 휩쓸려 버린 것이었다. 그것은 황제의 군대 삼만 역시 다를 바가 없었다.

그러한 상황을 알지 못하는 황궁은 굶주림과 고통에 시달리고 있었다. 제국의 황궁은 겨우 먹을 것이 없어 죽어 가고 있었던 것이다.

그런 내성 거리에 두 개의 그림자가 나타났다.

둘은 허공에서 솟아난 듯 그 자리에 서 있었다. 로인 공작의 저택 담장에 기대선 모습은 한가하게 산책을 나선 사람들 같았다.

사벤은 한참이나 느긋하니 로인의 저택을 바라보았다. 그는 얼굴 가득 미소를 지었다. 방금 아들 혹은 딸이라도 얻은 팔푼이 아빠와 같은 표정이었다.

그 자세한 상황들을 아는 사람이 그 표정을 봤다면 아마 기절하거나 이를 갈았으리라.

가장 강력한 공작인 로인이 황제를 절대적으로 수호하도록 결정되어졌던 첫 번째 맹약……

그것을 파괴해 버린 자의 목적은 대체 무엇이란 말인가?

사벤은 로인 공작 저택을 보고, 이어 자신의 한 손에 매달려 있는 황제를 바라보았다.

헤첸 4세는 입을 헤벌린 채 넋이 나가 있었다. 사벤은 그의 목덜미를 들어, 귀를 가까이 끌어당긴 채 소곤소곤 말했다.

"잘 보아 두어라. 이 저택이 어떤 의미를 지녔었는지. 너와 네 멍청한 조상들이 밀테이너와 다른 공작들의 간교한 말에 빠져 가장 충성스럽고 절대 너를 해치지 못할 네 최후의 보루를 너 스스로의 손으로 잘라 내 버렸다는 것을, 다시 한 번 네 두 눈으로 이 저택을 똑똑히 보아 두란 말이다."

"지, 짐은……. 짐은……."

헤첸 4세는 덜덜 떨기만 했다. 그의 얼굴에 눈물이 콧물과 뒤엉켜 주르륵 흘러내렸다.

사벤은 코웃음을 치며 그의 목덜미를 팽개쳤다. 그리고는 불쾌하다는 듯 손을 옷에 문질러 닦았다.

"어차피 상관없다. 가장 중요한 축제의 대미가 남아 있으니까."

사벤은 웃음을 터뜨리고는 손가락으로 허공에 글씨를 휘갈겼다. 두 사람은 이내 모습을 감췄다.

두 사람이 다시 나타난 곳은 황궁이었다.

황궁 내실 안으로 향하는 통로에 서 있었다.

보통 때라면 기사단이 쭉 늘어서 있던 장소이자, 시종들과 시녀들이 대기하고 있는 그런 장소였다. 즉, 가장 삼엄하게 경계를 서고 가장 엄숙한 장소 중 한 곳이었다.

하지만 지금은 그렇지 않았다. 기사단은 없었지만 통로를 막은 겹겹의 문은 굳게 닫힌 채였고 며칠이나 사람이 드나들지 않은 듯 공기가 싸늘했다.

사벤은 그곳을 보고는 기분이 좋아진 듯 나지막한 웃음을 흘렸다.

"다른 왕국들이 몇 대를 거듭해 서로의 정권을 놓고 부침을 거듭했지. 이제껏 너희는 그 위에서 다른 왕국들을 발아래 내리깔고는 웃곤 했어. 그런데 말야, 이 제국이 몇백 년을 버틴 이유가 뭐라고 생각하는가? 응, 헤첸 4세 황제 폐하?"

"……지, 짐은……."

"그래! 바로 정답이야! 로인 공작이었어!"

사벤은 헤첸 4세의 말문을 가로막고는 껄껄 웃었다. 그는 한 손을 들어 꽉 닫힌 문을 가리켰다.

그의 손가락이 약간 꿈틀거린 것만으로도 허공에 한 줄기 희미한 글씨가 그려졌다. 그리고 그것은 문으로 확대되어 날아가는 듯하더니 이내 폭발했다.

그 안에는 몇 명의 병사가 서 있었던 모양이었다.

"으악!"

비명소리가 들렸지만 그 뒤에서 살아남은 사람은 없었다. 오직 사벤의 주변으로만 반투명한 결계가 펼쳐져 있었다.

사벤은 헤첸을 끌고 안으로 들어갔다.

두 사람은 시체들 사이를 헤치고 내궁으로 향했다. 시체를 바라보는 헤첸 4세의 표정은 더욱더 창백해져서, 아예 투명해질 지경이었다.

마침내 내실, 황제의 개인 거실에 이르자 사벤은 주변을 두리번거렸다. 그러면서 그는 황제를 소파 위로 던졌다.

"당신을 보호하던 힘이라고 착각했겠지? 게다가 외부에서는 절대 제국을 넘볼 수 없는 힘이었지! 하지만 그걸 스스로의 손으로 깨부수는 멍청한 황제가 나오기까지 우리 종족은 그 얼마나 긴 시간 동안 울부짖었는지 알고 있는가? 하긴, 알 리가 없지. 제국의 운영이 얼마나 벅차고 얼마나 힘겨운 것인지 네 녀석이 전혀 알 리가 없지."

마침내 사벤은 고개를 흔들었다. 그리곤 황제의 앞에 우뚝 서서는 명령했다.

"불러내."

이제껏 황제가 누구의 명령을 들어 본 적이 있겠는가.

헤첸 4세는 눈만 꿈뻑거리며, 그 말에 어떻게 대응해야 할지 알지 못했다.

"……?"

사벤이 눈치 없는 황제를 향해 짜증을 확 담아 외쳤다.

"네 핏줄들! 모조리 불러내란 말이다!"

"그, 그건……!"

혜첸 4세는 마침내 사벤이 요구하는 뜻을 알아챘다.

사벤은 가족들을 요구하는 것이다. 황제의 가족들을 한번 만나 보겠다는 뜻일 리가 없다. 모조리 죽이겠다는 그의 앞에 어떤 아비이자 지아비, 그 이전에 한 제국을 다스린 황제가 가족들을 순순히 불러낼까!

혜첸 4세의 얼굴이 창백해졌다. 겁에 질려 몸을 달달 떠는 모습에서 그의 심정을 잘 알 수가 있었다.

사벤은 그가 순순히 가족들을 불러낼 것이라 생각했다. 때문에 황제가 고개를 절레절레 흔들었을 때, 약간 놀라기도 했고 화가 나기도 했다.

물론 혜첸 4세는 입을 제대로 열지도 못했다. 그는 은연중에 자신의 몸을 보호하던 기운이 사라진 데서 온 충격과 먼 길을 순식간에 이동한 데서 비롯된 충격, 그리고 지금 이 사태에서 오는 충격에 말을 아예 잊어버린 듯했다.

그런데도 가족을 내주지 않으려는 이유는 하나였다.

황제의 가족들을 죽인 자가 황제라고 살려 둘까? 가족들을 찾는다면 뭔가 이유가 있을 것이다. 그렇다면 그들을 찾아낼 때까지 자신을 죽이지 않는 이유도 있을 것이다.

즉, 가족을 보호하고자 하는 목적보다는 자신이 죽지 않으려는 안간힘에 불과했던 것이다.

사벤이 그런 속내를 읽어 내지 못할 리가 없었다. 그는 짜증스런 표정으로 황제를 바라보았다.

"제길, 문령의 제한만 아니면 네 녀석의 마음 따위 얼마든지 바꿔 놓겠지만……. 귀찮군."

사벤은 방 안을 둘러보았다.

"이프로스, 들어와라!"

그가 허공에 대고 외치고 잠시 후.

이프로스가 모습을 드러냈다. 아직 한 손에는 찢어진 문령서가 들려 있었다. 이프로스는 곧 그것을 버리고 사벤 앞에 정중히 무릎을 꿇었다.

"부르셨습니까, 스승님."

"황제가 입을 열지 않는다. 그의 식솔들을 모조리 찾아내라."

"알겠습니다. 하지만……."

이프로스는 잠시 머뭇거렸다. 사벤은 일이 자꾸만 지연되는 것이 못마땅한 듯 그를 노려보았다.

그러나 나중에 경을 치느니 미리 사실을 말하는 편이 좋다고 생각한 이프로스는 얼른 말을 이었다.

"저는 황태자의 얼굴을 정확히 알지 못합니다, 스승님."

"왜 모르느냐?"

사벤의 목소리가 차갑게 가라앉았다.

"황제는 물론, 밀테이너 역시 황태자를 있는 존재로 생각하지 않았습니다. 만날 기회를 만들 수가 없었습니다."

"그것도 그렇군. 좋아, 종이를 넉넉히 가져오거라."

이프로스가 품속에서 종이 한 다발을 꺼냈다. 이어 그가 품속에서 작은 종이를 꺼내려 하자 사벤은 피식 웃었다.

"그것까지 필요할 것 같느냐?"

"옛······?"

이프로스는 가볍게 당황했다. 그러나 그는 눈치가 빨랐고, 곧 사벤이 전혀 새로운 경지에 올랐음을 깨달았다.

사벤은 거만하게 한 손을 들어 종이 위에 대고는 가볍게 휘둘렀다.

신기한 일이었다. 그가 손가락을 가볍게 휘날린 것뿐인데도 종이 위에는 희미하게 글자 하나가 나타난 것이다.

아마 지금 사벤 알 미네드는 역대 문령술사 중 가장 강할지도 모른다. 이제는 의지만으로도 문자의 언령을 마음껏 다룰 수 있었다.

종이가 없어도 허공에 문령을 지시할 수 있으니 용언 못지않았다. 오히려 음험하고 소리 없이 발동하며 종이라는 제약에서조차 벗어난 문령은 용언보다 강할지도 몰랐다.

이프로스는 최상의 존경심을 담아 스승을 바라보았다.

사벤은 단지 손가락을 한 번 놀렸을 뿐인데, 종이 전체에 같은 글씨가 나타나 있었다. 사벤은 그것을 이프로스에게 넘겼다.

"이것을 들고 방마다 찾아보거라. 혹시 경비병들이 남아 있을지도 모르니까 주의하도록 하고."

"알겠습니다. 반드시 찾겠습니다."

이프로스가 종이를 들고 옆방으로 향하는 사이, 사벤은 거실 안을 둘러보며 간단하게 손가락을 놀렸다.

"비밀 공간은 모두 내 앞에 열려라."

사벤은 장난스럽게 중얼거리면서 황제를 바라보았다. 황제의 얼굴은 완전히 창백해진 상태였다.

금빛 문령이 허공으로 스며든 후, 거실 안에 감춰져 있던 세 군데의 비밀통로가 정체를 드러낸 것이었다. 액자 뒤, 책장 뒤, 그리고 천장의 등과 연결된 비밀통로가 각기 모습을 드러냈다.

누가 안에서 연 것처럼 그렇게 열린 문들을 보며 사벤은 고개를 흔들었다.

"역시, 비밀통로가 많군. 언제든 도망칠 수 있도록 말야. 물론 단한 번도 그런 목적으로 쓰인 건 아니겠지만. 안 그런가, 전 황제여?"

사벤은 이어 다시 문령을 날렸다. 그 통로 안에 숨은 인기척이 있는지 찾아내기 위한 것으로 몇 개의 문자를 날렸지만 별 반응이 없자 사벤은 소파에 걸터앉았다.

그 자세가 얼마나 오만방자한지 누가 들어와서 발견했다면 바로그가 황제라고 생각할 정도였다.

한참이나 시간이 흐른 후, 헤첸 4세가 비로소 용기를 냈다.

"지, 짐은……."

그러나 그 용기는 전혀 쓸모없는 것이었다. 사벤은 자신이 말을 줄줄 늘어놓는 것을 들어줄 상대로 황제를 필요로 할 뿐이었으니까.

"너는 이미 황제가 아니다. 너를 보호하는 당사자가 너를 황제의 직위에서 폐지했으니까! 크하하하하핫!'

이어 사벤은 황제를 바라보았다.

황제는 그 눈과 마주친 순간, 몸이 굳었다. 그 눈은 마치 가장 강한 독을 품은 뱀과도 같았다.

사벤은 그런 눈으로 황제를 한참이나 내려다보다가 피식 웃고는 중얼거렸다.

"그리하여 네 자손만 모두 죽인다면 모든 결계는 해제된다."

"겨, 결계?"

황제는 부지불식간에 묻고는 황급히 입을 다물었다.

사벤은 더 이상 그에게 말을 걸지 않았고, 황제도 그의 눈치를 보느라 입을 다물고 있었다.

그렇게 정적 속에 한동안 시간이 흘렀다.

마침내 복도 끝에서부터 황급히 뛰어오는 소리가 들렸다.

"스승님─! 찾았습니다!"

사벤이 자리에서 벌떡 일어났다. 그의 눈에는 마침내 종족의 열망을 이룰 수 있게 됐다는 데서 비롯된 흥분의 광기가 감돌고 있었다.

황제는 그 틈이 자신의 목숨을 걸고 탈주할 수 있는 마지막 기회라 여긴 모양이었다. 사벤이 일어남과 동시에 황제는 눈치를 보고 가장 가까운 통로를 향해 몸을 던졌다.

"쓸데없는 짓을!"

사벤은 차분한 목소리로 외치며 문령을 날렸다. 허공에서 글자가 천천히 떠오르더니 이내 헤첸 4세의 등을 덮쳤다.

"크헉─!"

헤첸 4세는 온몸이 비틀리는 기묘한 느낌에 비명을 질렀다. 그렇게 큰 고통은 없었지만, 제 몸이 의지와 반대로 억지로 꿈틀거리는 것은 결코 유쾌한 경험이 아니었다.

황제의 두 팔은 마치 억지로 뒤에서 잡아 돌리는 것처럼 어깨 뒤로 넘어가 있었고 다리도 서로 꼬여 있었다. 그 절대적인 언령을 이겨 낼 정도로 황제에게는 강한 힘이 없었다.

"……크……학!"

마침내 황제는 자기의 의지에 따른 것처럼 사벤의 뒤쪽으로 부들거리며 걸어왔다.

사벤은 이프로스의 뒤를 따라 문가로 향하며 다시 황제 쪽을 향해 가볍게 손가락을 튕겼다.

그러자 황제의 두 다리는 그 몸의 주인인 황제의 의지를 무시한 채 사벤의 뒤를 따라 걷기 시작했다.

마치 춤을 추듯 쉴 새 없이, 어떻게 해서든 죽음을 피하고자 하는 황제의 몸놀림은 줄이 꼬인 마리오네트처럼 제멋대로 기괴하게 꿈틀거렸다.

가장 앞장선 이프로스, 그리고 사벤. 그 뒤를 따라가는 인형과 같은 모습의 헤첸 4세.

헤첸 4세는 쉴 새 없이 눈물을 흘리며 주변을 둘러보았다. 자신을 구해 줄 누군가를 그리며……! 단 한 사람의 기사단도 없는 이곳이, 단 한 사람의 마법사도 없는 이곳이 정말 그가 평생을 보장받았던 란펜의 황궁이 맞단 말인가!

헤첸 4세는 부정할 수 없었다. 그는 지금 폐에 들어찬 공기를 다 내뱉듯이 부르고 싶은 단 한 사람이 있었다.

'로인 공작……!'

두려울 정도로 똑바로 황제를 바라보던 눈빛. 자신도 겁내지 않고, 오직 강하게 빛나는 그 눈빛……!

'짐이…… 짐이 잘못했도다! 로인 공작……!'

마음속으로 쉴 새 없이 그를 부르고 살려 달라 외치며, 그렇게 황제는 계속 눈물로 호소하고 있었지만 그 소리를 듣는 사람은 아무도 없었다.

기묘한 조합의 세 사람은 황궁의 가장 안전한 곳을 가로질러 더 깊숙한 안실로 들어갔다.

별궁으로 향하는 작은 정원을 가로질러 들어가며 사벤은 고개를 끄덕였다. 사실상 그 역시 대외적으로는 '자작'이며 '역사학자'에 불과했기 때문에 이렇게 황궁의 깊숙한 곳까지 들어온 적은 없었다.

그러나 대충 이곳이 어떤 곳인지는 알고 있었다.

바로 태후의 별궁. 그녀가 은거한 곳이지만, 사실상 그녀는 황태자의 보호자였다. 황태자가 숨는다면 달리 어디에 있겠는가?

이프로스는 그를 태후의 침실로 데리고 갔다. 평상시라면 황제는 물론 남자 근위기사들도 멋대로 드나들지 못하는 금남(禁男)의 장소였지만, 이프로스와 사벤은 전혀 개의치 않고 그 장소로 들어갔다.

방을 차지한 거대한 침대 위에는 노부인이 소년을 껴안은 채 앉아 있었다. 방의 한쪽에는 벽난로가 있었는데, 벽난로 뒤로는 거대한 공간이 있었다.

사벤은 호기심 어린 눈빛으로 그 안을 힐끗 들여다보았다. 그 안에는 간단한 방이 몇 개 더 있었고, 음료수와 음식 같은 것들도 살짝 엿보였다.

"몇 년은 버틸 수 있었겠군. 멀리 가지 않아서 다행이야."

"나의 의지 없이는 절대 열리지 않는 공간이었다. 대체…… 그대들은 누구인가?"

태후는 침착하게 물었지만, 그들의 뒤쪽에 따라온 황제를 본 순간 눈을 크게 떴다.

"어, 어마마마!"

태후는 아무런 말도 하지 않았다. 대신 그녀는 품 안에 있는 황태자를 품에 꼭 안았다. 소년의 얼굴을 자신의 가슴과 팔로 완전히 가려서 지금이 어떤 상황인지 전혀 알지 못하게 하려는 듯했다.

"아들보다 손자가 더 귀하시다는 건가?"

사벤의 비웃음에도 그녀는 대꾸하지 않았다.

"어디, 문령술사 일족의 최고 우두머리인 사벤 알 미네드가 황태자 저하의 얼굴을 좀 봅시다."

"그렇군. 네 술법이 아무래도 들어 본 것이라 했다."

태후는 그제야 입을 열었다. 두려움을 억누르려 했지만, 그래도 목소리가 떨리는 것을 보니 이 장소에서는 절대 들키지 않으리라 확신했던 모양이었다.

사벤은 그 떨리는 태후의 목소리를 즐겼다. 그가 전해 들은 황태후는 그 누구보다 당당해서 실질적인 황제로 군림하던 여인이었다.
그런 여인이 자신의 앞에서 두려워하고 있는 것이었다!

"호? 그래도 대단하시군. 문령에 대해 들어 보셨다?"

"로인 공작 가문의 이야기를 한때 숱하게 공부했으니까. 그 가문
에는 용언이 있고, 인간에게는 문령……."

"닥쳐!"

태후가 이야기를 끝내기도 전에 사벤이 손을 휘갈겼다.

찰싹!

사벤은 불쾌한 표정으로 태후를 노려보았다.

태후는 의외로 놀라지는 않은 모양이었다. 고통 때문에 잠시 양
손바닥으로 얼굴을 누르고 있을 뿐이었다.

품 안의 소년이 깜짝 놀라서 그녀의 품으로 더 파고들 뿐 막상 당
사자인 태후는 아무런 분노도 드러내지 않았다.

대신, 그녀의 얼굴에는 씁쓸함이 감돌았다.

"그렇군. 로인 공작이 너에게는 불쾌함을 주는 것이냐?"

"닥치라고 했다!"

사벤이 다시 외쳤다.

그러는 사이, 태후는 자신의 두려움을 억눌렀다. 이미 몇 번이나
독살의 위기를 헤치고 몇 년이나 섭정의 위치에서 밀테이너 공작을
억눌러 왔던 그녀였다.

사벤의 술법이 문령이라는 것을 알게 되자 한결 기분이 나아졌
다. 물론 그것이 용언에 버금가는, 인간의 절대 신성력 중 하나라는

것을 알고 있지만 그래도 그녀에게는 믿는 구석이 있었던 것이다.

그것을 위해서라도 그녀는 좀 더 담대해져야 할 필요가 있었다.

"밀테이너 공작은 어디에 있는가?"

사벤은 그녀의 눈빛이 차분하게 가라앉은 것을 깨달았다.

'과연 듣던 대로군. 여걸이야.'

"그는 왜 찾지?"

"우선 내가 이 상황에서 의문이 드는 건…… 너는 과연 누구 편이냐? 밀테이너 공작의 편이라면, 이런 식으로 황궁을 폐문하지는 않았을 텐데."

그 말에 사벤은 고개를 끄덕였다. 그리고는 황제를 힐끔 바라보았다.

"어떻게 된 거지? 오히려 이쪽이 더 말이 통하는 것 같은데. 저녀석 정말 당신 아들이 맞는가?"

"……밀테이너 공작은 어디에 있는가?"

"글쎄. 어떻게 된 건지, 죽지 않았으면 이겼을 테지만 상대가 로인이라서 말이지."

자신이 떠난 직후의 일을 사벤은 정확하게 알지 못했다. 그러나 그는 계산할 수 있었다. 밀테이너는 틀림없이 자존심을 걸고 끝까지, 죽을 때까지 싸웠을 것이다.

태후도 고개를 끄덕였다. 드래곤이 돕는 로인을 이긴다는 것은 불가능하다.

"그렇다면 역시 그대는 동방의 숨겨진 첩자……인가?"

"허헛, 그렇지."

사벤은 고개를 끄덕였다. 태후는 이마를 찡그렸다.

그동안 동방제국과의 연결은 거의 끊겼다. 워낙 거리가 서로 멀기 때문이었다. 물자가 자주 오가는 것도 아니요, 중간은 사막지대로 서로 탐낼 만한 땅이 아니었다.

태후는 머릿속으로 동방제국에 대해 아는 것을 간략하게 떠올리며 미간을 살짝 찌푸렸다.

"그렇군. 동방제국은 또다시 탐욕의 대가를 치르겠군."

사벤은 순간 두 눈을 부릅떴다.

그는 당장 태후의 목을 몸과 분리해, 세상에서 가장 끔찍한 공포를 맛보게 해 주고 싶었다. 온몸의 살과 뼈가 분리되는 것을 스스로의 눈으로 보게 하는 것이다.

그러나 그는 간신히 그런 충동을 억눌렀다.

"아니, 이번에 우리는 지지 않는다. 지난 세월 동안 우리가 무슨 일을 겪었는지 알고나 있는 건가? 우리가 지금 침략의 야욕을 갖고 있다고 생각하는 건 그야말로 너희 배부른 자들이 제멋대로 만들어 낸 명분에 불과하지. 우리에게 이 서방의 땅은 생존의 의미를 지니고 있다."

"짐작해 볼까? 그때 너희 일족 중 일부는 마물을 거느리고 쳐들어왔다. 하지만 드래곤의 힘을 입은 제국에 지고 말았고, 그때 마물들이 너희를 역습한 거겠지."

태후의 말에 사벤은 무거운 표정으로 고개를 끄덕였다.

"오크 따위는 몬스터가 아닌 유사인종인데도, 너희는 겨우 그 정도에 꺅꺅거리지. 너희의 배부른 투정을 참고 듣느라 그동안 역겨웠다. 당장 너희를 다 죽이고 싶었어!"

사벤이 매섭게 외쳤다.

잠시 그는 동쪽을 향해 고개를 돌렸다.

"마물들의 습격은 시간이 갈수록 점점 거세지고 있다. 내가 나서지 않았다면 틀림없이 동방의 제국은 흔적도 남지 않고 사라졌겠지. 마물의 땅으로."

"그렇다면 군사적인 제휴를 요청하는 것만으로도 충분하다고 생각하는데."

태후의 말에 사벤은 저도 모르게 고개를 끄덕일 뻔했다.

제2차 신마대전을 벌인다면 동방제국도 안전해지고 모든 대륙에서 마물이라곤 보지 못하는 일이 벌어졌을 것이며, 그렇게 된다면 대대손손 좋은 일이 된다.

사벤은 태후가 여인이라는 게 아까웠다. 사실 태후가 황제였다면 로인이 실권할 일도 없었을 것이고, 더불어 그도 이렇게 무리한 수를 쓰지 않았을지도 모른다.

태후가 제시한 방안은 그야말로 '정의'라는 말에 가장 어울리는 미래였다. 모두가 잘되기 위해 일치단결해서 저 마물들과 싸우자!

그렇게 되면 좋겠지만 현실적으로는 그럴 수 없었다.

밀테이너 공작이 휘어잡은 라페드 제국은 마물과 싸울 힘이 없었다. 마물과 싸우기 위해서는 드래곤의 도움이 절대적으로 필요했다.

하지만 로인 공작 가문이 드래곤의 힘을 얻지 못한 지 200년이 흘렀던 것이다.

게다가 로인 공작에게 이어져 온 그 힘!

인간이란 묘한 존재다. 정치적인 상황에 놓일 때, 짐승과 전혀 다르면서도 짐승과도 같은 생각을 하게 된다. 살기 위해서가 아니라 이득을 얻기 위해 움직이는 짐승!

"내가 원하는 건 로인 공작이 죽고 마물도 우리 땅에 들어오지 않는 것이다."

그러면서 사벤은 불쾌한 깨달음을 얻었다. 자신의 문령은 분명, 이제껏 기록된 문령 중 가장 전설에 근접한 것이었다. 의지만으로 문령을 불러내 발휘할 수 있는.

그런데도 자신은 로인이 두려웠다!

드래곤의 용언? 그 역시 무서운 존재였다. 그러나 그보다 로인의 사람을 꿰뚫어 보는 듯한 그 눈이 두려웠다. 그 끝없는 의지가, 자신이 채 따르지 못할 곳을 꿰뚫어 보는 그의 눈이 두려웠다.

태후는 그런 사벤의 미묘한 감정 변화를 읽어 냈다. 여성의 몸으로 가장 험난한 정치판을 헤맨 그녀로서는 쉬운 일이었다.

"그가 두려운가?"

퍽―!

그녀의 말이 떨어지자마자, 사벤은 거침없이 주먹을 날려 늙은 여인의 얼굴을 때렸다.

태후는 황태자를 품에서 놓친 채 침대 저쪽으로 나가떨어졌다.

사벤은 이글거리는 눈으로 태후를 바라보았다.

다시 고개를 돌린 태후가 입가에서 흘러내리는 피를 한손으로 닦아 냈다.

"그렇군."

"그 녀석은 마음만 먹으면 죽일 수 있다."

"로인 공작의 힘이 두렵다는 건가. 그가 동방제국에 대한 원조를 스스로 약속한다 해도?"

"그런 존재는 이 세상에 없는 게 나아. 이 녀석도 동의할걸?"

사벤은 그렇게 말하며 황제를 가리켰다.

태후는 그제야 아들을 똑바로 바라보았다. 그녀의 눈에는 혐오감이 가득했다. 황제는 어머니를 바라보았다. 구원을 바라고, 구출을 바라고, 자신만은 살아야 한다고 생각하는 그 눈빛에 태후는 더욱 역겨움을 느끼곤 마침내 고개를 돌려 버렸다.

"어떤 것이 미스릴이고, 어떤 것이 철인지 알지 못하는 녀석을 황위에 올려놓은 것이 실수다."

"어, 어마마마!"

황제가 울부짖었지만 태후는 냉정했다. 그녀는 사벤을 바라보았다.

"그대가 요구하는 게 무엇인가?"

"우음, 글쎄. 만약의 경우를 대비한 것이라고 해야 할까."

사벤은 그렇게 가볍게 말했다.

'만약의 경우?'

태후가 해석할 수 있는 그 말의 뜻은 한 가지였다. 로인이 이겨 돌아왔을 경우 자신을 인질로 내세울 수 있다는 이야기.

"황제는 꽤 문란한 생활을 했다고 들었다. 뭐, 영웅호색이니 하는 말을 하라고 밀테이너에게 충고한 건 나지만 말야. 그때는 그 편이 황제를 무너뜨리는 데 좋았지만 지금 상황에서는 조금 이야기가 복잡해져서. 황제의 아들과 딸은 태자가 전부인가?"

"그렇다."

태후는 침착하게 대꾸하면서도 속으로는 이 사내가 대체 무슨 생각을 하는 걸까 내심 궁금해 했다. 인질로 한다면 황태자 이상의 인물은 없을 텐데, 왜 다른 황족을 찾는 걸까?

사벤은 손가락을 일일이 꼽으며 숫자를 세고는 혼자 중얼거렸다.

"그렇다면…… 내성의 황족은 모두 열아홉 명이로군."

이어 그는 이프로스 쪽으로 고개를 돌려 미약하게 고개를 끄덕였다. 태후는 이프로스가 나가는 것을 불안한 눈으로 바라보았다.

"……그들 모두를 인질로 할 생각인가?"

태후의 질문에 사벤은 잠시 어처구니없다는 표정을 짓고 그녀를 바라보았다.

태후는 그제야 자신이 크게 잘못 짚었다는 것을 깨달았다.

'그렇다면 황족은 왜 찾는 거지……?'

태후의 얼굴에 일순간 절망이 스치고 지나갔다. 사벤은 천천히 고개를 끄덕였다.

"그래, 모두 죽을 거다. 라페드 제국은 오늘로 끝이다."

태후는 품 안의 황태자를 자신의 등 뒤로 물러나게 했다. 소년의 얼굴이 완전히 창백해졌다.

"로인이 온다면 교섭할 인질이 필요할 거다. 아니면 그를 피하기 위해서라도……."

"왜 내가 로인과 이야기할 거라고 생각하지?"

태후는 최대한 침착하려고 노력하며 물었다.

"죽일 건가?"

사벤은 고개를 끄덕였다.

"다른 황족이 더 있는지 궁금했을 뿐. 내성의 황족들이 어디 있는지는 모두 확인했으니까. 황태자가 겨우 하나라……. 뭐, 나에게는 편한 일이지만."

사벤이 자리에서 일어났다.

태후는 저도 모르게 버럭 소리를 질렀다.

"물러나라!"

"소용없어."

사벤이 손가락으로 그녀를 가리키자마자 태후는 정체 모를 투명한 줄 같은 것에 온몸이 친친 감기는 듯한 압박감을 느꼈다.

'이것이…… 문령!'

천천히 절망이 찾아왔다.

소년은 그제야 울기 시작했다. 태후는 그저 안타까운 눈빛을 보일 뿐이었다. 손가락 하나 꼼짝할 수 없었고, 입까지 그 줄의 압박에 움직일 수가 없었다.

사벤은 최대한 조용하게 일을 진행하고 싶었다. 그래서 태후에 이어 황제의 몸까지 모두 압박 상태에 두었다.

이어 그는 품속에서 칼을 하나 꺼냈다. 태후의 눈에 분노와 안타까움이 번갈아 떠올랐지만 그를 막을 수는 없었다.

사벤은 침착하게 소년을 자리에 눕혔다. 소년은 버둥거렸지만 소용없었다. 이내 그 몸 역시 무거운 압박감에 억눌렸기 때문이다.

사벤이 천천히 칼을 들었다. 그의 얼굴에는 동방의 모든 사람의 목숨이 자신의 손에 달려 있음을 알고 있다는 듯 진지함이 흘렀다. 하나의 어긋남 없이 행하겠다는 진지함!

그러나 그 의식의 대상은 바로 소년이었다. 아직 수염이 나지도 않았고, 보고 들은 세상이라곤 황궁이 전부였으며 더 넓은 세상과 더 많은 일들에 대해 들어 보지도 못한!

그러나 사벤은 머뭇거리지 않고 검을 단숨에 내리 찔렀다.

"……!"

태후가 몸을 억지로 버둥거렸지만 사벤은 뒤돌아보지 않았다.

사벤의 검에는 마법이 걸려 있었다. 단검이 꽂힌 자리를 중심으로 상처 부위가 급속히 얼기 시작했다.

이어 사벤의 검이 서걱거리는 소리를 내며 황태자의 가슴을 가르기 시작했다.

뒤에서 두 사람이 버둥거리는 소리가 희미하게 들렸지만 그는 돌아보지 않았다.

"기다려. 어차피 너희 순서도 곧 돌아온다."

그러면서 사벤은 씩 웃었다.

사벤의 검은 멈추지 않고 소년의 가슴을 파고들었다. 갈비뼈를 가르는 소리가 나고, 이어 그는 그 안의 심장을 조심스럽게 갈라냈다. 벌떡거리는 심장을 두 손에 쥔 사벤이 씩 웃었다.

태후는 그것을 보고 눈물을 흘리는 것 외에는 아무것도 할 수 없었다.

무력함! 분노와 죽음에 대한 두려움!

그런 감정이 그녀를 지배하는데도, 그녀는 오히려 다른 것이 궁금했다.

'심장을…… 어째서?'

사벤은 소년의 심장을 들여다보며 기쁨에 차 있었다. 이윽고 그는 심장을 들고 황제의 앞에 섰다.

헤첸 4세의 두 눈에는 두려움이 가득했고, 이미 바지는 축축하게 젖어 있었다. 고약한 냄새가 났지만 사벤은 애써 참았다. 어차피 소변 냄새는 아무것도 아니게 될 테니까.

사벤은 그의 머리 위에서 심장을 두 손으로 터뜨렸다. 황제가 버둥거렸지만 소용없었다. 아들의 심장에서 쏟아지는 피!

그 잔혹한 광경에 태후의 몸이 굳었다.

'으아아아아!'

태후와 황제 모두, 입을 벌릴 수도 없다. 속으로 계속해서 절규를 내지르지만 그 소리조차 토해 낼 수 없는 답답함, 그러면서 가중되는 두려움!

황제의 온몸을 그 아들의 피로 적신 후, 사벤은 그의 고개를 억지로 잡아 자신을 보게 했다. 턱을 잡은 손이며 황제의 턱 모두 황태자의 피로 물들었다.

"이제, 시작이다."

사벤이 그의 얼굴에 대고 중얼거렸다.

"너는 이 의식을 이해 못하겠지만…… 이것은 네 아들의 피가 아니다. 지난 세월 동안 우리가 마물에게 당하면서 흘린 피야."

사벤은 그렇게 중얼거렸다. 그리고는 황제를 일으켜 세웠다.

황제를 세워 둔 후, 사벤은 그의 몸 곳곳에 직접 피로 글씨를 새겼다. 그의 손가락이 움직인 흔적을 따라 핏빛 글씨가 금색으로 환하게 빛나면서 황제의 몸속으로 파고들었다.

'크……헉……!'

악다문 입술 사이로 황제의 신음이 터져 나왔다. 격렬한 고통이 그의 몸, 글씨가 새겨진 곳곳마다 느껴진 것이었다. 거대한 코르크 마개가 핏줄을 억지로 통과하는 듯한 느낌에 황제는 몸을 비비 틀었지만 고통을 토해 낼 방법이 없었다.

문자를 곳곳에 새기는 작업은 더 오랜 시간 동안 이어졌다.

글자를 새기는 게 무엇이 어려울까 싶었는데 믿기지 않게도 사벤은 점점 진땀을 흘리기 시작했다. 그럴수록 황제의 온몸으로는 글씨가 스며들었다.

이윽고 몇 시간 후 이프로스가 돌아왔을 때, 사벤은 마지막 글자를 새기면서 몸을 비틀거리고 있었다. 서 있는 게 용할 정도로 그는 눈에 띌 정도로 수척해진 얼굴을 하고 있었다.

"스, 스승님!"

"날…… 부축해라."

이프로스가 왼팔 아래를 떠받들자 사벤은 어렵게 마지막 문자를 새겨 넣었다.

몇 시간을 들여 새긴 문자는 모두 황제의 몸으로 스며들었다. 사벤은 그것을 보면서, 지치고 수척한 얼굴에 미소를 지었다.

"……다…… 되었다."

사벤은 그렇게 말하면서 침대에 훌쩍 몸을 던졌다.

태후는 바닥에 누운 채 지금의 상황이 대체 어떻게 되어 가는 건지 이해하려 애썼다.

아들의 피를 뒤집어쓴 아버지, 그리고 그의 온몸에 스며든 묘한 문자의 조합.

사벤은 한참을 침대에 누워 거친 숨을 몰아쉬면서 기운을 회복하려 애썼다. 그의 얼굴에는 만족한 기색이 떠올라 있었다.

"황제를 앞장세워라."

사벤은 이윽고 누운 채 이프로스에게 명령했다.

"옛."

"황궁의 문으로 간다."

이프로스가 황제의 몸을 돌려세웠다. 그리고 앞으로 밀기 시작했다. 황제의 몸은 다시 의지와는 정반대로 움직이기 시작했다.

이프로스는 방을 나가려다가 잠시 멈춰 섰다. 바닥에 누워 있던 태후가 몸을 꿈틀거렸던 것이다.

몇 시간이나 묶인 채 꿈쩍도 못해서 온몸이 저릴 텐데도 그녀는 그런 고통이나 지루함에 굴복하지 않았다. 아직도 분노 때문에 눈을 활활 불태우고 있었다.

"아, 그년은 죽여."

"방법은 상관없습니까?"

"상관없다. 대신 그년의 피가 황제에게 닿지 않도록 해라. 그랬다간 효과가 중화될지도 모른다."

사벤의 말에 따라 이프로스는 죽은 황태자의 옷에서 허리띠를 빼냈다.

태후는 각오했다는 듯 눈을 질끈 감았다. 이프로스는 묵묵히 자신의 일을 수행했다.

마침내 마지막 숨결을 부르르 떨어 낸 태후가 숨을 거두었다. 그러나 이프로스는 몇 분을 더 숨을 조였다. 스승의 명령은 확실하게 수행해야 했으니까.

이프로스가 공손하게 말했다.

"끝났습니다."

한 사람의 목숨에 대해 그토록 가차 없는 표현은 없으리라.

사벤은 침대에서 부스스 일어나서 고개를 끄덕였다. 그의 눈은 기묘할 정도로 빛났다.

"오늘 밤에는, 우리만의 축배를 들 것이다…… 응?"

그렇게 말하고 황궁의 입구로 향하려던 그는 잠시 의아한 듯 멈쳐 섰다.

황태자의 얼굴에는 고통이 가득했다. 산 채로 심장이 파내졌으니 그도 당연한 일. 그러나 죽은 태후의 얼굴은 기묘했다. 숨이 막혀 오며 고통스러웠을 텐데도, 그녀의 얼굴에는 미소가 떠올라 있었다.

"……여걸이로군."

사벤은 그대로 몸을 돌렸다. 못내 마음에 걸렸지만 이미 죽은 태후에게 시간을 지체할 수는 없었다.

이제 곧 해가 질 것이고 그에게 남은 시간은 그렇게 길지 않았으니까.

그날 저녁, 내성을 장악한 밀테이너 공작의 장자 레가인은 기묘한 소동을 맞이했다.

그가 내성 큰길을 가로질러 달려왔을 때, 이미 내성의 거의 모든 귀족들이 모여들어 있었다.

레가인은 사람들을 밀치고 맨 앞으로 향한 후 눈을 부릅떴다.

"……저게 무엇이냐?"

그가 주변 누구에게랄 것도 없이 대고 물었다.

"누구 시체냔 말이다!!'

황궁의 문.

모든 자가 무기를 버리고 공손히 허리 굽혀 그 권위에 굴복하는 장소. 광대한 제국으로 뻗어 나가는 힘이 출발하는 곳이자, 그 모든 곳의 경배를 받아들이는 문.

그 굳건하고도 항상 정결한 문에, 지금은 정체 모를 무언가가 있었다.

갈기갈기 찢긴 붉은 가죽과도 같은 것.

약간은 불그스름한 황금빛이 감돌고 있었다. 그러나 보는 사람에게 황금의 신묘한 아름다움을 느끼게 하는 게 아니라 어딘지 역겨움을 주는 듯했다.

사람의 시체.

높은 곳에서 떨어뜨려 온몸의 뼈를 박살 낸 후 스캐빈저가 몰려들어 뜯어 먹었다고 해도 그보다 참혹하지는 않을 터였다.

레가인은 이 급작스러운 변고에 어떻게 대응해야 할지 생각해 낼 수가 없었다. 그는 일단 시체에 손대지 말고 아침이 되기를 기다리라고 명령했다. 밤의 기묘함 속에 그 불길한 시체에 도저히 손을 댈 수 없었기 때문이었다.

마침내 아침이 되어서야, 그는 병사들에게 사다리를 가져와 시체를 내리라고 명령했다. 그러나 올라갔던 병사들은 시체에 손을 대자마자 죽어 버렸다.

툭툭 떨어져 사다리 아래에 쌓이는 시체들.

그렇게 일주일이 흐른 후.

카이가 돌아오던 길.

SWORD OF DRAGON LOAD

제2장

모든 문이 열리다

"도성으로 가자."

카이가 아침에 선언했을 때, 테엘은 당연하다는 듯 내성 로인 저택으로 좌표를 잡고 이동하려 했다.

"아니, 도성 바로 앞까지."

"……뭐?"

"란펜성 동문."

귀족만이 드나들 수 있는 문이었다.

테엘은 잠시 후에야 그 말뜻을 알아듣고는 고개를 흔들었다.

"얌마, 쓸데없이 왜 그쪽으로 돌아가?"

"쓸데없는 짓이 아니다. 나는 승자로서 개선식을 할 권리가 있으니까."

카이가 당당하게 대답했다.

"개선식이라……. 하여간 인간이란!"

"당연하지. 승자가 누군지 얼굴을 알리는 정당한 의식이다."

"……그래서?"

"동문 앞에, 그리고 성 전체에 나의 개선을 미리 알리겠다."

"지금 내성에 있는 밀테이너 가문이 그대로 순순히 개선식을 허락하겠다?"

뒤에서 어떻게 카이를 또 뜯어말려야 하나 고민하던 무리가 테엘의 말에 일제히 고개를 끄덕였다.

그리고 고개를 돌려 카이를 바라보았다.

'그러니 좀 쉬운 길로 가자구요!'

'성문 아래에서 공성전이라고 하고 싶으신 겁니까, 주공!'

'군대 이끌고 가시려는 겁니까? 제국 도성에서 내전을 벌이자는 겁니까?'

그러나 카이는 너무나 태연하게 대답했다.

"문을 여는 것은 기사들이 아니다."

"……뭐?"

"밀테이너 가문이 성문을 열라고 명령을 내리게 될 거다."

카이는 당당하게 말했지만 테엘은 순순히 납득할 수가 없었다.

"너 솔직히 말해 봐."

"뭘 말인가?"

"오기지?"

카이는 묵묵히 고개를 흔들었지만, 테엘은 끈덕지게 물었다.

"그렇잖아? 전에는 네 앞에서 버티고 섰던 문을 이번에는 한 번에 열겠다는, 그런 속셈이지?"

"내성 내외에 마법진이 설치되어 있……."

"지금 당장 다 없앨까?"

"사벤과 이프로스가 어디에 있는지도……."

"용언이 더 센데?"

"저택의 마법진을 외부에 알리고 싶지는……."

"그럼 황궁 바로 앞이나 황궁 안으로 가면 되지."

카이는 묵묵히 테엘을 바라보다가 결국 마지막 수단을 썼다.

"개선식에서는 가문이 섬기는 신께 경배를 올리도록 되어 있다."

"좋아. 자, 이제 갈까?"

"테, 테엘 니이이임……."

"시끄러워!"

테엘이 징징거리는 리슨과 벨하임을 향해 버럭 외쳤다.

"얼른 출발할 준비나 해, 이것들아!"

*　　　*　　　*

밀테이너 공작이 비운 내성은 그의 장자인 레가인이 담당하고 있었다. 황궁에서 벌어진 변고에 레가인은 꽤 당황했다.

밀테이너 공작에게서 연락이 끊긴 지 오랜 시간이 흘렀다.

'이겼다면 연락이 없을 리가 없겠지……. 제길!'

연락이 끊긴 것은 밀테이너 공작의 신변에 좋지 않은 일이 벌어지고 있음을 의미했다.

밀테이너 공작이 끌고 간 마법사만 해도 수십 명이다. 그들이 몰살당했다면 그만큼 격렬한 전투였다는 이야기일 것이고, 그것은 밀테이너 공작 역시 안전을 장담할 수 없다는 의미였다.

어려서부터 레가인은 누누이 이야기를 들어 왔다. 그들 가문은 참고 또 참아야 한다고, 그래서 가문의 비원을 이루는 날 원 없이 웃어야 한다고.

그러나 밀테이너 공작은 혼잣말로 중얼거리곤 했다.

'레가인, 그것이 과연 참는 것이라 생각하느냐? 아니면 그건 단지 두려워……하는 것일지도 모른다.'

'네?'

그때 자신을 보던 아버지, 밀테이너 공작의 눈빛이 묘했던 것이 기억났다.

레가인의 나이는 이제 이십 대 후반이었다. 젊다면 젊지만, 마냥 무모하지는 않은 나이. 어려서부터 가문을 이끌도록 교육받았지만, 이런 위압감은 처음이었다.

아버지가 없는 가문을 어떻게 이끌어야 한단 말인가? 가문의 소원을 모른 척, 우선은 숨을 죽이고 있어야 하는 걸까?

거기에 황궁의 문에 떡하니 걸린 시체!

뭔지는 몰라도 손조차 댈 수 없었다. 손을 대는 사람도 죽으니, 내리긴커녕 그 아래 시체만 늘어나고 있는 상황이었다. 이제 위아래 시체들이 썩어서 진물이 뚝뚝 떨어지는데도 방법이 없었다.

로인이 도착한 그 날 역시 마찬가지였다.

레가인은 시체 아래에서 고민하고 있었다. 그의 주변에는 내성에 남아 있던 파벌의 귀족 대부분 역시 모여 있었다.

"저 시체를 내리지 않는 이상 황궁에 들어갈 방법은 없습니다."

"황궁의 비밀통로는요? 황궁에서 대대로 내려오는 샛길이……."

"그걸 알고 있는 황족들 역시 모두 같은 처지외다."

"허허. 백작, 밀테이너 공작님에게서 연락은 없으시오?"

주변의 닦달에 레가인은 고개를 흔들었다.

"마법사들의 조사로는 아무것도 나오지 않고……. 마법 공격을 퍼부어도 공격이 반발력에 튕겨 나와 마법사가 죽고……."

모든 기운을 퍼부은 사벤의 문령술은 완벽했다.

게다가 라페드의 귀족들은 아직 시체가 매달린 이유는 물론 그 목적도 알지 못했다.

그들이 그렇게 고민하고 있을 때, 외성에서 엄청난 소동이 벌어졌다. 이제껏 내성의 눈치를 보며 겁에 질렸던 외성의 백성들이 갑자기 소란을 일으킨 것이었다.

"와아아아—!"

"우오오오!"

레가인은 약간 짜증스럽게 기사단장을 돌아보았다.

"무슨 일이 있는지 당장 알아보고 오거라."

"혹시 반란이 아닐까요?"

"이제 와서? 무엇 때문에요?"

"하긴, 황위의 일에 분노할 만큼 성군이었던 것도 아니고……."

그들은 그렇게 서로를 안심시키려 했지만, 신경이 곤두서는 것은 어쩔 수가 없었다. 그들은 서로를 노려보면서, 기사가 사정을 알아 오길 기다렸다.

그러던 그때.

심장이 덜컥 떨어지는 소리가 울려 퍼졌다.

"카이젤 아민 라 로인, 본 공작이 돌아왔으니 문을 열어라—!'

그들은 믿을 수 없다는 듯 서로를 바라보았다.

기사가 되돌아왔다. 그러나 그가 하는 소리 역시 뻔했다.

"……왔습니다!'

격앙된, 떨리는 목소리로 그가 외쳤다.

"……설마!'

믿을 수 없었다.

게다가 지금 그들이 듣는 소리……! 확성 마법을 쓴 것처럼 아니, 바로 옆에서 외치는 것처럼 크고도 분명한 그 목소리!

기사는 몸을 떨면서 다시 외쳤다.

"카이젤…… 아민 라 로인…… 공작이……."

레가인의 얼굴은 이미 하얗게 변해 있었다.

'결국…… 아버님께선…….'

모두가 그 이야기에 넋을 잃었다.

믿을 수가 없는 일이었다. 소드마스터와 드래곤의 도움을 받았다고는 해도……. 그 많은 군대를 상대로 이겼다니…….

이제 그들은 어떻게 해야 한단 말인가?

그들은 한 명씩, 천천히 고개를 돌려 레가인을 바라보았다. 환희와 기쁨에 찬 외성과는 달리, 내성의 분위기는 무겁게 가라앉았다.

　"자, 란펜이다."
　테엘은 그렇게 말하면서 카이를 빤히 바라보았다.
　그들은 아침에 차려 입은 정장을 화려하게 뽐내고 있었다.
　심지어 테엘도 인간식으로 옷을 차려 입었다. 일행 중 가장 눈에 띌 정도로 화려해 보였다.
　"그럼, 성문을 열라고 말하고 오겠습니다."
　벨하임이 말머리를 돌렸지만, 카이는 고개를 흔들었다.
　"아니. 그냥 간다."
　"옛……?"
　카이는 별다른 말을 하지 않고 바로 동문을 향해 움직였다.
　"주, 주공!"
　벨하임이 허겁지겁 앞장섰다. 그가 탄 말에는 공작의 문장이 선명하게 찍힌 큰 깃발이 바람에 나부끼고 있었다.
　평지 위에 갑자기 나타난 이 일행을 성문 위에서 못 알아봤을 리가 없었다.
　"누구지?"
　"아앗, 저 문장은……!"
　로인 공작 가문의 문장은 도성 전체에서 유명했다. 축제 때에 황제의 걸음을 멈춰 세우고, 그 누구보다 화려하게 휘날리던 그 문장을 알아보지 못할 사람이 누가 있겠는가!

붉은 비단에 금실로 수놓인 드래곤의 문장! 당장이라도 생명을 얻어 튀어나올 듯한 그 모습을 보며 성문 위의 병사들은 입을 쩍 벌렸다.

"로, 로인 공작이 돌아왔다!"

마침내 누군가가 외쳤다.

그 목소리에는 안도감이 섞여 있었다.

내성이야 밀테이너 파벌이 장악했지만, 외성은 그렇지 않았다.

황제는 군대를 이끌고 가고, 내전이 벌어질지도 모른다는 두려움 속에 지내 왔던 것이다. 외성을 지키는 군사들은 대부분 평민들이었고, 그들 역시 같은 두려움을 갖고 있었다.

그런 상황에서 그들이 기대한 것은 단 한 명이었다 해도 과언이 아니었다.

오직 한 사람……!

카이젤 아민 라 로인……!

"로인 공작이 귀환하셨다!"

"드디어……!"

"성문을 열어!"

평민 출신의 군사들이 웅성거리면서 성문을 열기 위해 뛰어갔다. 그들의 움직임에 당황한 지휘대장이 재빨리 그들을 멈춰 세웠다.

"자, 잠깐ー! 뭐 하는 거냐! 감히 누구의 명령도 없이……!"

카이는 성문 위의 군사들이 자신들을 내려다보며 웅성거리는 것을 지켜보았다. 언뜻 듣기 좋은 소리가 오가는 것을 들을 수 있었다.

그의 청각은 이미 인간의 청각 이상이었다.

　카이가 배에 힘을 주어 성문 위를 바라보며 외쳤다.

　"성문을 열어라!"

　이제 막, 성문을 여는 것을 막으려던 지휘대장은 그 소리에 저도 모르게 심장이 떨리는 것을 느꼈다.

　'로, 로인 공작……!'

　"지휘대장은 누구인가―!"

　"얌마, 귀청 떨어지겠다. 좀 살살 해."

　테엘이 옆에서 뭐라 구시렁거려도 카이는 아랑곳 않고 크게 외쳤다.

　테엘이 잔소리를 하는 것도 무리는 아니었다. 카이는 정말 자신의 모든 힘을 다해 외치고 있었다. 성안 거의 모두가 그의 목소리를 들을 수 있을 정도였다.

　"카이젤 아민 라 로인, 본 공작이 돌아왔으니 문을 열어라―!"

　모두가 놀랐다.

　모두가 그 목소리를 들었다. 듣지 않을 수 없을 정도로 웅장했다. 집 안에 있던 사람들은 자신들이 환청을 들은 것은 아닌가 해서 창문을 벌컥벌컥 열었다.

　외성에서, 내성에서 사람들이 창문을 열고는 서로를 바라보았다. 창문 너머의 시선들이 서로 교차했다. 외성 평민들의 얼굴에는 희망이 교차했지만, 내성 귀족들의 얼굴에는 절망이 어렸다.

　카이는 다시 외치지 않았다. 단지 성문 위를 가만히 바라보기만 할 뿐.

지휘대장은 손가락 하나 꿈쩍할 수가 없었다. 먼 거리를 넘어 자신을 뚫어져라 바라보는 카이의 눈빛에서 당장이라도 자신의 목을 조를 듯한 압박감이 느껴졌다.

'크, 크흑……'

지휘대장의 등은 순식간에 식은땀으로 젖어 버렸다.

'이, 이것이 공작의 힘……!'

그는 저도 모르게 천천히 명령을 내렸다.

"성문을…… 열어라……."

병사들이 기쁨에 찬 함성을 내질렀다.

"와아!"

"성문을 열어, 어서!"

"공작이 돌아오셨다!"

저 무시무시한 공작과 싸우지 않아도 된다는 안도감, 그리고 내전 같은 건 벌어지지 않으리라는 믿음!

그 모든 안도감과 기쁨은 상대가 로인 공작이기 때문이었다.

병사들이 신이 나서 문을 여는데 모두가 달려들었다. 순식간에 성문 위에 남은 것은 지휘대장뿐이었다.

성문이 조금씩 열리기 시작하자, 카이는 그에게서 시선을 거두어 앞을 똑바로 바라보았다.

지휘대장은 그 자리에 풀썩 주저앉았다. 보이지 않는 손이 그의 몸을 꽉 붙들고 있다가 놓아준 것 같았다. 그런 압박감에서 풀려난 그는 멍하니 성문 아래쪽으로 향하는 계단 쪽으로 기어갔다.

병사들은 모두 무기를 내려놓고, 하늘을 향해 양손을 쳐들고 함성을 질러대고 있었다.

일국의 제왕이 귀환한다 해도 지금처럼 환영할까?

백 번의 전투에서 승리했다고 해도 지금과 같이 모든 사람들이 일제히 기쁨의 함성을 내지르며 귀환을 맞을까?

성안의 백성들이 성문으로 달려 나오고 있었다. 그들은 너 나 할 것 없이 누가 들어오는지 들여다보고, 이어 하나씩 외치기 시작했다.

중구난방, 그야말로 뭐라 외치는지 구분해 듣기 어려울 것도 같았지만 단 하나의 이름만이 불릴 뿐이었다. 그래서 오히려 모두가 그 이름을 알아들을 수가 있었다.

"로인 공작님─!"

"로인 공작님!!"

성문이 완전히 열렸다.

카이 역시 성문 앞에 모여든 사람들을 보고는 약간 놀랐다. 그는 일행을 돌아보았다.

"들어간다! 로인의 긍지를 지니고 가슴을 펴라! 내성, 황궁에까지 멈추지 않고 들어간다!"

이어 카이가 가장 앞에 섰다.

카이의 행렬은 언제나 초라했다. 그 어떤 공작보다도 사람도 적고 마차 역시 없었다. 시종 하나 제대로 거느리지 않고, 그를 뒤따르는 군대라곤 겨우 몇백의 인원이 전부.

그러나 그는 그 어떤 공작보다 더 위엄을 지니고 있었으며, 자연스럽게 흘러나오는 힘으로 사람들의 마음을 휘어잡고 있었다.

사람들은 열광적으로 외치면서, 스스로 나서 카이가 내성으로 향하는 길목에 물을 뿌리고 꽃을 뿌렸다.

"엄청나군."

테엘조차 약간 놀랐을 정도니 다른 사람들이야 말할 필요도 없었다.

엄청난 함성, 그 함성의 끝에는 내성의 문이 있었다.

밀테이너 공작의 힘이 닿는 그 영역…….

그들은 자신들을 향해 다가오는 그 무리를 보며 두려움에 떨었다. 그들에게는 결코 반갑지 않은 개선식이었다. 그것은 밀테이너 공작의 패배를 의미하는 것이기도 했다.

때문에 내성의 문은 절대로 열리지 않을 듯이 보였다.

카이는 천천히 그 앞에 멈췄다.

열리지 않는 내성을 보며, 외성의 백성들 역시 카이의 주변으로 우르르 몰려들었다.

"열어라—!"

누군가가 먼저 외쳤다.

그것이 시작이었다.

외성의 백성들이 감히 내성을 향해 외치기 시작했다. 제국 역사에서 아니, 대륙 수만 년의 역사에서 단 한 번도 없었던 일이었다.

귀족과 평민 간의 신분 격차가 정해진 이후에 감히 그 누가 귀족을 향해 목소리를 높일 수 있었던가!

그러나 카이의 등 뒤에서 평민들은 소리 지를 수 있었다.

새벽마다 군대가 지나가고 해가 진 후 거리로 나섰다가 그대로 즉결 처형당한 평민들. 아니, 그런 이유가 없어도 좋았다.

이제 그들은 일상적인 생활로 돌아가고 싶어 했고, 두려움에서 벗어나기를 원했던 것이다.

"문을 열어!"

"열어라!"

"어서 문을 열어!"

이윽고 그들의 목소리는 하나가 되었다. 로인 공작의 이름을 부르던 때와 마찬가지의 힘.

카이는 그들을 전혀 제지하지 않았다. 그는 담담하게 내성을 바라볼 뿐이었다.

또다시 막힌 걸음, 그러나 카이는 전혀 조급해 하지 않았다. 오히려 애가 탄 것은 그의 주변 사람들이었다.

"주공, 저것들이 순순히 문을 열지는 않을 텐데요."

벨하임이 슬쩍 입을 열자, 테엘은 고개를 끄덕였다.

"어떻게 할 거야?"

"열도록 해야지."

"아니, 그러니까, 그걸 어떻게 한다고?"

테엘이 얼떨떨해서 되물었다.

"힘으로?"

"내성을 박살 내고 싶으면 도움을 청하마."

카이는 나지막하게 대답했다.

성문 위에서는 대화하는 모습을 본 사람들은 카이 옆의 붉은 머리카락의 사내가 누군지 금방 알아챘다.

절세 미남에 화려한 붉은 머리! 그야말로 온몸으로 '나 레드 드래곤이오' 하고 외치고 있지 아니한가!

"드, 드래곤이다!"

성문 위의 기사가 저도 모르게 기겁해서 외쳤다. 내성의 분위기가 더욱더 싸늘해졌다.

테엘은 성문 위를 바라보면서 태연하게 손을 흔들어 주었다.

'크크크. 우매한 인간들아, 위대한 존재 앞에 무릎 꿇고 얼렁 문을 열거라……!

라고 내심 자신만만하게 생각하던 테엘.

그러나 성문은 여전히 꿈쩍하지 않았다. 오히려 성문 안쪽 기사들의 살기가 더욱 짙어졌다.

"어, 어라?"

그제야 카이가 나섰다.

테엘의 못마땅한 눈빛 속에, 벨하임의 또 나선다는 체념의 눈빛, 리슨의 제발 나서지 말아 달라는 부탁의 눈빛들을 모조리 무시한 채 카이는 한 손을 천천히 들었다.

평민들은 천천히 입을 다물었다. 한 목소리로 열라고 외치던 소리가 잠잠해지기까지는 그래도 시간이 제법 걸렸다. 광장에 메아리 치던 소리가 잦아들자, 카이는 성문 위의 사람들을 하나씩 쳐다보았다.

"누가 책임자인가?"

카이의 목소리가 쩌렁거리며 울려 퍼지자, 성문 위의 사람들은 일제히 어깨를 움츠렸다.

레가인은 긴장을 풀려고 의연하려고 애썼지만 쉽지 않았다. 한발 앞으로 나서는 게 전부였다. 입을 열 수도 없을 정도의 압박감……!

'어떻게 하여 황제는, 아버지는 저런 사람과 일전을 다툴 생각을 할 수 있었을까!

카이의 두 눈이 매서울 정도로 빛나며 레가인을 뚫어져라 바라보았다. 소속을 밝히라는 무언의 재촉이었다.

"나는 밀테이너 공작의……."

레가인은 곧 입술을 깨물었다. 그는 잠시 목을 가다듬고는, 카이를 향해 힘을 주어 외쳤다.

"나는 밀테이너 공작이다!"

"본 공작은 밀테이너에게 정식으로 선언한다. 그대들의 생명을 보존해 주며, 그대들이 저지른 모든 과오에 대해 본 공작이 친히 중재에 나설 것이다!"

뒤쪽에 따라붙어 있던 엘란은 깜짝 놀랐다.

'르퀸 공작은? 아니, 그럼 저들이 해친 자들에 대해서는 책임을 묻지 않으시겠다는 겁니까?!

카이의 뜻을 알 수가 없었다. 그러나 엘란은 곧 그런 불만을 떨쳤다.

사실 카이가 원하면, 자신의 힘으로 성문과 성벽을 당장 박살 낼수 있을 터였다. 그런데도 성문을 열고자 한다면, 자신의 권위로 상대를 압박하려 한다는데 자신이 뭐라 종알거릴 수는 없지 않은가!

그는 공작이었다! 그것도 뼛속과 영혼에까지 모두 공작의 권위를 갖고 태어난!

그러한 사실은 엘란도 알고, 카이도 알고, 무엇보다 성 위의 밀테이너 파벌 역시 알고 있었다.

"더불어 내가 요구하는 것은 단 하나, 사벤 알 미네드! 그리고 아세 라민 이프로스뿐이다!"

성 위의 사람들은 일순 당황했다.

사벤 알 미네드? 그리고 아세 라민 이프로스······? 그 둘이 어떤 죄를 지었단 말인가? 내성 모든 귀족들의 목숨을 대신할 수 있을 만큼?

잠시 아무도 대답을 하지 못했다. 카이의 시선은 내내 레가인에게 향해 있었다.

레가인은 한참 후에야 더듬더듬 입을 열었다.

"······그 둘은 성에 돌아오지 않았소만."

"그러나 둘은 성에 돌아왔다."

"성에 변고가 발생했소."

카이는 이마를 가볍게 찌푸렸다.

레가인은 천천히 입을 열었다.

"그것이 어떤…… 연관성이 있는지 나는 모르겠소만, 그전에 앞서 로인 공작님께 간청드리겠소. 우리 모두의 생명을 보존해 주겠다는 그 말…… 지키실 수 있겠소?"

카이는 단 한순간도 머뭇거리지 않았다.

"당연하다."

"성안에서 벌어진 모든 일은 우리 모두와는 별개로 벌어진 일이라는 것을 믿어 주시겠소?"

"믿지."

테엘이 화들짝 놀라 끼어들려 했지만, 카이는 이번에도 머뭇거리지 않고 대답했다.

"야, 잠깐, 대체 무슨 일이 벌어졌는지 들어 봐야지!"

"그거야 나도 지금은 모르지."

카이가 너무나도 당연하다는 듯 대꾸하는 통에, 테엘은 더 추궁할 말이 없었다.

카이가 성 위를 바라보며 다시 외쳤다.

"문을 열어라!"

레가인은 카이를 가만히 내려다보았다.

다른 모두가 그와 카이를 번갈아 바라보기만 했다. 그들에게 남은 길은 단 하나.

문을 여는 것뿐.

"……성 문을 열어라……."

신음처럼 아주 작은 목소리가 흘러나왔다.

카이는 웃었고, 레가인은 그 자리에 천천히 무릎을 꿇고 앉았다. 그는 성문을 지나 들어오는 카이를 차마 바라볼 수가 없었다.

'아버지는 돌아가셨다. 반란은 끝이다. 역천 역시 끝이다. 아무것도 이루지 못했다. 제국은 계속될 것이다. 아무 일도 없다는 듯이.'

레가인은 누군가가 다가와 자신의 앞에 선 것을 깨달았다. 그렇게 자신을 내려다볼 수 있는 사람은 단 한 명뿐이었다.

"카이젤 아민 라 로인 공작……."

레가인은 천천히 고개를 들어 그를 올려다보았다.

"그대가 과연 인간인가?"

카이는 그 말에 가볍게 웃었다.

"그건 중요하지 않다. 설마 내가 인간이 아니라고 주장하고 싶은 것인가, 그대는?"

레가인은 고개를 흔들었다. 패자는 입이 있어도 할 말이 없는 법이었다. 그는 그대로 로인의 처분을 바라며 고개를 수그렸다.

"모든 귀족들은 집으로 돌아가, 따로 부를 때까지 저택 밖으로 나오지 말도록."

카이의 목소리가 쩌렁거리며 광장에 울려 퍼졌다.

내성이 조용해진 후, 카이는 평민들을 향해 돌아섰다.

그들이 원하는 것은 단 하나.

카이의 우렁찬 목소리가 광장에 울려 퍼졌다.

"오늘부터 란펜 모든 곳에서 로인 공작의 이름으로 혼란은 용서치 않음을 선언한다!"

"우와와와와!"

"그대들에게 평화를!"

"로인 공작께 영광을!"

기쁨의 함성이 한참이나 이어졌다. 다시 일상적인 생활이 보장되는 것이다. 전쟁 따위는 없을 것이라 카이가 말했고, 그들은 그것을 믿었다.

그 믿음이 어디에서 나왔는지 카이는 신경 쓰지 않았다.

황제와 밀테이너의 군대를 물리치고 돌아온 자신을 믿는 것인지, 아니면 자신의 등 뒤에 있는 드래곤을 믿는 것인지는 중요하지 않았다.

지금으로선 그들을 안정시킨 것이 자신의 '이름' 하에 벌어진 일이라는 게 중요했다.

그들을 모두 진정시키고 돌려보낸 후.

카이는 엘란 후작에게 군사 지휘권을 장악하도록 지시했다. 이백명의 기사들은 외성, 본래 그들이 훈련하던 장소로 되돌아갔다.

그리고 남은 인원은 모두 황궁으로 향했다.

황궁의 입구가 가까워질수록 시체 썩는 내가 진동했다.

그들은 모두 코를 틀어막았다. 성문 위에 있는 시체는 그 잔혹한 모습으로 시선을 압도했고, 아래에 쌓인 시체는 냄새로 후각을 압도했다.

"저건 뭐지?"

테엘이 문에 걸린 너저분한 시체를 보며 중얼거렸다. 카이는 즉각 대답했다.

"황제다."

"어떻게 아나?"

"그의 옷이 없어졌을 때와 똑같아."

"피에 젖고 피부가 다 드러났는데 저 옷을 알아본다고?"

"황제의 복장이잖아. 피에 젖었어도······."

카이가 나지막한 목소리로 말했다.

자신이 황제를 내쳤다. 황제가 이런 꼴로 여기에서 죽은 것은 아마 그 때문이리라. 그렇지 않고서는 사벤이 이런 일을 벌일 리가 없다.

사벤 외에 그 누가 대 라페드 제국의 황제를 저토록 참혹하게 살해할 수 있을까.

테엘은 조심스럽게 주변을 탐색했다. 문령의 저주가 어떤 식으로 겹겹이 설치된 것인지 정확하게 파악하는 것은 테엘조차도 불가능했다.

남은 방법은 하나, 오직 힘으로 박살 내는 것뿐.

"황궁에 들어갈까?"

테엘의 물음에 카이는 고개를 끄덕였다.

"부탁한다."

테엘은 씩 웃고는 성문을 향해 다가섰다. 사람들은 마나를 끌어 올려 몸을 보호했다.

"저주 해제."

쿵—

투명한 실드 두 개가 서로 부딪치는 기운이 일순간 도성의 공기를 뒤흔들었다. 엄청나게 큰 북이 육중한 소리를 내며 울리는 듯 황궁의 문 앞에 서 있던 사람들의 몸이 일순간 흔들렸다.

잠시 후, 성문 위에 걸려 있던 시체가 힘없이 바닥으로 떨어졌다. 이미 갈기갈기 찢어지고 썩어 진물이 떨어지는, 좀비와 같은 몰골이었다.

카이는 개의치 않고 앞으로 달려 나갔다. 그리고 그 참혹한 시신을 조심스럽게 받았다. 그의 팔 안에서 시체는 조각조각 나뉠 것 같았다.

'……불쌍한 사람.'

카이는 그렇게 속으로 묵념했다.

'황제라는 자각을 갖고 있었다면…….'

제국의 앞날을 생각했다면……. 그에게 지워진 목숨의 의미, 자신이 지켜야 하는 금관이 얼마나 무거운 것인지를 알았다면 노진 라렉 헤첸 라 펜은 좀 더 현명한 황제가 되었으리라.

카이는 그 시신을 안았다. 자신의 망토에 시신을 받쳐 들고, 카이는 그대로 황궁 안으로 한발 들여놓았다.

황궁은 고요했다.

어디에서도 살아 있는 사람의 흔적은 찾을 수가 없었다. 영리한 자는 목숨을 걸고 빠져나갔을 것이고, 살아 있는 사람들은 굶어 죽었을 것이다.

카이는 그대로 천천히 걸었다. 황제의 침실에 이르러 카이는 조심스럽게 시신을 침대 위에 내려놓았다.

"벨하임, 리슨. 내궁 전부를 돌아보고 와라. 최대한 빨리. 별궁의 태후께서는 무사하신지도 먼저 살피고."

카이는 무뚝뚝하게 명령을 내렸다. 시신을 수습해 이불을 덮어 놓았지만, 시신 썩는 냄새는 여전히 스멀거리며 방 안에 감돌았다.

그사이, 테엘은 방 한구석 의자에 거만하게 걸터앉아 카이를 바라보았다.

"이제 어떻게 할 거냐?"

"황태자가 무사하시면 다행이지만, 아닐 경우 계승 순위를 따지고……."

"그냥 네가 황제 하지?"

"……."

테엘은 눈을 찡긋하고는 말을 이었다.

"원래대로라면 드래곤의 개입은 있어선 안 되지만, 네가 하겠다면 그냥 옆에 서 있는 정도는 해 줄 수 있는데."

"……."

카이는 대답하지 않았다. 단지 그는 황제의 시신을 묵묵히 내려다보기만 했다.

그가 무슨 생각을 하는지, 테엘은 궁금했다. 그러나 테엘은 그대로 그를 내버려 두었다. 때가 되면 말을 하겠거니 싶었던 것이다.

테엘은 어디까지나 드래곤이었다. 사제로 수천 년 동안 인간 사이에 섞여 산다고 해도, 인간의 심정을 모두 이해하는 것은 불가능했다.

드래곤은 주신의 의지에 따라 인간들의 삶을 관찰해 왔다. 세상의 조화와 순리를 위해서는 필연적으로 인간이라는 한 종족의 삶을 관찰할 수밖에 없었다. 지루한 엘프와 미련한 오크, 그런 가운데 인간은 가장 독특한 종족이었으니까.

하지만 인간의 어떤 점들은 도저히 이해할 수가 없었다. 미련하기도 하고, 엉뚱하기도 하고, 고집스럽기도 했다.

대대로 로인 공작이라는 작자들은 그런 성격의 대표주자들이었다.

인간이 지닐 수 없는 힘을 지녔으면서도 황제라는 바보들을 섬겼다. 테엘은 로인 공작 가문이 황제라는 바보에게 농락당한 이백 년을 고스란히 지켜봤다.

'이제 일어서라. 너희에게는 힘이 있다. 우리 종족이 너희에게 내린 힘······.'

그만큼 그는 이 로인 공작을 아꼈다.

'친구로서, 너희 가문을 지키는 수호신의 사제로서, 내가 할 수 있는 모든 것을 해 줄 테니······.'

많은 사람들이 아마 간절히 바라고 있으리라. 인간세계에서도 강한 자가 왕 위에 오르는 법이니까.

그렇지만 사실 테엘, 드래곤인 그가 가장 간절히 바랐다. 지난 세월 로인 가문이 당한 설움을 그로써 갚아 주겠다는 듯이······.

그 일을 위해서는 드래곤의 자긍심과 역할 따위는 팽개쳐도 좋다고, 그는 그렇게 각오를 다지고 있었다.

'결심을 내려라, 카이!'

이윽고 카이가 천천히 고개를 돌렸다.

테엘은 아무 생각도 하지 않고 있었다는 듯 태연한 얼굴로 카이를 바라보았다.

"장례를 준비해야겠다."

테엘은 기대하고 있던 말과 전혀 다른 내용에 일순간 자세를 무너뜨렸다.

의자에서 주르륵 미끄러진 채, 테엘은 한숨을 내쉬며 카이를 바라보았다.

"그, 그렇지. 장례식. 황제의 장례식."

"그냥 조용히 치르겠다. 하루 이상 분위기를 가라앉히고 싶지는 않아."

"그래, 그래."

테엘은 그렇게 말하고는 침을 꼴깍 삼켰다.

"그리고?"

"……뭐가?"

"그, 그게 전부냐?"

"뭘 더 바라는데?"

"크, 크흠. 그러니까 ……."

아무리 그래도 드래곤이 제 입으로 황제로 만들어 준다고는 차마 말할 수가 없었다.

"……뭐, 용신을 황제의 수호신으로 만들어 준다거나, 뭐……."

카이는 무슨 소린지 모르겠다는 듯 테엘을 빤히 쳐다보았다. 그 표정에 테엘은 속이 확 뒤집어졌다.

"다 알아들었으면서! 개기냐, 지금?"

"모든 일이 끝난 후를 생각해 봤다."

"뭐?"

카이의 조용한 목소리가 테엘의 분노를 가로막았다.

"황제가 되는 건 어렵지 않지. 두 공작이 반발하겠지만 그 정도는 금방 가라앉을 거다. 이 방법이 가장 좋다는 걸 그들도 알 테니까. 그들에게 서방 연합의 방식, 공국의 대우를 약속하는 것도 한 방법이 되겠지. 그렇게 되면……."

카이는 그렇게 말하다가 다시 잠잠해졌다.

테엘이 초조함을 못 이기고 그를 재촉했다.

"그렇게 되면?"

"그렇게 되면 나한테 좋은 점이 뭐지?"

"뭐?"

테엘이 또다시 얼빠진 목소리로 물었다.

"나는 이미 힘을 지녔고, 권력을 되찾았고, 가문의 이름을 드높였어. 그 모든 걸 팽개치고 이 작은 황궁 안에서 갇혀 지내라고 권하는 건가?"

"얌마. 넌 인간 아니냐? 무슨 갑자기 해탈한 듯한 소리를 하고 있어?"

테엘의 어이없다는 듯한 물음에 카이는 쓸쓸하게 웃었다.

"이자벨 로인께서 로인에 계신 것은…… 형제에 대한 미움도 있었겠지만, 그 길이 가장 원하던 것이기 때문이라고 믿어. 드래곤 로드, 이종족과의 사랑은 고통스러웠을 것 같다."

이르엘은 그 소리에 심장이 덜컹 내려앉는 듯했다. 자신을 향해 말하는 것이 틀림없었다.

카이가 한 손을 올려 드래곤 하트 위에 올렸다. 이제 그의 가슴에 박힌 드래곤 하트는 흔적도 없었다. 수많은 싸움, 문령술사라는 엄청난 적과 싸우면서 완전히 흡수된 것이었다.

보통 인간이라면 죽었다. 그러나 그는 살아 있었고, 오히려 더 몸과 힘이 완벽해졌다. 마치 태어날 때부터 병이 있었는데 그것이 고쳐진 것처럼.

생각해 보면 그의 아버지 말고도 최근 200년 동안 로인 공작들은 일찍 죽었다. 가난 때문만은 아니었다.

몸이 필요로 하는 기운을 심장이 제대로 공급하지 못했던 것이다.

로인에게 지워진 숙명이었다.

"그녀 스스로도 살아남기 위해 드래곤 하트를 필요로 했을 거고……. 그리고 그 자식들 역시 마찬가지라고 생각된다. 결국 로인 공작은, 그 핏줄을 이어받은 자들은 로인을 떠나서 살아남을 수가 없는 것 같아."

테엘은 그 말에 눈을 부릅떴다.

"그래도 황제의 위에 오를 수는 있지. 그게 어떤 의미가 있는지 모르겠다는 게 문제야. 그 위에 오르지 않아도 이미 나는 나다. 카이

젤 아민 라 로인. 그 외에 다른 수식 따위는 없어도 그만. 필요하지
않아."

카이는 그렇게 말하고는 이르엘을 돌아보았다.

"이곳의 일을 정리하고, 그 누구도 로인을 침략할 엄두를 내지 않
는다는 것을 확인하면 그곳의 땅으로 돌아가자. 같이 가는 거다."

"같이……?'

그 말이 어쩐지 묘한 어감으로 울렸다.

"선택해라, 이르엘. 엘프들의 수장, 하이 엘프로 머물 거냐? 아니
면 내 아내가 될 거냐?'

"……그거 지금 낭만적인 청혼 하는 거 맞지?'

테엘이 뭐라 중얼거렸지만, 이미 황제의 시신을 앞에 두고 시신
썩은 물이 젖어 있는 옷을 걸친 카이를 바라보는 이르엘의 두 눈은
행복에 젖어 있었다.

과거도, 힘도, 모두 상관없었다.

이르엘은 카이를 바라보는 순간 이해할 수 있을 것 같았다.

카이를 이해할 수 있는 것은 자신뿐이고, 서로의 마음을 터놓을
수 있는 것도 자신뿐이었다.

힘과 지켜야 하는 종족에 대한 부담감……. 그것이 얼마나 힘겨
우면서도, 얼마나 의연하게 짊어져야 하는 것인지.

카이를 보라.

능히 세상을 거머쥐고 세상 전체를 파괴할 수 있을 것이며, 세상
전체를 두려움에 떨게 할 수도 있고 권위 아래 무릎 꿇게 할 수도 있

다.

그러나 카이는 그런 것에 혹하지 않았다.

"우리가 아이들을 낳는다면, 그 아이들에게도 방법이 있겠지. 그 아이들이 자식을 남기지 않는다면…… 그 역시 어떤 방법이 있겠지. 상관없어."

"이, 이봐!"

테엘이 카이를 향해 단숨에 달려들었다.

"로인 공작의 대가 끊기는 건 용납 못한다니까!"

"양자라도 들이지. 꼭 인간 자손을 낳아야 한다면."

"……그런 건 소용없어!"

"의외로 드래곤 하트가 필요한 이 신체가 하이 엘프 때문에 중화 되거나, 좀 더 완벽해질지도 모르잖아? 모르는 일이라고. 인간의 적 응에 대한 본능을 단순한 숫자계산처럼 딱딱 결정 내리지 마."

"……!"

테엘이 입을 뻐끔거렸다.

"어쨌든 이 여자 외에 다른 여자는 필요 없어. 아니, 그렇게 달려 드는 것들이 여자로 보일 것 같아?"

"그, 그렇기는 하다만……."

카이가 원하면 당장 수많은 여자가 달려들 것이다. 재산과 지위 에 눈이 뒤집힌 여인들이.

테엘 역시 모르는 바가 아닌지라 한숨만 푹 내쉴 뿐이었다.

"그래. 뭔가 방법이 있을지도 모르지."

이렇게까지 되면 체념할 수밖에 없었다.

테엘은 자리에 앉고는 이르엘을 향해 손을 흔들었다.

"이렇게 된 거, 네 남편이나 좀 깨끗하게 씻겨라. 냄새가 지독하니 바람도 좀 불게 하고."

"네, 네에."

그렇게도 반대하던 드래곤까지 이제 자신의 편이다. 이르엘은 자신의 등에 날개라도 생길 것 같은 기분이었다.

테엘이 그런 이르엘을 보고는 심술궂게 한마디 던졌다.

"이렇게 된 거, 너 이제 평생 네 남편한테 정령 시중들게 해야 할걸? 얼씨구, 그러고도 좋단다? 웃음이 나오냐, 그 말 듣고도? 야, 너희 내 말 듣냐? 어이! 엘프랑 인간!"

아무리 외쳐 봤자 소용없었다. 두 사람은 손을 붙잡은 채 서로를 하염없이 바라보는 고전적인 연인의 모습을 보여 주고 있었다.

"그래, 마음껏 무시해라! 이 괘씸한 것들아! 야! 이 방 안에 장미 향이 감도는 줄 알아?!"

두 사람의 모습이 물의 정령 사이에 섞여 보이지 않게 될 때까지, 테엘은 계속해서 소리 질렀다.

헤첸 4세 역시 살아 있었다면 테엘과 같이 소리를 질러댔을 텐데. 죽어서 다행이었다.

산통을 깬 것은 벨하임과 리슨이었다.

"주공!"

"주공, 별궁에 좀 가 보셔야겠습니다."

"가 보셔야 해요, 완전히 난리가 났습니다!"

벨하임이 오두방정을 떠는 사이, 카이는 씁쓸하면서도 화를 억누르는 표정으로 둘을 돌아보았다.

리슨은 얼굴이 창백해져선, 믿는 도끼에 발등 찍혔다는 표정으로 테엘을 바라보았다.

'……막아 주셔야지요!!!'

테엘이 어깨를 으쓱이고는 눈을 부라렸다.

'너 지금 나한테 따지는 거냐?'

"별궁에 무슨 일이 벌어졌는가? 태후께서?"

"……그, 그게. 아마도……."

리슨은 카이의 질문에 비로소 정신을 차렸다.

"앞장서라."

카이가 냉정하게 말했다. 리슨과 벨하임이 후다닥 움직이자, 테엘도 느긋한 걸음으로 그 뒤를 따랐다.

별궁은 사벤이 떠날 때와 전혀 변화가 없었다. 이프로스가 뒤진 후 열린 문 역시 다를 바가 없었다.

카이는 그 방 안을 힐끔 들여다보고, 이어 바닥의 시체를 들여다보았다.

"태후마마……."

마지막으로 보았을 때보다 얼굴은 훨씬 더 평온해 보였다. 비록 썩어 가고 있었지만.

카이는 이어 그 곁에 누운 소년의 시체를 살폈다.

"……시동인가?"

"응? 황태자 저하가 아니십니까?"

"옷차림은 황태자의 복장이지만, 얼굴이 다른데."

"옛?"

카이는 꼼꼼하게 소년의 시체를 살폈다. 아직도 시체는 얼어붙어서 피가 흘러나오지 않고 있었다. 가슴이 갈려 심장이 없는데도 피가 흘러나오지 않는 모습은 몹시 기괴했다.

카이는 그 섬뜩한 시체를 계속해서 살폈다.

"황태자가 아냐."

테엘은 벌써 귀를 쫑긋 세우고, 주변을 탐지하는 마법을 시전하고 있었다. 그는 카이의 말이 무슨 뜻인지 알아챘던 것이다.

"찾아라! 황태자께서는 무사하실 것이다! 아니면 어딘가에 피해 계실 것이다!"

카이의 눈이 번쩍 빛났다.

이르엘이 당장에 정령을 불러 도움을 청했다. 바람의 정령은 일주일 전 벌어진 일부터 시작해서 간직하고 있던 일을 보여 주었다.

"비밀통로……?"

이르엘이 그렇게 중얼거리며 훤히 드러난 통로를 가리켰다.

태후의 방 안쪽에 있는 비밀통로, 그 가장 앞쪽의 방에는 몇 년 동안 먹을 수 있도록 보관된 음식이 쌓여 있었다.

가득한 상자들 사이에, 상자 하나가 뒤쪽에 빠끔 비밀통로를 드러내고 있었다.

만약 사벤과 이프로스가 들어왔다면 쉽게 발견할 수 있었을 통로였다. 그러나 상자들 사이에 가려져 열린 비밀 문이 보이지 않았던 것이다.

이르엘을 따라 사내들이 좁은 통로 안으로 우르르 들어섰다. 어두운 길 중간중간, 갈림길에서 이르엘은 머뭇거리지 않고 정령을 따라갔다.

쉴 새 없이 부는 바람 가운데, 이윽고 길의 끝이 보였다.

밝아진 빛을 보면서 일행은 더욱 속도를 높여 뛰었다.

빛이 가득한 곳에 들어선 순간!

"……어라?"

테엘이 순간 고개를 갸웃거렸다.

"여긴……?"

카이는 얼굴을 찡그렸다.

그들은 로인 공작의 저택에 도착해 있었다.

황궁과 로인 공작 저택 간에 비밀통로가 있었던 것이다.

그들은 그제야 죽은 태후의 얼굴에 떠오른 미소를 이해할 수가 있었다.

태후는 마지막까지 황태자를 보호한 것이다. 그리고 가장 믿을 수 있는, 마지막 출구인 로인 공작의 저택에 황태자를 보내 둔 것이다.

"……그 할망구, 왜 죽는데 웃나 했다."

테엘의 말에 카이는 저도 모르게 고개를 끄덕였다.

'여우……였군.'

그녀가 섭정이었을 때 자신이 있었다면 제국은 지금과 같은 일을 겪지 않아도 되었으리라.

그러나 이미 벌어진 일을 어찌하리.

황제는 죽었으며, 황태자를 찾아야 하는 것을.

너무 생각 외의 장소로 나와서 카이는 잠시 정신이 멍했다. 자신이 무엇을 쫓아왔는지도 잠시 잊어버린 채였다.

테엘이 채근한 후에야, 카이는 정신을 차릴 수 있었다.

"그 꼬마 이름이 뭐지?"

"응? 아, 황태자 저하!"

카이가 큰 목소리로 외쳤다.

"너 솔직히 그 꼬맹이 이름 모르지……?"

카이는 테엘의 말을 애써 무시했다.

"황태자 저하! 로인 공작입니다! 무사하십니까, 저하!"

그의 목소리가 쩌렁거리며 울려 퍼졌다.

3층에서 작은 인기척이 느껴졌다. 일행이 그쪽으로 고개를 홱 돌렸다.

"로, 로인 공작……?"

겁에 질린 소년의 목소리.

카이는 3층 계단으로 재빨리 달려갔다.

그 위에는 소년이 겁에 질린 채, 양손에 스크립트를 꽉 쥐고 있었다. 언제든 상대가 로인이 아니면 도망칠 태세를 갖춘 채.

황태자는 카이를 발견하자 그 자리에 털썩 주저앉았다.

카이는 당장 그 곁에 다가서서, 그의 앞에 무릎을 꿇었다.

"신, 카이젤 아민 라 로인이 이제야 당도했나이다. 신이 늦어 폐하께 큰 죄를 범하였습니다."

"아, 아니오. 로인 공작……."

황태자는 잠시 울먹거리다가 물었다.

"할마마마께선……?"

카이는 고개를 흔들었다.

"폐하는……?"

그리고 다시금 고개를 흔들었다.

"그러나 폐하께서 무사하셔서서 다행입니다. 신이 이제부터 폐하께서 제위에 오르시도록 보좌하겠습니다."

카이는 깊숙이 머리를 숙이며 말했다.

제국의 중심지부터 시작된 이 한때의 내전은 다행스럽게도 금방 끝이 났다. 그 끝은 그 누구도 예상하지 못했던, 로인 공작의 승리라는 형식이었다.

그러나 내전의 끝은 혼란이었다. 아무리 모든 것이 잘되었다고 해도.

로인 공작의 이름으로, 수많은 내성의 귀족들이 작위가 강등되어 지방으로 향했으며, 그들에게는 황제의 부름이 있기 전까지 영지를 벗어날 수 없다는 법이 적용되었다.

헤첸 4세의 장례는 몹시 조촐하게 치러졌다. 그러나 즉위식은 매우 성대했다. 제국이 건재함을 알리기 위해서였다.

일은 그렇게 정리되는 듯했다.

제국은 건재하다.

로인 역시 건재하다.

아카데미가 확장되었다. 평민들의 입학이 대거 허용되었다.

황실의 재정은 그 어느 때보다 든든했다. 밀테이너 파벌의 재산 중 절반을 몰수한 덕분이었다.

평민과 귀족 가릴 것 없이 인재가 등용되었다. 그리고 그 인재들을 황제의 주변에 배치했다.

사벤의 행방이 여전히 오리무중이라는 것을 제외하면, 모든 일이 그렇게 잘되어 가는 듯했다.

카이는 그 점을 놓치지 않았다.

카이가 황제에게 정식으로 알현을 신청한 것은, 어린 소년 황제가 제위에 오른 지 7개월 만의 일이었다.

"로인 공작? 무, 무슨 일이오?"

로인 공작, 카이가 알현을 신청한 것은 몹시 예외적인 일이었다.

모두가 카이를 섭정, 아니 실질적인 황제로 알고 있었다. 그런데 황제에게 정식 알현이라니?

어린 황제는 이 뜻밖의 사태에 약간 당황해 하고 있었다.

"평상시처럼 그냥 입궁하면 되었을텐데……."

"오늘은 폐하께 신의 불충을 고하고 죄를 청하고자 이렇게 들었습니다, 폐하. 신의 죄를 논함에 공정을 기하여 주시길 부탁드리는 바입니다."

"……로, 로인 공작?"

황제가 머뭇거리는 사이, 황제의 옆에 늘어선 태사(太師: 황제의 스승)들 중 한사람이 재빨리 종이 한 장을 내밀었다. 황제가 그것을 읽었다.

"비록 로인 공작이 어떠한 죄를 지었다고 해도 태조 황제께서 내리신 약조와 짐이 즉위에 약조한 것에 의하며, 모든 죄를 사하는 바이다."

"그러하오나 신은 죄를 받아야 하나이다."

카이의 고집스러운 말투에 황제가 태사들을 둘러보았다.

그들 역시 당황해서 서로 귓속말로 재빨리 의견을 주고받고 있었다.

평민으로서 황제를 가르칠 수 있는 지위에 오른 것은 모두 로인 공작 덕분이라는 것을 그들은 잘 알고 있었다.

그리고 그들은 카이가 위험한 인물이 아니라는 이성적인 결론과, 위험할 수 있다는 현실적인 결론 사이에서 고민하고 있었다.

지금 카이가 황제를 폐하고자 한다면 막을 수 있는 사람은 아무도 없다.

대체 카이가 지금 원하는 것은 무엇이란 말인가?

카이는 무릎을 꿇은 채 말을 이었다.

"폐하, 신 역시 헤첸 4세와 신하 된 자로서 일전을 겨룬 몸입니다.

비록 제국에 충성을 다하는 마음으로 폐하의 옹립을 지켜보고 있었사오나, 이제 신의 죄를 더 이상 미룰 수 없는 몸이 되었습니다. 이에 신은 스스로 낙향하고자 하오니, 신 역시 폐하의 부름 없이 도성에 들 수 없도록 청하옵니다. 폐하, 윤허하여 주시옵소서.”

어린 황제와 그 옆에 늘어선 태사들은 모두 입을 쩍 벌린 채 아무 말도 하지 못했다.

“하, 하지만 로인 공작……!”

“제국의 기틀은 5대 공작이 폐하를 지키는 것……! 그러나 르켠 공작의 집안은 밀테이너 공작의 손에 몰살당했으며, 밀테이너 공작의 가문은 죄를 받아 백작의 지위로 지방에 격리되었습니다. 다른 두 공작 역시 세가 크게 줄었으며, 그들 스스로 군대를 내놓았으니 걱정할 것은 없습니다. 신, 로인은 선대 폐하께 죄를 지은 몸으로, 홀로 폐하의 곁을 지킨다는 무거운 짐을 짊어지고 있기가 버겁나이다.”

정확히는 두 공작의 군대를 카이가 억지로 빼앗았다. 반란을 일으킬 거냐고 대놓고 묻는 데 방법이 없지 않은가.

“하, 하지만 로인 공작…….”

카이는 황제의 말문을 단호하게 막았다.

“신은 서방 연합에서 사신이 오가고 그들과의 일이 정리되는 대로 로인으로 돌아가겠나이다, 폐하.”

그 말은 이미 카이가 결심했음을 밝히는 것이었다.

황제라 해도 카이의 결심을 되돌릴 수는 없었다. 아니, 설령 드래곤이 와도 카이는 자신의 결심을 돌리지 않으리라.

사실 테엘은 얼씨구나 좋다고 찬성하고 있었다.

"벌써 7개월이 되어 간다. 이제 정말 돌아가는 거지?"

"파이엘 백작이 이제 로인—란펜 간에 상단 기틀은 잡혔다고 말해 왔다. 그러니 이제 돌아가도 별탈은 없겠지. 게다가 엘프들의 숲이 60퍼센트는 회복되었다고 했으니……."

"자아, 얼른 돌아가자, 얼른."

"문제는 서방 연합이야. 올라스 올싱 힐 님의 일과, 세이글러에 대한 책임에 대해 묻지 않을 리가 없는데……."

대마법사와 소드마스터가 제국에서 죽었다. 그냥 죽었다는 말로도 부족하다. 개죽음 당했다.

그 일에 대해서 어떤 책임을 져야 할지, 카이도 예상할 수가 없었다.

"그런 문제는 이제 제국에 맡겨 두면 안 되겠냐? 너는 말야, 돌아가자고. 게다가 애송이 엘프에게까지 잔뜩 기대를 부풀려 놓고는 기껏 하는 일이 다른 놈 뒤처리냐?"

"그럼 휭 하니 가 버릴까? 누가 황제를 하든, 누가 침략을 하든, 누가 죽고 누가 살든?"

"카이."

그 말에, 테엘은 그를 똑바로 바라보았다.

"황제가 죽은 건 네 탓이 아니다. 태후가 죽은 것도 네 탓이 아냐. 네가 이 제국 모두를 책임질……."

"아직까지는 공작이니까. 로인에서 살다가 번번이 남쪽을 바라보며 한숨 쉬길 원하는 건 아니겠지?"

카이의 말에 테엘이 오히려 한숨을 내쉬었다.

"그래. 알아서 잘하고 있겠지만……. 여기에 있는 건 영 어정쩡하잖냐. 인간들이 네 앞에서 벌벌 떠는 걸 지켜보는 것, 보기 좋다. 내 앞에서 힘을 달라고 질질 짜던 꼬맹이가 지금은 말 놓고 나한테 바락거리는 것도 보기 좋지만 말이다. 얼른 돌아가고 싶구나. 일을 좀 서두르거라."

"무슨 예언이라도 하는 거야?"

카이는 그렇게 가벼운 미소로 되물었다. 그런데 테엘의 표정은 의외로 진지했다.

"……예언인지도 모르지. 샤벤을 찾지 못했다는 걸 기억해라. 녀석들이 사라진 지도 7개월이 지났는데 뭔가 슬슬 일이 벌어질 것 같다고."

테엘은 그렇게 중얼거렸다.

그리고 그 예감은 틀리지 않았다.

SWORD OF DRAGONLOAD

제3장

이변의 시작

란펜성의 하루는 꽤나 부산했다.

몇백만의 인구가 아침을 맞이하는 소리에는 희망이 감돌았다. 겨울이 거의 다 지나갔다.

새로운 봄의 축제를 준비하는 사람들은 너 나 할 것 없이 웃고 있었다.

이번 봄의 축제에서 사람들이 가장 많이 이야기를 나누는 것은 하나.

용신 로잉루의 신상을 구하는 일이었다. 카이 때문에 용신을 믿는 사람이 부쩍 늘어났다.

용신을 섬기는 인간은 본래 거의 없었다. 용신의 사제가 드래곤이고, 그의 신성력이라고 해 봤자 용언이 전부.

사제가 사람 사이에서 활약하거나 신의 이름을 부르지 않으니, 인간들이 그 이름을 들을 기회가 아예 없었던 것이다.

그렇지만 로인 공작의 화려한 부활을 지켜본 당사자들은 용신을 섬기기 시작했다.

신전도 없고 사제도 없어서 지켜야 할 율법이 무엇인지도 알지 못했고, 용신의 신상을 집 안에 둔 것이 전부였지만 그들은 그것에 만족하고 기뻐했다.

축제가 점점 다가옴에 따라, 카이 역시 더 바빠졌다.

그는 축제를 마친 후 로인으로 돌아갈 생각이었다.

돌아가면, 오지 않을 생각이었다. 그 마지막 인사를 하는 시점이 축제가 되었던 것뿐이다.

테엘에게도 사신이 오든 안 오든 그 일을 마지막으로 하겠다고 약조했고.

그리고 봄의 축제 전.

일이 시작되었다.

"왕국의 사신이 도착했다!'

세이글러 백작 이후에 모처럼 와 닿은 소식이 도성을 뒤흔들었다.

그러나 그 소식은 불길함을 안고 있었다.

보통 봄의 축제를 기념하는 사신단은 화려함으로 승부를 걸기 마련이었다.

작년에는 ―비록 화를 당했지만― 인간 역사상 가장 강한 마법사라던 올라스 올싱 힐이었다.

그전에 왔던 사람들도 최하(?) 왕자, 혹은 소드마스터였다. 제국의 강대함에 눌리지 않겠다는 듯 당당한 사람들을 보냈던 것이었다.

작년의 불미스러운 일에 대해 서방왕국 연합이 처음으로 사신을 보냈다. 그런 사람이니만큼 유명하든가, 강한 누군가를 보내지 않을까 모두들 기대했는데……

연락을 받은 카이는 서둘러 성문으로 달려갔다. 내성문에 거의 도착했을 때, 서방왕국 연합의 사신은 이미 그곳에 도착해 있었다.

카이는 한눈에 사신단의 규모와 행색을 파악하고는 안색이 변했다.

사신단의 행색은 말이 아니었다. 그들의 옷은 먼지가 묻고 구겨진 정도가 아니었다. 곳곳이 찢겨 있었고, 일행 중 몇은 한눈에 보기에도 심각한 상처를 입고 있었다.

게다가 겨우 열 명 안팎의 인원이었다.

"어떻게 된 일이오?"

누구에게랄 것도 없었다.

카이는 그렇게 물으면서도 빠르게 명령을 내렸다.

"시내의 민심을 점검해 오도록! 저들을 사신단의 숙소로 안내해라! 사제들 역시 그곳으로 보내 놓도록! 폐하께 우선 사신이 도착했으며, 사정을 알아낸 후 곧 입궁하겠다고 말씀 올려라."

이어 카이는 사신단의 곁으로 다가섰다.

"카이젤 아민 라 로인이오! 사신단의 단장은 누구시오!"

"로, 로인 공작……!"

사신단을 이끌던 단장이 카이를 바라보았다. 그가 흐느적거리며 앞으로 나섰다.

"본인은 사신단을 이끌고 온 제이른 백작입니다!"

"황궁으로 모시겠소. 폐하 앞에서……."

그러나 상대는 고개를 흔들었다.

"드래곤을 먼저 뵙고 싶습니다!"

"뭣?"

카이는 그 뜻밖의 요구에 잠시 놀랐다.

"서둘러야 합니다!"

제이른이 몸을 떨면서 나지막하게 중얼거렸다.

"마물을 만났습니다!"

"……내 저택으로 갑시다."

카이가 그를 덥석 잡아끌었다.

테엘은 단번에 그의 상처를 알아보았다.

저택에서 뒹굴거리는 것 외에 하는 일이 없다곤 해도, 그는 드래곤이었다.

용신의 사제 아닌가! 그는 그 상처에서 미약하게 흐르는 마기를 알아보았다.

"……마족인가."

테엘의 말에 제이른은 고개를 끄덕였다. 얼굴이 꽤 굳어서 창백해진 상태였다.

"사신을 보낼 때에는 별 이상이 없었다. 어떻게 된 거지? 아니, 공간이동은?"

카이는 질문을 퍼부었다. 제이른 백작은 그 말에 고개를 흔들었다.

"공간이동을 물론 했습니다."

제이른은 그렇게 이야기를 시작했다.

*   *   *

최근 서방 연합에서는 회의를 꽤 자주 열었다. 제국 내의 불안을 틈타 땅이라도 넓힐 생각이었지만, 로인이 정권을 장악한 이후에는 그와 같은 시도조차 할 수 없었다.

그렇다고 소드마스터와 위대한 마법사에 대한 일을 그냥 잊을 수는 없었다.

"제국의 로인 공작이 사신을 보냈소. 사과의 뜻을 밝히며, 이번 봄의 축제에서 그 일에 대해 의논하고 싶다고 전해 왔소이다."

"흥—! 왜요, 이번에는 또 누구를 죽이겠답니까?"

왕국의 외교 대표들이 모인 자리에서 좋은 소리가 나오진 않았다.

"그렇지만 제국과 이대로 일전을 치를 게 아니라면, 그 일에 대한 배상을 받아 내든, 땅을 받아 내든 해야 하지 않겠소이까."

그렇게 해서, 왕국은 사신단 대표로 제이른 백작을 뽑았다.

제이른은 제국을 향한 공간이동 마법진 위에 올랐다. 보통 때보다 더 많은 병력이 호위를 위해 따라붙었다.

제이른 자신도 소드익스퍼트로, 만약의 경우 제 한 몸 정도는 지킬 수는 있었다.

그러나 그들의 마법진은 중도에 파훼되었다.

마법진으로 걸어 들어가 그대로 나왔을 때 그들 앞에 펼쳐진 곳은 광대한 평원이었다.

란펜 성은 보이지도 않았다.

"여기가 어디냐!"

모두가 당황해 주변을 둘러보았다. 마법사가 나서서 그들이 있는 위치의 좌표를 계산했다. 시간이 한참이나 흐른 후에야, 그는 당황해서 주변을 살폈다.

"주, 중간 지역입니다."

"중간? 어디와 어디의 중간이라는 건가?"

"제국와 왕국 연합 사이의 평원입니다만, 대체……."

"마법진이 잘못된 건 아닌가?"

제이른은 혹시나 싶어 그렇게 물었다. 물론 왕국 한복판에 설치된 마법진은 특히 제국으로 향하는 입구였기 때문에 틀리려야 틀릴 수가 없었다.

그런데도 혹시나 하고 묻는 순간.

마법사가 부정하는 몸짓을 하기도 전에, 제이른은 새로운 보고를 받았다.

"백작님! 저쪽에서 일단의 기마대로 보이는 무리가 달려오고 있습니다!"

"기마대?"

제국의 국경수비대일까?

그러나 제이른은 온몸으로 불길함을 느꼈다. 기마대와는 무언가 다르다. 어디라고 딱히 말한다면…….

보통 기마대는 멀리서도 얼굴은 더 밝게 보여야 했다. 그러나 지금 달려오는 기마대는 전체가 다 어두웠다. 검은 갑주를 걸쳤다 해도 그 정도로까지 어둡다는 것은 이해되지가 않는데…….

제이른이 저도 모르게 검을 뽑으며 외쳤다.

"전원……!"

그러나 공격 명령을 내릴 수가 없었다.

"……란펜이 있는 동쪽을 향해 전속력으로 전진하라!"

싸우기도 전에 느껴지는 불길함.

이 의외의 명령에 따른 것은 얼마 되지 않았고, 그 얼마 되지 않는 숫자 중에서도 극히 일부만이 살아남을 수 있었다.

"마법사를 필사적으로 보호하면서 몇 번이나 불확실한 곳으로 공간이동을 했지만, 결국 남은 것은 열 명 안팎……."

제이른은 눈물을 참으며 중얼거렸다.

"정면으로 붙지 않은 건 꽤 현명한 지시였다."

테엘은 그렇게 말하면서 자리에서 일어섰다.

"카이, 인간들의 규합은 너에게 맡기겠다. 나는 일족을 규합해 자세한 상황을 알아보겠다."

"……알겠다."

카이는 우선 고개를 끄덕였다. 테엘이 그곳에서 금세 모습을 감추었다. 용의 신전이 있는 로인으로 향했으리라.

카이가 제이른을 돌아보며 물었다.

"황궁에 입궁해야겠소. 몸은 괜찮으신가?"

"……괜찮을 것 같습니다. 로, 로인 공작님……. 대체 지금 무슨 일이 벌어지고 있는 겁니까?"

"자세한 일은 나도 모르지. 하지만……."

카이의 입가에 묘한 미소가 떠올랐다.

'역사가 반복되는 것 같지 않은가!'

카이는 그 말은 속으로 삼키고, 자리에서 일어났다.

"잠깐이라도 쉬시오. 입궁 채비를 갖추도록 준비시킬 터이니, 서두르도록."

카이는 굳은 얼굴로 방을 나섰다.

'마물이라니……. 이 무슨 날벼락이란 말인가?'

그러나 그의 심장은 다른 말을 하고 있었다. 불끈거리면서 쉴 새 없이 뛰고 흥분한 듯 팔딱거렸다.

몸은 인간이지만 심장은 드래곤 하트였다. 어쩔 수 없이 마물과의, 강적과의 전투를 기꺼워하는 것은…….

카이의 입가에는 묘한 미소가 떠올랐다.

제이른은 꽤 지쳤지만, 성심성의를 다해 제국의 군사 담당자들에게 자신이 겪은 일을 이야기했다.

마물이라는 이야기에 누구도 쉽게 믿지 못하는 눈치였다.

"하지만, 마물이라니……."

"게다가 이 지도를 보십시오, 딱 제국의 영역 내에 있지 않습니까? 하지만 제국 내에서는 아직 보고가 올라온 적도 없습니다."

그렇게 왈가왈부하던 중, 카이가 좌중을 향해 가만히 말했다.

"드래곤인 테엘 사제께서 일족에게 경계를 알리셨소. 그분께서 제이른 백작을 치료하며 마기를 감지하셨고."

그 말에 좌중의 얼굴은 순식간에 꺼멓게 죽었다. 드래곤의 말이라면 부인할 수도, 잘못 봤다고 몰아붙일 수도 없었다.

"그, 그렇다면……."

모든 사람의 시선이 제국의 지도로 향했다.

자세한 지점을 알아내는 것은 불가능했지만, 마족을 마주친 방향을 짚어 내는 것만으로도 지금 그들에게는 큰 정보였다.

서방 연합의 경계에서, 란펜으로 오는 무인지대.

란펜과 서방 연합 사이에는 물론 성이 있었다. 란펜에 비할 만큼은 아니었지만, 백작령 몇 군데와 후작령 하나가 있었다.

"마법진을 통해 이동하려 했지만, 그렇게 군대가 있는 곳으로 향하지는 못했습니다."

제이른의 말에 카이는 고개를 흔들었다.

"마법진을 통한 이동이 방해받았다……?"

"그런 것 같습니다. 그래서 계속 무인지대로 나올 수밖에 없었습니다. 그런 곳마다 마치 쫓아오듯이 마물이 튀어나와……."

"란펜으로 향하는 건가……?"

카이는 이어 황궁 마법사들을 바라보았다.

"그 중간 곳곳의 성에 연락은 닿았는가?"

"예, 하지만 그들에게도 아직 그런 보고는 없다고……."

"이상한걸."

카이는 이마를 찌푸렸다.

'사벤은 어떻게 마물을…… 움직이지? 문령으로?'

그러나 마물을 달리 마물이라 하는 것이 아니다.

마물은 마족의 지배를 받는다. 때문에 몬스터와는 달리 드래곤이 다스릴 수가 없다.

정확하게 말하자면, 마물은 마족이 만들어 내고 키워 낸다.

그들에게는 애완동물과 같은 것이 마물이었다.

마물은 싸움과 전투를 좋아하고, 인간의 시체를 양식으로 삼는다. 마법을 부릴 줄은 모르지만 인간보다 훨씬 강했다.

그들은 한 번 전쟁이 시작되면 자신들이 지쳐 죽을 때까지 싸웠지만, 보통 인간이 그보다 먼저 지쳐 죽곤 했다.

마물과 벌인 전투에 대한 기록은 거의 남아 있지 않았다. 그 당시의 역사를 기록할 사람조차 없을 정도로 전투는 격렬했던 것이다.

드래곤과 그의 연인이 아니었다면 인간은 몰살당했고, 마족이 세상을 지배했으리라.

마물은 마족의 지배만 받는데, 어째서 사벤의 뜻에 따라 움직이는 것처럼 생각될까?

카이는 그 점을 곰곰이 생각해 보았다.

'문령? 아니면 거래?'

카이가 그렇게 생각에 잠긴 사이.

회의실의 그 누구도 입을 열지 않았다. 카이의 생각을 방해하지 않겠다는 듯, 입을 꾹 다문 채 그만을 뚫어져라 바라보고 있었다.

제이른 백작은 그런 것을 보면서, 지치고 마물 때문에 놀랐으면서도 자신의 본래 임무를 떠올리지 않을 수가 없었다.

로인 공작의 이름이 아무리 제국에서 드높다 해도, 설마 이 정도로까지 권력을 장악했으리라곤 생각 못했던 것이다.

제이른 백작은 모든 사람들이 로인 공작만 의지한다는 것을, 마치 실질적인 황제와 같다는 것을 지금 이 자리에서 실감할 수 있었다.

황제가 상석에 앉아 있으면 무엇 하는가!

황제는 그야말로 겁먹은 꼬맹이에 불과했다.

카이는 그들의 시선을 눈치채고는 고개를 들었다.

"자세한 상황을 좀 더 파악해야겠지만, 이렇게 되었다면 이동 마법……."

카이는 그렇게 말을 잇다가 이마를 찌푸렸다.

"……그렇군. 이동 마법이 불가능하다는 것은, 황궁 마법사! 이동 마법진의 사용이 불가능하다면, 통신 마법과는 수식이 다른 건가?"

"예? 예. 통신과 이동은 수식이 다릅니다. 물론 중심으로 향하면 마나에 의지해서 무언가를 움직인다는 기본 사항은 똑같습니다만,

마법의 기본은 본래……."

"마법 강의를 듣자는 게 아니다. 통신 마법은 가능하다라……."

그리고 카이는 다른 이들의 등골이 서늘해지는 말을 아무렇지도 않게 내뱉었다.

"그래 봤자 뭐 하는가? 지방군의 지원이며 서방왕국 연합에서 지원군을 받을 수가 없는데."

"……헉!"

"마, 맙소사!"

통신이 아무리 통해 봤자 사람이 옮겨올 수는 없다. 이동 마법이 먹히지 않는다는 것은 곧 그것을 의미했다.

"하, 하지만 제국 내 모든 이동 마법진의 사용이 불가능……."

"그걸 막아 두는 게 좋을지도 모르겠군. 사벤이라면 그 좌표를 알아내 역이용할 수 있으니까."

카이는 그렇게 말하면서 좌중을 둘러보았다. 모두들 두려움에 질린 표정이었지만 그만은 침착하고 두려움을 모르는 듯했다.

"지원을 요청하는 것은 역시 불가능할 거요. 마물에 대한 확신이 생기면 아마도 드래곤 일족에게 도움을 요청할 수는 있을 테니 그쪽의 지원을 바라야겠군……."

카이의 말에 모두들 어두운 표정으로 고개를 끄덕였다.

"우선 이 사실이 확실해질 때까지 외부에 알리지는 마시오. 가족들에게도 비밀이오. 확실해진다면 그때 직접 알릴 터이니."

카이는 그렇게 말하며 사람들을 내몰았다.

"그때까지 마물에 대한 조사를 서두르시오! 신마대전이 어떻게 진행되었고, 그들의 전투가 어떻게 진행되는지 등등! 모든 정보가 필요하오!"

카이의 말이 울려 퍼지는 순간 사람들은 일제히 자리에서 일어났다. 황궁 도서관, 아니면 역사가 등등, 정보를 구하기 위해서.

고요해진 회의실에는 순식간에 황제와 카이, 두 사람만이 남았다.

카이가 황제를 향해 돌아앉았다. 두려움에 질린 소년의 얼굴이 먼저 눈에 들어왔다.

카이의 입가에 묘한 미소가 스쳤다. 오만한 미소였다.

어린 황제는 그 미소의 의미를 이해할 수 없었다.

"지, 지금 마물이 몰려온다는 내용 아니었나요, 로인 공작?"

"그렇습니다, 폐하."

"그런데 그대는 어째서 웃는 건가요?"

황제는 그렇게 묻지 않을 수가 없었다.

카이는 다시 미소 지으면서 고개를 갸웃거렸다.

"마물은 두려운 상대가 틀림없습니다, 폐하. 그들은 하루 종일 싸워도 지치지 않을 것입니다. 마족과 닮았다는 말을 떠올리면, 그들이 인간 시체를 먹고 강해지는 것 역시 마찬가지일 거라고 생각합니다. 그들의 모습을 직접 본 적은 없지만, 역시 두려울 것 같습니다."

"그, 그런데 어째서 웃을 수 있지요?"

"글쎄요."

카이는 그렇게 중얼거리면서 무심코 자신의 한 손으로 가슴의 드래곤 하트가 박혀 있던 자리를 만지작거렸다.

"마물을 상대로라면 힘을 아껴야 할 이유가 없으니까……일지도 모릅니다. 혹은 마치 약속이나 한듯이 과거의 역사가 반복되는 일이 재미있기도 합니다, 신은."

"과거의 역사……?"

"과거, 제국은 마물과 싸워 지금의 강대한 패권을 손에 넣었습니다. 지금과 달리 그때에, 서방 연합 쪽에서는 우리 제국을 그들 대대로 형님이자 아버지의 국가로 섬기면서 존경했습니다. 우리 역시 그들을 아우이자 아들로 보호했습니다. 이미 인간은 한 번 마물과 싸워 이겼습니다. 그런데 두려워할 이유가 없지 않습니까?"

카이의 말에, 황제의 얼굴에도 두려움이 사라졌다.

반면 카이의 얼굴에는 오히려 미소가 사라졌다.

"오히려 우리가 두려워해야 할 것은…… 같은 인간, 사벤 알 미네드입니다. 그의 아들과 가족들을 인질로 잡고 있는데도 그는 전혀 연락이 없습니다. 결국 그들 역시 하나의 소모품에 불과했던 것 같습니다. 그렇다면……."

카이는 한숨을 내쉬었다.

"그자를 찾아낼 때까지 신은 단 한순간도 안심할 수가 없을 것 같습니다."

"……로인 공작이 두려워하는 사람도 있단 말인가요?"

"물론이지요, 폐하."

카이는 씁쓸하게 웃었다.

"신은 정말로 사벤 알 미네드가 두렵습니다. 그렇지만 두렵다고 해서 싸움을 포기하지는 않을 것입니다."

카이는 주먹을 불끈 쥐었다.

며칠 안 되어 두 번째 회의가 개최되었다.

회의는 전보다 더 삼엄한 분위기에서 진행되었다.

상석에는 카이만이 아니라, 테엘까지 버티고 있었다.

그러니 누가 감히 반대 의견을 펼칠 수 있겠는가. 사람들은 입을 열기는커녕, 고개를 똑바로 들고 둘을 바라보지도 못했다.

"마물이 오고 있다."

테엘의 첫 말이 그러했으니, 더더욱 분위기가 무거워졌다.

"뭐, 다행인 건 마족의 흔적을 아직 볼 수 없다는 거야. 마족의 흔적은 드래곤이라면 어디에서도 느낄 수 있으니까, 그들이 오지 않은 걸 보면 어쩌면 마계와 연결된 몇 군데의 게이트 주변에서 마물이 자생적으로 자랐고, 그 마물들이 지금 이쪽으로 몰려드는 거라고 파악된다."

"……게이트?"

"아, 그건 신경 쓸 필요 없소. 신마대전 이후로 용언의 봉인을 해 두었으니까."

"문령으로 깰 염려는 없는 겁니까?"

카이의 질문에 테엘은 불쾌하다는 듯 이마를 찌푸렸다.

'저놈이……. 감히 인간들 앞에서 나한테 시비 거냐? 앙? 다른 때

라면 콱 그냥……'

테엘은 애써 폭발하고 싶은 걸 참으면서 카이에게 대답했다.

"드래곤의 위엄을 무시하는 것이오?"

"그보다 이 세계의 안정을 확인받고 싶소만."

"하여간 말로는 안 진다니까……."

"마물의 피해를 입는 것은 인간이니까."

"이러다가 우리 또 싸우는 거냐?"

"그렇게 되어 가고 있는데?"

"……그리하여 원래 이야기로 돌아가자면, 게이트에 대해서는 몇 겹의 대비책을 세워 용언을 에워 쳤으니까 다른 생각은 하지 말도록. 그 문의 역할은 하급 마족과 마물들이 흘러나와서 깽판 치는 걸 막는 역할밖에 안 되니까, 어차피 이 시점에서는 제대로 기능할 수 없다고. 고위 마족이라면 얼마든지 차원이동으로 나와서 놀 수 있고."

"……."

사람들은 일제히 그의 경박해진 말투에 입을 쩍 벌렸다.

테엘은 귀찮다는 듯 의자에 푹 기대앉았다. 열 살짜리 꼬마가 이 회의실에 끌려왔어도 그런 자세를 취하지는 않는데, 물경 몇천 살의 드래곤이 그런 자세를 취하고는 귀찮다는 표정을 짓고 있었다.

"폐하 앞이다. 사제님, 자세를 좀 고쳐 앉지."

"허리 아파. 어쨌건 사방 거의 모든 영역으로 이동 마법의 흐름이 기묘하게 뒤틀려 있어. 어떤 술법을 쓴 건지는 나도 모르고, 드래곤들에게 따로 확인하라고 일렀는데 지금으로서 이동할 수 있는 건 로인뿐이야."

"나를 노리는 건가."

"당연하지. 그리고 이동 마법진을 막은 건, 어제 네가 말한 대로 군사 지원을 막는 것도 이유가 있겠지만, 마물들에게 어디로 가라고 명령하는 것 같다. 다른 피해는 줄이고 곧장 란펜부터 치려는 거다. 황제가 없어지고 수백만의 인구가 있으며 가장 강한 상징이니까, 여기부터 깨면 편하거든. 마족이 뒤에 있든, 사벤이 마물의 왕이 되고 싶어 하든 어떤 목적이든 말야."

"……."

인간들은 다시금 숙연해졌다.

"고로 엘프 궁수 지원은 없고, 드워프야 워낙 숫자가 적어서 우리는 그들을 보호할 거고, 때문에 인간들끼리 잘해 봐!"

"……어이."

"아, 우리가 돕는데 뭘 상관이야. 란펜은 그래서 좋다니까? 평원 넓잖아. 거기 마물 모이면 운석 몇 방 때리든가, 아니면 또 지각 뒤집고, 아니면 뭐 헬 마그마 몇 년 흐르게 놔두면 되는데."

그렇긴 하다.

이론상으로는.

카이는 어이가 없기도 하고 더없이 든든하기도 해서 묘한 표정으로 테엘을 바라보았다.

'케케케! 어떠냐, 드래곤이 실로 위대해 보이지 않냐?'

테엘은 한껏 자신만만한 표정으로 일행을 둘러보았다.

"제, 제국의 홍복입니다!"

"감사합니다, 테엘 사제님!"

모두 안심했다. 테엘의 눈을 보지는 못하지만 그에게 연신 감사의 뜻을 밝히고, 안심한 표정을 짓고 있었다.

"……모두들 나가라."

카이는 그런 자들에게 축출령을 내렸다.

"……?"

안심하면서 풀어졌던 분위기가 다시 어두워졌다. 사람들은 그의 말이 어떤 뜻인지 몰라 서로를 바라보았다.

"폐하와 테엘 사제를 두고는 모두 나가라."

"엥? 왜?"

"어서!"

카이의 목소리가 쩌렁 울려 퍼지자, 사람들은 서로를 바라보면서 자리에서 일어났다.

모두가 눈치를 살피면서 나가자 카이는 한숨을 내쉬었다. 테엘은 모처럼 사람들이 자신을 칭송하는 데 들떠 있다가, 카이가 그들을 내쫓자 기분이 좋지 않았다.

"왜 그러냐? 질투냐?"

"……사벤의 위치를 파악하는 일은?"

"제 나라로 갔겠지."

"7개월 동안 이 나라 곳곳의 마법진을 박살 내 놓고?"

"이제 가겠지, 뭐."

"억울하지 않냐?"

"뭐? 문령술사한테 진 거라든가, 싸웠는데 그놈은 내뺀 걸 말하는 거냐? 자기가 알아서 꼬리 말고 도망갔으면 마물하고 싸우면 끝이지."

"과연 도망을 갔느냐 하는 점이 중요한 것 아닌가."

"다시 싸우게 되면 내가 그놈을 살려 둘 것 같나?"

테엘은 씩 웃었다.

"그런 경우가 생기길 오히려 빌고 있으니 걱정하지 말라고."

카이가 그런 테엘을 보면서 고개를 설레설레 흔들었다.

"나는 가끔 네가 생각이 있는 건지 없는 건지 모르겠다……."

"임마, 감히 드래곤에게 지금……!"

둘이 다시 툭탁거리기 시작하자 황제는 눈을 동그랗게 떴다. 입가에는 저도 모르게 수줍은 미소가 떠올라 있었다.

"두, 두 분 사이가 좋군요."

"아닙니다, 폐하!!"

"인간이랑? 헹!"

둘이 으르렁거리면서 쏘아보는 통에 소년 황제는 몸을 바들바들 떨며 의자에 파묻혔다.

"어쨌든 폐하 주변에 안전망을 설치해!"

"이놈이 어디 지금 드래곤에게 명령질이야! 너 재미 들렸지! 감히 인간이 제 주제를 모르고……! 네 아들도 아닌데 내가 왜 그렇게까

지 해 줘야 하는 건데!'

둘이 다시 으르렁거리는 통에 황제는 피식 웃고 말았다.

'이 둘이 있으면 괜찮아. 무섭지 않아.'

황제는 그렇게 느꼈다.

*　　　*　　　*

"어느 정도나 모였지?"

"숫자는 꽤 많이 모였습니다. 하지만 스승님, 이대로 가면 우리들
이 더 위험하지 않겠습니까?"

이프로스는 살짝 겁이 난다는 듯 옆을 바라보았다.

그들은 수십만을 헤아리는 마물 한가운데에 있었다.

놀랍게도, 인간의 명령은 절대로 듣지 않는다는 그들은 지금 마물
의 등 위에 올라타 있었다.

끈적거리는 유황 냄새. 그들은 땅 위에 검고 기름진 뭔가를 뚝뚝
떨어뜨렸다. 그것이 떨어진 땅에서는 또 다른 마물이 태어났다.

그것들은 마기가 약한 공기 때문에 강한 마물이 되지는 못했고,
크기 역시 몹시 작았다. 게다가 옆을 지나치던 마물들은 그것을 보
고는 단숨에 낚아채어 입 안에 우겨 넣고 있었다.

그들은 모두 굶주려 있었다. 사벤이 일부러 그들이 사람 사는 영
역을 피해 움직이도록 한 것은 그 때문이었다.

굶주린 개는 잘 무는 법이니까.

백만을 헤아리던 마물 군대가 수십만으로 줄어든 것은 그 때문이었다. 란펜을 향해 모여들면서, 수십 번의 자잘한 전투를 거치고 서로를 잡아먹은 것이었다.

　사벤은 그것이 마음에 들지 않는다는 듯 싸늘한 표정으로 바라보기만 했다.

　"이제 일이 다 진행되었다. 마물을 이 정도로 끌어 모았으면……. 우리의 땅은 깨끗해졌을 것이며, 이제 서쪽의 녀석들에게 쓴맛을 보여 줄 때니까."

　사벤의 얼굴은 어두웠다.

　모든 일이 잘되었다고 생각했다.

　황제의 몸에 치른 의식은 바로 황궁 안에서부터 마물의 게이트가 열리도록 하는 것이었다.

　동쪽의 마물들을 서쪽에서 놀도록 했는데, 어째서 그것이 통하지 않았는지…….

　그 이유를 깨달은 것은 한참 후였다. 로인이 돌아와 황태자를 찾아냈다고 했을 때.

　태후가 어째서 웃었는지 사벤은 그때야 알았다.

　그러나 어차피 결계는 깨졌고, 이제 와서 달라진 점이라곤 시간이 약간 더 걸린다는 것뿐이었다.

　마물은 서쪽으로 달려갔다. 서쪽에서 그들을 부르는, 저주받은 시체가 있기 때문이었다.

　헤첸 4세의 시체에서 피어나는 지독한 저주의 기운은, 그동안 그들이 서쪽으로 얼씬도 못하게 했던 무서운 자의 죽음을 알리고 있지 않은가!

서쪽으로……! 건조한 사막을 건너 더 살찐 사람들을 찾아 서쪽으로!

마물들이 모여들자 사벤은 몇 군데의 마법진을 파괴했다.

란펜으로, 란펜으로.

그가 향할 곳은 란펜뿐이었다. 란펜을 파괴하면 이 세계는 진정 마물의 것이 되리라.

'서방이여……! 너희들의 땅은 영원히 저주받을 것이다! 너희들이 누린 풍족함……! 그 대가를 이제는 치러야지!'

사벤의 눈이 번득였다.

사벤이 이끄는 수십만의, 그리고 굶주림에 시달리고 다른 마물과의 싸움에서 이겨 남은 마물들만이 란펜을 향해 움직이고 있었다.

SWORD OF DRAGON LOAD

제4장
마물의 피로 물드는 평원(1)

"……이 기운인가."

어느 날 아침.

카이는 마물이 왔음을 깨달았다.

하늘은 아침부터 어두웠다. 애당초 태양이 이 세상을 비추지 않는 듯했다. 별도 달도 뜨지 않고, 막연하게 어디선가 결코 밝지는 않은 그런 어스름한 빛이 세상을 비추기 시작했다.

마물이 가까이 오고 있음을 알리는 징조는 어둠만이 아니었다.

사람의 신경을 긁어 대는 소리가 사방에서 울려 퍼지고 있었다.

사람들은 어디에서 들리는 소리인지 몰라 서로에게 짜증을 냈지만, 몇몇 사람만은 그 소리의 정체를 알고 있었다.

정령들이 도망치고 있었다. 공기는 눅눅해지고 땅은 불타올랐다. 그러면서 그들은 비명을 지르고 있었다. 정령과의 친화력이 없는 사람이라도 들을 수 있을 정도로 격렬하게……!

란펜 주변이 서서히 죽어 가고 있었다. 마기에 침범 당하면서 주변에서는 새로운 마물이 태어나고, 금세 옆의 마물에게 잡아먹혀 죽었다. 그런 일이 수없이 반복되는 가운데.

카이는 천천히 침대 밖으로 나섰다. 씻고 옷을 입는 데에는 시간이 얼마 걸리지 않았다.

오늘은 검은 무복(武服)을 걸쳤다. 무복은 팔꿈치 아래로 팔에 착 달라붙고, 허벅지에서부터 역시 착 달라붙었다.

"……이걸 차라."

언제 들어왔는지, 테엘이 가만히 보고 있다가 뭔가를 꺼내 건넸다. 카이는 피식 웃었다.

"필요할 거라 보는 건가?"

"무슨 일이 벌어진 후에 후회하는 건 인간들의 특성이지. 우리 드래곤의 것이 아니라."

갑옷이었다. 그걸 손에 들자 아침부터 날카롭던 신경이 조금은 가라앉는 것이 느껴졌다. 신성 마법이 걸려 있는 모양이었다.

카이는 그것을 걸쳤다. 흰색 갑주가 몸에 착 달라붙어 날카롭게 빛났다.

카이는 드래곤 본으로 만든 검을 옆구리에 찼다. 그리고 망토를 찾아 어깨에 둘렀다.

"나가자."

카이가 테엘에게 말했다.

그가 방을 나서자, 테엘이 그 뒤를 따랐다. 다시 그 뒤를 따라 리슨과 벨하임이 나란히 섰다. 둘 역시 완전무장한 상태였다.

저택 홀에서 이르엘이 기다리고 있었다. 그녀의 얼굴은 딱딱하게 굳어 있었다.

카이는 아무 말도 건네지 않았다. 대신 그녀의 곁에 다가가 가볍게 품에 안았다. 딱딱하게 굳었던 몸에서 천천히 긴장이 풀리는 것이 느껴진 후에야, 카이는 안아 줬던 팔을 풀고 앞으로 나갔다.

저택 앞에는 수백의 기사들이 기다리고 있었다.

카이는 준비된 말 위에 올라탔다. 말은 주변의 공기가 마음에 들지 않는 듯 연신 신경질적으로 발을 굴렸다.

"가자!"

카이의 목소리가 낭랑하게 울려 퍼졌다.

"로인 공작의 출정이다!"

"로인 공작이 나가신다!"

기사들이 길을 트면서 외쳤다.

그 소리가 사방 정령들이 지르는 비명을 압도하기 시작했다.

그러자 사람들은 더 목소리를 돋워 외쳤다.

"로인 공작이 나가신다!"

사람들의 목소리에서 힘이 실리기 시작했다.

카이는 기사들의 한가운데를 지나, 내성 문 앞에 잠시 멈춰 섰다.

그의 앞에서 내성 문은 이미 활짝 열려 외성에서 기다리는 평민들을 보여 주고 있었다.

그러나 그전에 카이는 잠시 말에서 내렸다.

어린 황제가 그를 향해 양손을 내밀었다.

"짐은…… 그대의 무운을 기원하오."

황제의 떨리는 목소리에 카이는 한쪽 무릎을 꿇었다.

"필히 승리를 폐하께 바치겠나이다."

짤막한 의식. 그러나 그들을 보는 사람들은 그 짧은 대화 속에서 충분히 긴장감을 느낄 수 있었다.

황제가 카이의 뒤에 선 테엘을 향해 한발 다가섰다.

그리고 다음 순간, 테엘 앞에 양 무릎을 꿇었다.

"드래곤의 사제시여, 용신 로잉루와 주신의 축복이 함께하시길, 우리 란펜의 백성들을 가엾게 여기시길 청원합니다."

모든 사람들이 놀라 어린 황제를 바라보았고, 카이 역시 가볍게 당황했다. 그러나 이는 기분 좋은 경험이었다.

테엘의 표정이 진지해졌다. 그는 말 위에서 가볍게 고개를 끄덕였다.

"알겠다, 인간의 황제여."

"감사합니다, 드래곤의 사제시여."

어린 황제는 일어섰다. 그리고 카이 역시 일어나 말 위에 올랐다.

"승리를…… 폐하께 바치겠나이다!"

카이의 우렁찬 목소리가 다시금 내외성 곳곳에 울려 퍼졌다.

카이가 앞으로 나섰다.

완전무장을 갖춘 기사들이 그 뒤를 따랐다. 수백의 기사가 거리를 지나는 동안, 그들의 발소리가 힘차게 울려 퍼졌다. 그 소리에 사람들은 자신들을 괴롭히던 소리를 잊어버렸다.

한 사람의 걸음인 듯, 척척 맞는 발소리에 사람들의 심장이 뛰기 시작했다.

"이기실 겁니다—!"

누군가가 외쳤다.

"로인 공작님, 만세!"

"만세, 로인 공작님!"

"청홍조의 기사님들, 힘내세요!"

카이는 말 속도를 늦췄다. 그리고 힘차게 손을 들어 보였다.

"승리를 위하여—!"

그야말로 모든 것을 압도하는 한마디!

일순간 정적이 감돌았다. 심지어 정령들의 비명조차 멎은 듯했다.

카이가 들고 있는 손, 그 꼭 쥐어진 주먹에서 느껴지는 힘!

그 목소리에서 느껴지는 자신감!

"우와와와!"

다음 순간 사람들은 그에게 미쳐 버렸다.

그의 모든 것에 사람들은 완전히 감격했다. 반해 버렸다. 모든 시선을 빨아들이고도, 당당하게 사람들 한가운데를 걸어가는 그 모습!

지금 그가 왜 나가는 것이던가!

해도 뜨지 않고 바람도 미쳐 불어 대는 이 땅 위에서, 그는 홀로 싸우려는 듯 보였다!

아아, 마물을 상대로 그 어떤 사람이 저토록 강건할 수가 있을까? 어쩜 저렇게 위대하게도 한발 한발 나아감에 두려움이 없을 수 있단 말인가……!

"보아라, 보아라! 로인 공작을 보아라!"

시인과 음악가들은 목청을 높여 외쳤다.

"그의 모든 행동거지를 보아라, 후대에 전하라! 그를 찬양하고 영원히 그의 이름을 기억하라!"

그들은 모두 확신했다. 지금 그들이 보는 카이젤 아민 라 로인의 모습은 전설이 되리라는 것을……!

성문 위에 오르자, 사방에서 끓어오르는 유황 냄새를 맡을 수가 있었다.

외성의 군사들은 두려움에 떨고 있었다. 숨을 쉴 수도 없을 정도로 짙은 유황 냄새, 어둠의 냄새.

평원 가득 퍼진 살기가 사람들의 기세를 억누르고 있었다.

카이는 성벽 위에 올라 평원 끝에 시선을 주었다.

평원 먼 곳에 검은 그림자가 평원을 덮고 있었다. 그 그림자는 천천히 이동하면서 사방을 검은색으로 물들이는 것 같았다.

카이의 가슴이 그 다가옴에 따라 천천히 뛰기 시작했다.

테엘이 옆에 섰다. 카이는 그의 얼굴을 바라보곤, 그 역시 자신처럼 흥분했음을 깨달았다.

"오고 있구나, 죽을 것들이!"

테엘은 씩 웃었다. 그의 송곳니가 다른 때와는 다르게 삐죽 돋아나 있었다.

"마기는?"

카이의 목소리에서는 얼음이 뚝뚝 떨어질 것 같았다. 테엘처럼 잔뜩 흥분했지만 오히려 그는 냉정한 모습을 유지했다.

'허허, 거참……. 드래곤보다 더 지독한 녀석 같으니.'

테엘은 혀를 차면서 조금은 머리를 식혔다. 그리고 숨을 깊게 들이마셨다.

도로아미타불. 마물들의 저급한 마기와 살기가 다시 테엘의 살기를 끓어오르게 했다.

"죽일 것들 ……."

이빨이 점점 튀어나오고, 손톱과 팔목에 불그스름하니 비늘 형태의 피부가 솟아올랐다.

"마족은?"

"없어, 없다. 저것들은……."

드래곤의 두 눈이 마족 사이의 기괴한 형체를 잡아냈다.

그것은 언뜻 마족처럼 보였다. 마물의 지저분하고 검은 형체 사이에서 그것은 유일하게 단단하고 균형 잡힌 몸집을 갖고 있었다.

"……마족은 분명 아니지."

테엘 역시 조금 머리가 싸늘해졌다.

"사벤인가."

"음?"

"마물 사이에 모습을 감춘 것 같다."

"시체는 전쟁터에, 나무는 숲에……."

"역으로 말하자면 마물 사이에서는 마족이 되어라. 적어도 눈에 띄지는 않고……."

"한마디로 찾아 죽이기는 어렵겠군."

카이는 한동안 앞을 바라보았다.

그러는 사이에도 마물들은 계속 진격해 오고 있었다. 서로 옆으로 밀쳐 날 정도로 빽빽하니 수가 엄청났다.

다른 모두가 두려움과 냄새 때문에 숨을 쉬지 못하고 있는데, 카이와 테엘은 오히려 태연하니 적을 노려보고 있었다.

꾸역거리면서 달려오는 모습을 보면서 둘이 느끼는 감정은 오직 경멸뿐이었다.

두 사람은 꼼짝도 하지 않았다. 팔짱을 낀 채 적을 향한 살기를 억누르고 있었다. 아니, 정제하고 있다는 표현이 옳았다.

이제 적이 뛰는 소리가 사방으로 크게 울려 퍼졌다.

두다다다다다……!

순식간에 앞으로 치고 달려 나오는 마물들.

그들은 훌쩍 뛰기도 하고, 때로는 흥분해 미친 개처럼 옆으로 팔을 뻗어 동족들을 공격해 그 썩은 피를 들이마셨다.

마침내 카이도 커다란 마물의 등 위에 올라탄 마족의 형상을 찾아냈다. 그 마족의 시선 역시 공교롭게도, 카이를 똑바로 바라보고 있었다.

"사벤……!"

카이가 낮은 목소리로 속삭였다.

두 사람의 시선이 평원을 가로질러 마주친 순간……! 소름끼칠 정도로 차가운 살기가 부딪쳤다.

그들의 살기를 하늘도 알아챈 듯 나지막하게 땅 위를 덮고 있던 검은 구름에서 번개가 번쩍였다. 일순간 마물들이 울부짖었다.

"끄워워워워!"

테엘이 크게 숨을 들이마셨다.

"……시작……한다!"

그의 온몸이 변하기 시작했다. 가슴이 끝도 없이 부풀어 오르고 붉은 머리카락이 그의 온몸으로 스며드는 것 같았다. 이어 피부로 빨간 비늘이 하나둘 돋아나기 시작했다.

드래곤의 본체로 돌아온 그는 마물을 향해 거침없이 외쳤다.

"감히 본 드래곤의 앞에서 얼쩡거리는 것이냐!"

그러나 마물들은 오히려 더 흥분했다.

드래곤과 마족은 서로 상극이다. 드래곤이 주신께서 직접 만드신 생명체라면, 마족은 주신께 허락받지 못한 생물이기 때문이었다.

더더군다나 마물이라면……! 엄밀히 말하자면 생물도 아니었다. 마기가 뭉쳐서 오염된, 언데드 몬스터와 마족의 중간체라고 할 수 있었다.

테엘은 그들을 향해 거리낌 없이 분노를 드러냈다.

"마그마 오브 헬(Magma of Hell), 지옥의 염화여, 자연의 부름에 격렬히 분노해 이곳에 끓어넘치리라! 저것들을 몽땅 태워 네 뱃속에 품어 버려!"

오버 클래스의 마법이 땅 위에 작렬했다.

"꾸에에—!'

가장 앞서 달려오던 마물은 땅이 흔들리고 그들에게도 두려운 땅속의 마그마가 순식간에 눈앞에 드러난 것을 깨달았다. 그러나 그것을 피해 도약하기에는 너무 늦었다!

란펜의 성 앞이 마그마의 강물로 넘쳐흘렀다.

마물을 상대하는 드래곤의 힘은 그 어느 때보다 강했다. 마그마의 강은 그 폭이 100미터를 넘었고, 란펜과 마물 사이를 완전히 갈라놓았다.

마물들이 비명을 내지르며 화염 속으로 타들어갔다. 순식간에 자신들을 덮친 이 마그마가 어디에서 왔는지, 그들의 어리석음으로는 이해할 수가 없었을 터였다.

뒤에서 밀려드는 마물들 때문에 계속해서, 수백…… 곧 수천의 마물들이 마그마의 강물 속으로 빠져 들었다.

이윽고 그들은 진격을 멈추고, 굶주림에 란펜을 노려보았다. 그들은 본능적으로 그 안에 자신들이 먹을 수 있는 것, 인간이 있다는 것을 알고 있었다.

그들은 굶주렸다. 알 수 없는 힘에 내몰려 서쪽으로 온 후, 그들은 내내 먹이를 찾아 헤맸다.

그러나 그들이 찾을 수 있는 것은 그들과 같은 마기의 존재들뿐.

같은 마기를 먹어 봤자 먹이에 대한 탐욕만 깊어질 뿐이다. 마기를 먹을수록 강해지지만, 그만큼 굶주림은 커지게 된다.

마침내 한 마물이 참지 못한 듯 앞으로 뛰어나갔다.

"커헝!"

두다다다…….

사람의 눈으로는 검은 점이 순식간에 앞으로 튀어 나온 것처럼 보일 정도로 빨랐다.

그것은 마그마의 강물을 있는 힘껏 뛰어넘었다.

"어딜!"

테엘이 분노의 음성을 내질렀다. 그가 다른 마법을 쓰기도 전이었다. 허공을 가르는 화살의 흰빛!

빛과 같이 날아간 그 빛이 마그마의 위에서 마물을 꿰뚫고, 그 마물을 마그마 속으로 처넣었다.

"쿠에에에엑!"

이르엘이 창백하지만 침착한 표정으로, 혐오감에 가득한 얼굴로 그것들을 내려다보고 있었다.

"…사상 최악의 끔찍한 장면이에요."

"잊으렴, 애송이 엘프야. 지금 네가 본 것은 모두……. 저것들의 시체만 기억하면 되니까."

테엘이 말했다.

그러나 마물들은 이제야 뭔가를 깨달은 모양이었다. 한두 마리가 컹컹거리면서 하늘을 향해 짖었다.

그리고 이내, 한 마리 두 마리씩 앞을 향해 있는 힘껏 뛰기 시작했다.

"조금 도와줘 볼까."

사벤이 나지막하게 중얼거리며 손가락을 움직였다. 금빛 문자가 허공에서 일렁거렸다.

"문령……!"

테엘은 그것을 보고 중얼거렸다. 허공에서 일렁이는 그 글자가 무엇인지 정확하게 해석할 수 있는 것은 아니었다.

"문령? 공격인가?"

카이는 옆에서 검을 움켜쥐며 물었다. 테엘이 손가락 하나를 그를 향해 내밀었다. 붉은 몸체의 드래곤의 손가락이라 해도, 카이의 상체를 덮어 버릴 만큼 엄청난 크기였다.

"저것이 재미있게 나오는군. 어떻게 해서든 자기 애완동물에게 먹이를 주고 싶은 모양이다."

테엘은 그렇게 대꾸했지만, 목소리에는 긴장이 어려 있었다.

문령이 순식간에 대기를 물들였다.

그리고 그 모습을 바꾸어, 공기를 굳히고 땅을 솟아 올렸다.

텅……! 텅!

사벤은 마그마를 없애는 데 기울이는 노력보다, 차라리 다리를 놓는 것이 더 빠르다고 생각했던 것이다.

정확한 판단이었다. 마물들은 발아래 마그마가 느껴지지 않자, 영문은 모르지만 어쨌든 신이 난다는 듯 앞으로 달려 나갔다.

테엘은 이마를 찡그렸다.

"사벤……!"

그의 본체에서 끓어오른 목소리가 대기를 얼려 버릴 듯 강하게 울려 퍼졌다. 그 목소리에는 용언이 섞여 있었다.

사벤은 저도 모르게 고개를 들고 한발 앞으로 나섰다.

"큭……."

"스, 스승님!"

"역시, 용언이다."

사벤은 입술을 깨문 채 앞으로 움직였다.

테엘은 만족스러운 눈으로, 그러나 분노를 담아 그를 노려보았다.

"너, 인간으로서 태어났으나 지하에서 고통 받을 영혼의 소유자……, 사벤 알 미네드!"

테엘이 부르자 사벤은 저도 모르게 입을 열었다. 입술을 악다물려고 했지만 어쩔 수가 없었다.

"……사벤 알 미네드, 바로 나다!"

"마물과 함께 모두 박살 날 것이다. 너희의 피는 이 땅에 받아들여지지 않을 것이고, 그 시체는 지옥의 불길 속에서도 썩지 않고 계속 고통을 당할 것이다."

용언의 저주.

사벤의 얼굴이 창백해졌다. 그가 느끼는 압박감은 인간으로 태어난 모든 존재가 감당할 수 없는 수준이었다.

드래곤의 저주……! 그것도 신성력에 의지한 용언으로 이루어진 저주였다! 주신의 축복이 내리지 않는 한, 그 저주를 풀 수는 없다!

그런데도 사벤은 갑자기 웃기 시작했다.

"크…… 크하하하하!"

마음속 깊은 곳에서부터 치솟아 오르는 기쁨! 환희!

테엘은 순간 그 웃음의 의미를 이해할 수가 없었다.

사벤은 웃고, 거듭해서 웃었다. 그리고는 양팔을 펼쳤다.

"지금 네가 보고 있는 이 광경을 보아라, 드래곤이여!"

마물들이 성벽 아래 이르렀다.

카이의 손이 가볍게 움직이며 검신의 절반을 허공으로 뽑아냈다. 빛나는 검신에 이른 살기와 검강이 사납게 이빨을 드러냈다.

"두려워 말라, 란펜, 위대한 제국의 병사들이여!"

카이가 외쳤다.

사벤은 그 목소리에 다시 웃어 댔다.

"그래! 내 한 몸에 모든 저주를 퍼부어라, 드래곤이여! 세상의 중재자! 그렇다면 이것이야말로 조화며 중재 아니던가! 동방에 퍼부어진 마물이여, 서방에서도 날뛰는 것이다!"

사벤의 웃음소리가 점점 더 커졌다. 거기에 따라 마물들이 흥분한 듯이 성벽 아래로 밀어닥쳤다.

"집어삼켜라……! 란펜의 모든 인간과 모든 생물체를……!"

사벤의 두 손가락이 움직였다.

허공이 금빛으로 찬란하게 물들었다. 한순간 그의 손안에서 태양이 빛난 듯했다.

난데없는 빛에 놀라 마물들이 주춤거렸다. 그러나 그것도 잠시.

수만, 앞에 달려 나갔던 마물들이 성벽 위로 떠오르기 시작했다.

"사벤……!"

테엘이 분노한 듯 소리 질렀지만 한발 늦었다.

사벤은 계속해서 손가락을 움직였다. 그의 손끝에서 마물들이 떠올라 마침내 몇이 성벽 위로 올라섰다.

"꾸워워워워!"

그들의 입가에서 검은색의 침이 줄줄 흘러내렸다. 드디어 인간들을 마주하게 되었다는 기쁨에 두 눈이 번득였다.

"*창조신의 이름을 거슬러 태초의 혼돈이여…….*"

이르엘의 목소리가 노래처럼 울려 퍼졌다.

"*엎드려!*"

카이는 그녀의 주문을 듣자마자 사람들을 향해 외쳤다.

두려움에 질려 있던 사람들이 그의 말에 일순 바닥에 머리를 처박았다.

"*신의 이름이 있기 이전에 존재하던 반(反) 신적인 혼돈이여, 지금 이 자리에 강림하여 당신의 뿌리를 뻗어 그 신에 반하는 당신의 적을 빨아들이시니 세상의 순리여, 그 자리를 잡아 자신까지도 혼돈으로 돌아가소서!*"

소멸의 순리! 하이 엘프만이 구사할 수 있는 엘프족에게 남겨진 언령의 힘이 순간 세상으로 뿜어져 나왔다.

환한 빛이 유성처럼 사방으로 쏟아져 나오더니, 이내 힘 앞에 우뚝 서 있던 마물들을 향해 쏟아져 나갔다.

"……!"

사벤은 눈을 크게 뜨고 성벽 위를 바라보았다.

"스, 스승님, 저건……."

"굉장하군. 엘프족의 언령……."

그러나 사벤의 표정은 이내 싸늘해졌다.

"그렇지만 쓸모없어."

마물 수만이 한순간 사라졌지만, 그뿐이었다.

엘프족의 언령은 아름답지만, 이런 전쟁터에서는 그렇게 효과적이지는 않다. 뒤이어 계속 올라오는 마물을 향해 계속해서 노래를 부르고 있을 수도 없지 않은가!

사벤은 냉정한 눈으로 전장을 둘러보았다.

떠올랐던 마물들은 느닷없는 성력에 당하자, 몸을 버둥거리며 몸을 되돌리고 있었다. 인간의 무기라면 모르지만, 성력은 그들에게 독약이나 마찬가지였다.

"물러가는 건가."

카이는 검을 아직 뽑지도 않았다.

테엘은 고개를 흔들었다.

"이제 시작이지."

"물러나지 마라!"

사벤의 노한 음성이 터져 나왔다. 외친다고 알아들을 마물들이 아니었지만.

사벤은 떠오르게 했던 마물들을 다시 땅 위에 내려놓았다.

"이프로스, 엄호해라!"

"스승님! 이 상황에서 그 수법은……!"

"……상관없다! 우리 동방 민족들의 피와 눈물을 벌써 잊은 것이냐!"

사벤의 말에 이프로스는 사뭇 비장한 얼굴로 한발 앞으로 나섰다.

"……시작합니다!"

그의 품 안에서 화려한 종이 다발이 쉴 새 없이 쏟아져 나왔다.

"그깟 종이 다발은 치워라!"

테엘이 그것을 발견하고는 노한 음성으로 외쳤다. 그의 양 어깨 위에서 둥그런 화염구 몇십 개가 하늘로 솟아올랐다. 작은 태양이 하늘에 생긴 듯, 하늘 위에서 순식간에 커진 불덩어리가 다음 순간 이프로스를 향해 날아들었다.

이프로스는 가만히 기다리고 있지 않았다. 그의 앞에서 수십장의 종이가 저절로 배열되면서 그 안의 문자들이 일순 종이를 검게 물들였다.

그 뒤에서 사벤이 한 글자를 새겨 허공에 띄웠다. 그 글씨가 금빛으로 허공을 물들이고 이어 종이들의 배열을 바꾸었다. 사방으로 흩어진 종이들!

테엘의 얼굴에 순간 낭패의 기색이 스쳤다.

"제길, 저 망할 녀석들이!"

불덩이가 몇십 개나 이프로스와 사벤, 두 인간 주변으로 닥쳤지만 그것은 여지없이 문령의 결계 속으로 흡수되었다.

결계가 앞으로 움직였다. 사벤과 이프로스, 두 축을 끝으로 해서 앞으로 번지면서 마물을 에워쌌다.

"앞으로 나가란 말이다! 란펜성 안의 모든 인간들을 죽여!"

사벤의 목소리에 힘이 실렸다.

그의 외양은 마족의 것을 하고 있었다. 문령을 이용해 겉모습을 바꾼 것은, 마물들이 자신을 죽이지 않도록 하고 명령을 따르도록 하기 위한 것이었다.

마물들은 어리둥절해 하면서도, 다시 란펜을 향해 움직이기 시작했다. 길고 날카로운 손톱으로 그들은 성벽을 기어오르고 성문을 향해 몸을 마구 던졌다.

사벤과 이프로스는 뒤쪽, 문령의 결계 안에 서 있었다.

사벤이 무어라 중얼거리고 손을 앞으로 내뻗자, 다음 순간 종이 한 장이 앞으로 빠져나왔다.

결계가 흔들리는가 기대를 걸기가 무섭게, 종이는 화르륵 타올랐다. 그것은 테엘이 던진 불덩이 중 하나의 모습으로 바뀌었다.

"남의 마법을 훔치다니! 하여간 인간들이란!"

테엘은 몸을 부르르 떨었다. 그리고는 다시 인간의 모습으로 바꾸었다.

"전면전이다!"

테엘의 선언에 카이는 오히려 씩 웃었다.

콰릉—!

그들의 발아래, 성문이 크게 흔들렸다. 드래곤의 마법 불덩이가 한 방에 성문을 박살 낸 것이었다.

인간들의 얼굴에는 사색이 감돌았다. 삐죽거리면서 박살 난 성문의 나무 덩치들을 치우는 마물의 입가에서는 웃음까지 엿보였다.

"크케케케……!"

"오오, 신이시여!"

"저희를 버리시나이까!"

란펜의 절망이 일순간 짙어졌다. 그리고 마물들은 그 절망에 자지러지듯이 기뻐했다.

모두 잡아먹자!

살과 피가 흐르는 인간! 인간의 피와 살!

인간들은 그들의 말을 이해할 수 없었지만, 그 뜻은 정확하게 전달되었다. 그들의 살기가 하늘을 채우고 다시 란펜을 흔들어 댔다.

그 순간.

"성문은 내가 막겠다!"

불에 타고 박살 난 성문이 거의 다 치워진 그 앞에, 한 사람이 의연하게 모습을 드러냈다.

천만대군 앞에서도 절대 물러나지 않을 듯, 성문을 대신하는 듯 그 등은 얼마나 고귀하면서도 당당해 보이던지……!

카이는 검을 뽑았다. 그의 입가에는 미소까지 흐르고 있었다.

"이르엘……! 내가 나간 후 땅을 세워 성문을 막아!"

"카이!"

"네놈들을 절대 란펜 내에 들여놓지 않겠다!"

카이의 목소리가 성안에 쩌렁거리며 울려 퍼졌다.

사벤은 눈을 크게 떴다.

"스, 스승님. 저자는……."

"설마 성밖으로 나올 거라고 믿는 거냐?"

사벤은 그럴 리 없다는 듯 그렇게 내뱉었다.

설마 하면서도, 절대 그럴 수 없을 거라는 긴장감 어린 표정에 이프로스는 차마 그 뒷말을 잇지 못했다.

상대는 로인 공작이라고.

멸문의 위기에 처한 가문을 되살린 정도가 아니었다. 그는 완전히 새롭게 자신의 가문을, 로인 공작이라는 이름을 제국 내에 공고하게 굳힌 인물이었던 것이다.

'……하지만 상대는 로인 공작입니다.'

사벤의 눈이 점점 커졌다. 이프로스 역시 안색이 창백해졌다.

카이는 머뭇거리지 않았다. 단 한순간도.

테엘이 카이를 향해 서둘러 손을 뻗었다.

"뭐 하는 거냐! 이 멍청아, 저것들은 ……!"

"죽일 것들이지!"

카이는 매섭게 외치면서 앞으로 한발 달려 나갔다.

"허헉!"

"공작님!"

"로인 공작님!"

백성들은 일순간 그를 부르짖으며, 카이를 따라 한발 나섰다.

모든 사람의 두려움을 없앨 정도로 대담한 한발 아닌가!

무려 인간으로 태어나 마물을 향해 덤벼들고, 그러고도 두려움을 보이지 않으며, 더불어 패배가 아닌 승리를 예상하게 하는 인물은 이제껏 단 한 명도 없었다.

키가 크지도 않았지만 그의 몸은 마물들 앞에서 가장 커 보였다. 어깨가 떡 벌어진 것은 아니었지만, 그의 쫙 펴진 어깨에는 당당함이 가득했다.

카이의 검은 너무나 얇았다. 하지만 그의 덩치에는 잘 어울렸다.

카이는 마물을 향해 그 얇고 날카로운 검을 한 차례 가볍게 휘둘렀다. 마물 몇이 본능적으로 한 발씩 뒤로 물러났다.

카이의 검에서는 바람만 가볍게 일어났다.

"……!"

그러나 그 의미를 이해한 것은 테엘뿐이었다. 역시 같은 검법을 익혔고, 그 검법을 카이에게 가르쳐 준 당사자만이.

드래곤 로드는 오직 한 여인을 위해서 검법을 만들어 냈다. 그리고 그 검법은 오로지 마물을 상대로 하는 검법, 사람을 대상으로 싸우기에는 다소 부적합했다.

카이의 검이 가늘게 그은 허공에서도 살짝 미풍이 불었다. 그 끝을 따라 은빛 검선이 날카롭게 빛나기 시작했다.

카이의 온몸을 그 검의 바람이 휘감고 지나간 후.

카이는 검을 쥔 손을 자연스럽게 내렸다. 두 팔을 벌리고, 두 발로는 대지를 굳게 디딘 상태.

그리고 공격을 시작했다.

"용보월강참—!'

시작되었다.

성문 앞에 바글거리며 몰려든 마물을 향해, 그는 한 걸음 크게 풀쩍 뛰었다. 그의 검이 아름다운 반월의 곡선을 그리면서 마물을 크게 베었다.

바람의 검이 휘둘러진 듯, 엄청난 바람이 쫙 마물들을 휩쓸었다. 몇몇 마물이 그 바람에 베이면서 쓰러졌다.

그 바람의 뒤로는 드래곤 하트의 마나가, 카이의 검강이 마물들의 목을 베고 사방 수십 미터의 영역 내를 쑥대밭으로 만들었다.

"……!'

이르엘은 성문 사이로 그 모습을 보면서 눈을 떼지 못했다.

은빛이 몇 차례나 반월 모양의 크고 충만한 빛을 발하면서, 그 빛에 닿은 마물들을 여지없이 완전히 갈라 버렸다.

보는 사람이 저도 모르게 그 난리판에 뛰어들고 싶을 정도로, 그 빛의 곡선은 부드럽고도 환했다.

바람에 실린 달빛처럼, 그렇게 검강은 부드럽고도 강하게 사방에서 빛을 내뿜었다.

카이의 걸음은 기묘했다. 어느 순간에는 이쪽에서, 다음 순간 몸을 돌리면서 다른 곳의 마물을 베었다.

성문 앞에는 이내 마물들의 시체가 넓게 퍼졌다.

그러나 마물의 수는 수십만……!

용보월강참 몇 번으로 다 벨 수 있는 수가 아니었다.

사벤은 그의 담대함에 놀랐다가 이내 제정신을 차리고 마물을 향해 외쳤다.

"인간 하나다! 뭣 하는 것이냐!"

그랬다. 본래대로라면 카이는 고작 인간 하나에 불과하다.

그러나 그는 로인이었다.

수백의 마물들이 카이 한 사람을 향해 달려들었다.

카이는 웃음을 터뜨렸다.

"고작 이 정도로 될 것 같은가!"

"……!"

사벤의 귀에도 멍멍하니 들릴 정도로 큰 목소리……!

군사들은 저도 모르게 성벽 위로 몰려들고, 집에 숨었던 사내들 역시 제각기 무기가 될 만한 것을 들고는 거리로 나섰다.

카이의 웃음이 너무나 쾌활하게 울려 퍼져서, 그래서 그들은 저도 모르게 싸우고 싶은 마음이 들었다.

죽음이라는 것이 찾아온다 해도 지금 카이를 따라간다면 일생 후회가 남지 않을 것 같다는 그 느낌!

수백의 마물을 헤치며 검을 휘두르는 사이, 다시 그의 등 뒤에서 마물들이 다가섰다. 이번에는 수천, 수백이었다.

사벤 역시 가만히 있지 않았다. 그는 주변으로 몇 번이나 손을 재

빠르게 움직였다.

"······죽어라······!"

순간 그의 주변을 에워싸고 있던 결계 한복판이 우르르 무너졌다.

드래곤의 화계 마법을 붙들고 있던 결계의 한 부분이 카이를 향해 터져 나갔다.

"······저런 괘씸한 것이!"

테엘은 그것을 보고는 몸을 부르르 떨었다. 당장 드래곤으로 변해서 성질과 본능대로 한입에 모든 것을 태우고 싶었다!

"감히 누구를 공격하는 거냐!"

테엘이 순간 양팔을 앞으로 힘차게 뻗었다.

하늘에서 번개가 쩌렁 울리기 시작했다. 다음 순간 엄청난 물보라가 회오리바람에 휘말려서 카이의 주변으로 다가섰다.

사벤이 반사한 불덩이 몇십 개가 카이의 주변으로 날아가다가 엄청난 회오리에 휘말려 이내 사라졌다.

회오리는 그것으로 멈추지 않았다. 카이의 주변으로 뭉쳐 덤벼들던 마물들을 무섭게 덮쳤다.

이르엘은 몸을 떨었다. 자신이 정령들을 동원해도 그 정도로 엄청난 수계(水界) 공격을 퍼부을 수는 없었다.

그 회오리에 섞여 든 마물은 뼈가 갈리고 사지가 찢겨 죽은 채 땅에 떨어졌다.

카이의 걸음은 멈추지 않았다. 사방을 찢어 대고 검명을 울려대는 사이로 테엘의 마법까지 효력을 발휘했다.

사벤은 이마를 찡그렸다.

"성문 안으로 난입해라……!"

이르엘은 잠시 멍해 있느라 성문을 막을 생각을 아직 하지 못했다. 카이의 모습에 반하기도 했기 때문이었다.

마물들이 성문 앞으로 차마 다가서지 못하면서 그 사이에는 지금 충돌이 없었다.

사벤은 놓치지 않고 그 틈으로 파고들라는 명령을 내린 것이다.

마물 중 일부가 곧 란펜의 내부를 향해 고개를 돌렸다.

마물들은 사벤의 뜻에 따라 충실하게 움직이기 시작했다.

물경 수천의 마물들이 일순 카이를 향해 달려들었다. 사방 수십 미터 반경에 있는 마물들이 한 사람을 향해 날카롭고 흉악한 팔을 내밀고, 그의 사지를 찢어 자신들의 피와 양식으로 삼으려 들었다.

그리고 그 틈을 타, 몇만의 마물들이 성문을 향해 달려들었다.

엄청난 수가 성문을 향해 달려들자, 이르엘은 화들짝 놀랐다.

"놈! 땅의 모든 정령이여!"

그러나 한발 늦었다.

전쟁이란 그런 미묘한 시간차이로 승부가 나기 마련.

카이가 기껏 막아 준 성문이 적에게 그대로 노출되어 버렸다!

이르엘은 서둘러 땅의 정령을 불러 오려 했지만, 바로 그 직전에 마물들이 자신들의 피를 흘리고 비명을 지르며 땅의 정령들을 향해 분명한 경고를 던졌다.

"끼에에에에—!'

엄청난 비명이 울려 퍼지자, 순간 이르엘은 마물들 앞에서 산산조각 나서 역소환되고 사방으로 도망치는 정령들을 깨달았다.

다음 순간 역소환의 충격이 이르엘을 덮쳤다.

"아악!'

갸날픈 비명이지만 카이가 듣지 못할 리가 없었다.

"이르엘—!'

그의 노성이 전장을 압도하며 울려 퍼졌다.

다음 순간 사벤의 눈이 반짝였다.

"……하이 엘프에게 마음이 동한 건가, 로인!'

그러나 지금 전장의 지휘를 머뭇거릴 수는 없었다. 사벤이 환한 웃음을 지으며 이프로스를 돌아보았다.

그는 자신의 능력 이상으로 문령을 발휘해, 지금은 거의 지쳐 나가떨어질 지경이었다.

"넌 후방으로 이동해라, 어서!'

이프로스가 종이 한 장을 찢어 어디론가 사라진 사이.

사벤은 자신의 주변에 붙들어 둔 엄청난 수의 불덩이를 바라보았다. 그리고 그는 몇 개의 문령을 더 허공에 날렸다.

실드가 강해지자, 그는 머뭇거림 없이 마그마의 강을 향해 움직였다.

"어딜!'

테엘은 긴장한 채 사방 회오리를 향해 움직였다.

"드래곤의 마법을 네 종이 쪼가리로 막을 수 있을 같나!"

말은 그렇게 하지만…….

사벤이 마그마의 강물에 먼저 닿았다.

마그마 오브 헬. 지옥에서 솟아올라 드래곤의 비늘이라 해도 상처를 받는 그 지독한 화염 마법이 일순간 출렁거리면서 땅 위로 넘쳐흘렀다.

그 땅이 다시 녹아 마그마가 되었지만, 실드와 사벤은 무사했다.

오히려 실드로 마그마를 천천히 움직여 그 끝에서 움직이기 시작했다.

그 역시 결계에 빼앗긴 것이다.

카이의 검이 한결 더 매섭게 빛을 발하는 사이.

사벤은 마그마를 빼앗았다.

테엘은 그것을 본 순간 입술을 악물고는 순식간에 수계 마법을 거두었다. 그리고 본체로 변신했다.

문령에는 용언을.

모든 힘을 다한 용언을 쓰기 위해.

이르엘은 닥쳐 들어오는 마물을 바라보며, 필사적으로 소멸의 순리 주문을 외웠다. 그러나 마물들이 조금 더 빨랐다.

'……카이!'

검고 추한 팔이 이르엘의 목을 향해 내뻗어졌다.

SWORD OF DRAGON LOAD

제5장

마물의 피로 물드는 평원(2)

"뭐 하는 겁니까!"

다음 순간 자신의 앞을 막아선 사내를 보고, 이르엘은 안도의 한숨을 내쉬었다.

"정령들이……!"

"거참 힘 빠지는 소리 하고 있네! 어쨌든 뭔가 좀 싸워 봐요! 은빛의 요녀였잖아!"

벨하임은 빽 소리를 지르고는 다시 검을 휘둘렀다.

카이 때문에 그의 모습은 전혀 빛을 발하지는 못했지만, 그래도 명색이 소드마스터였다. 다른 나라로 가면 백작 정도는 당연히 내주고, 금이야 옥이야 아껴 줄 인재였다.

그런 벨하임이니 단시간 성문 앞을 막는 건 쉬웠다.

그러나 상대는 마물!

어지간한 인간의 힘으로는 쉽사리 한 번에 죽일 수가 없었다.

마족을 닮아서 가벼운 상처 따위는 금세 회복되었다. 게다가 팔다리가 떨어져도 그 상처 때문에 충격받는 일은 전혀 없었다.

처음으로 마물을 상대하는 벨하임이 그런 사실을 알고 있을 턱이 없었다.

검강의 폭풍이 성문 앞을 휩쓸었다. 카이의 것에 미치지는 못해도, 벨하임의 검강 역시 인간 것치고는 정순하고 강했다.

10년 동안 체스터 백작에게서 기본기를 탄탄하게 익힌 몸이라 그의 검술은 무척 안정적이었다.

마물을 상대하는 데는 약간 부족했지만.

벨하임이 아무리 빠르고 강하게 움직인다 해도, 팔다리가 잘린 상태에서도 덤벼들고 소리 질러 대는 엄청난 수의 마물을 모두 막는 데는 한계가 있었다.

"이 망할 것들이!"

잘라도 계속 덤벼드는 것을 보며, 벨하임은 저도 모르게 마음이 흔들렸다. 마음을 평온하게, 검을 예리하게 유지할 수가 없었다.

그들의 기세에 저도 모르게 기가 질린 탓이었다.

그사이를 마물은 놓치지 않았다. 당연한 일이지만 그들은 인간의 약한 마음을 꿰뚫어 보는 데는 탁월한 재주, 아니 본능이 있었다.

벨하임이 크게 한 발을 앞으로 내딛으면서 검을 휘둘렀다. 하지만 그 걸음은 약간 흔들렸다. 땅을 딛는 발이 흔들리면서 검에 실린 위력이 반감되었다.

마물들은 그사이를 파고들었다.

죽는 것 따위는 상관하지 않는 듯했다. 그들의 삶은 태어날 때부터 모든 힘을 다해 죽을 때까지 죽이고 죽는 것, 혹은 더 큰 마기를 흡수하는 것뿐이었으니까.

"헉!"

벨하임은 검을 휘두르면서 자신이 약간 겁을 먹었다는 것을 깨달았다. 그리고 그 검이 마물들의 뼈와 살을 가르면서 둔해지는 것을 깨달았다.

그의 옆구리를 향해 공격해 오는 마물들이 언뜻 보였다. 마음이 급해졌지만, 그는 일단 눈앞의 적을 없애기 위해 검에 더 힘을 실었다. 검강이 일순간 더 밝게 빛났다.

그러나 옆에서 달려드는 마물을 피하기에는 늦었다!

그런 사이를 파고드는 다른 사내가 있었다.

"얼간이 같으니!"

벨하임은 그를 바라보지도 않고는 발끈했다.

"누가 끼어들라고 하던? 아니면 옆집 백작댁 처녀가 쫓아왔냐?"

"너 따위가 감히 주공을 호위하는 기사라는 거냐?"

리슨의 말에 벨하임은 신음 소리를 흘렸다.

"그럼 너는 뭐냐? 쳇, 집사면 집사답게 집이나 보고 있어!"

"너나 저택으로 돌아가서 낮잠이나 자지 그래?"

그러면서도 두 사내는 쉴 새 없이 자신의 무기를 휘둘렀다.

그들은 천천히 앞서 나갔다. 마치 경쟁하듯이 휘둘러지는 무기가 쉴 새 없이 마물을 베었지만 한 번에 죽이기는 무리였다.

둘은 어깨를 나란히 한 채, 조금씩 앞으로 나아갔다.

'주공이……!'

'……위험하시다……!'

둘의 마음속에는 같은 생각이 떠올라 있었다.

그 곁에 이르엘이 가세했다. 비록 자연의 정령들에게 도움받는 것은 불가능하다고 해도, 강력한 상급 정령 하나를 불러내 그들을 무기화하는 것은 가능했다.

"불꽃의 화살!"

그녀의 손에 들린 활에 금세 화살이 모여들었다. 시위가 없는 활에서 저절로 불꽃 하나가 피어난 것이었다.

이르엘의 매서운 정령술이 모처럼 화려하게 빛났다. 그녀의 화살이 꿰뚫는 곳마다 마물들이 매서운 소리를 내면서 쓰러져 갔다.

셋이 힘을 합치자 마물들이 다시 성문 밖으로 밀려 나갔다.

테엘은 성문 위에서 몸을 뗄 수가 없었다.

자신의 본체로 돌아가는 그 짧은 순간조차, 이루 말할 수 없을 정도로 조마조마했다.

마그마를 빼앗기다니!

마법이 그 시전자의 손에서 저렇게 쉽게 어긋나다니!

테엘 자신도 용언을 사용하면서도 이 사실은 정말 믿기 힘들었다.

붉은 혀를 날름거리면서 타오르는 불꽃의 마그마가 사벤의 주변으로 천천히 휘둘러졌다. 그를 공격하는 것 같기도 했지만, 다른 한편으로는 그의 의지대로 주변을 호위하는 것도 같았다.

'맙소사⋯⋯.'

클래스 오버 클래스다.

인간 사이에서는 간혹 남의 마법을 빼앗는 자도 있다고 들었다. 파이어 볼을 튕겨 내서 적을 공격하게 한다는 등의 고급 마법을 사용하는 자들.

그러나 그건 어디까지나 인간 수준이었고, 6클래스가 3클래스 수준의 마법을 튕겨 낼 수 있다라는 정도였다.

하지만 마그마 오브 헬은 클래스 오버 클래스다!

그것을 다룰 수 있는 인간조차 없는데 튕겨 내거나 오히려 빼앗는다?

언령의 힘이 얼마나 막강한지 실감이 나는 순간이었다. 테엘조차 순간 어떻게 대응해야 할지 알 수가 없었다.

'카이⋯⋯!'

테엘은 자신이 원래 모습으로 돌아가는 시간이 마치 천년처럼 느껴졌다.

카이는 쉴 새 없이 자신의 주변으로 덮쳐드는 마물 때문에 사벤의 움직임을 눈치채지 못했다.

마물들은 수십만이었지만, 사실 그 숫자는 계속 늘어나고 있었다.

마물은 마기의 영향을 받아 자연적으로 발생하는 것들이었다.

비록 이곳에는 강한 마족이 있어서 그들을 탄생시키지는 못했지만, 대신 수십만의 마물 때문에 그에 준하는 마기가 대기를 가득 채우고 있었다.

카이가 아무리 베고 또 베어도, 약한 마물이 계속해서 그 자리를 채우고 있었다.

아직까지는 괜찮았다.

그러나 카이는 언뜻 전장에 눈을 돌리고, 두 가지 사실을 발견했다.

하나는 성문이 거의 뚫렸다는 것. 아까까지는 기가 죽어 자신을 향해 있던 마물들의 공격이 성 안쪽을 향하고 있었다.

'이르엘……!'

순간 그는 이르엘이 괜찮을지 걱정이 되었다. 가뜩이나 급한 마음속에서도 그가 선불리 행동하지 못하는 것은 두 번째 사실을 발견했기 때문이었다.

마그마와 온갖 화염계를 자신의 결계처럼 두르고 다가오는 모습!

사벤 외에 그 누가 인간의 몸으로 클래스 오버 클래스의 마법을 다룰 수 있을까?

적이라 해도, 카이는 인정하지 않을 수가 없었다.

사벤은 자신의 적수가 될 만한 자였다.

카이는 입술을 질끈 깨물었다.

그의 몸에서 펼쳐지던 검무가 멈추자 마물들도 일순간 뒤로 물러났다. 그들의 전투본능이 카이는 이길 수 없는 상대이며, 차라리 얻기 쉬운 먹이를 찾아 방향을 돌릴 것을 충고했던 것이다.

그러나 카이는 그 짧은 순간 마나를 재빠르게 수습했다.

사벤은 카이 혼자 없앨 수 있는 상대가 아니었다.

그러나 카이는 테엘을 믿고 있었다.

'엄호를, 부탁한다!'

그리고 테엘은 카이를 위해 본체로 다시 변했다.

'……앞은 알아서 잘 가려라.'

문령을 깰 수 있는 것은 용언뿐.

테엘은 붉은 비늘을 드러내며 숨을 깊게 들이마셨다.

'용신 로잉루여, 저에게 힘을 주소서.'

드래곤이면서도 자신의 약함을 신께 의지함으로, 신은 오히려 가장 강한 힘을 가장 강한 존재에게 내린다.

테엘은 가슴속 가득 신성한 기운이 차오르는 것을 느꼈다. 테엘은 그 즉시 입을 벌렸다.

"사벤 알 미네드—!"

엄청나게 강한 의지를 담은 드래곤의 목소리가 전장에 울려 퍼졌다.

사벤은 몸을 움찔거렸다. 저도 모르게 그의 부름에 답하고, 죽으려 앞으로 달려 나가고 싶었다. 너무나 두렵기 때문이었다.

너무나 두려워서 차라리 드래곤의 앞에 무릎을 꿇고 머리를 조아리며 그의 종이 되기를 청하고 싶었다.

그러나 그는 인간이었다.

오크나 다른 몬스터, 혹은 다른 종족은 드래곤 앞에 무릎 꿇고 그를 두려워한다.

하지만 인간은 그렇지 않았다. 두려워하지만, 드래곤을 절대 뛰어

넘을 수 없다고만은 생각하지 않았다.

테엘이 다시 입을 열어 사벤을 향해 공격을 퍼부으려던 때.

사벤이 음울한 목소리로 그에게 직접 말을 걸었다.

"인간은 왜 드래곤에게 굴복하지 않는지 생각해 보았소."

"뭐, 뭣이?"

사벤의 목소리는 먼 거리를 뛰어넘어 테엘의 귓가에서 바로 속삭이는 듯했다.

'무슨 말을 하는 거지?'

테엘은 가볍게 당황했다. 그리고 호기심을 느꼈다. 공격을 일순간 멈춘 것이었다.

"왜 우리는 드래곤을 두려워하면서도…… 다른 종족처럼 그를 신처럼 떠받들지 않는지. 그 이유를 생각해 보려 했는데, 어쩌면 우리를 만들어 낸 신 때문이 아닐까 싶습니다."

"그림자의 신 말인가."

"그렇습니다."

사벤은 천천히 고개를 끄덕였다.

그러는 사이에도 사벤은 계속 움직였다. 테엘은 그것을 주목하고는 불쾌하다는 듯 그의 말을 막았다.

"멈춰라. 어차피 너는 이제 죽을 것이다."

"그림자의 신은 우리에게 능력을 주기 위해 노력했습니다. 그가 만들어 낸 인간은 모두의 비웃음을 샀지만…… 결국 그 어떤 종족보다 크게 번성했습니다. 어쩌면 그림자이기 때문에 가끔은 본체를

두려워하지 않는 것은 아닌가 생각됩니다. 그림자이기 때문에, 본체에 가장 가까운 형태인 것 아닐까요?'

사벤의 말에 테엘은 순간 고개를 끄덕일 뻔했다.

'크윽……!'

테엘은 하늘을 우러러보며 한탄했다.

'어째서 저런 녀석이 적이냐! 기껏 좀 재미있는 이론을 갖고 있는 인간인데……! 한평생 만나 보기 힘든 인간인데……!'

그러나 그를 죽여야만 한다.

그렇지 않으면 카이가 죽게 될 테니까.

그게 아니더라도, 마물과 함께 움직이는 인간을 살려 둘 정도로 테엘의 마음은 너그럽지 못했다.

'어쩌면…… 우리 드래곤조차도 주신이 내려 주신 소명─마물을 없애야 한다는 의식에서는 벗어나지 못하고 있긴 하지.'

그러나 인간은 다르지 않은가!

지금 자신의 앞에서 마물을 움직이는 것도 인간, 마물이 죽이려는 것도 인간.

드래곤인 자신과 함께 마물과 싸우는 것도 인간, 드래곤인 자신에게 마물과 함께 싸움을 걸어 오는 것도 인간.

이 묘한 종족을, 어찌 사랑하지 않을 수가 있을까…….

테엘이 그렇게 당장 손을 쓰지 않는 사이.

사벤은 본래 목적대로 모든 마그마를 거두고 카이를 바라보았다.

"모든 마물들이여, 나의 의지에 따라 저 한 사람에게……."

사벤은 죽음 따위는 이미 각오했다.

단지 지옥에 갈 것이라면, 카이를 함께 끌고 갈 생각뿐이었다. 란 펜의 모든 시민이 아니어도 상관없었다.

저 팔팔하게 살아 움직이고, 자신이 드래곤이라도 된다는 양 싸우고 있는 인간 아닌 인간만 없으면 이깟 제국은 허수아비에 불과할 테니까…….

그의 입에서 나지막한 명령이 떨어졌다.

"……모여들어라."

그리고 마그마가 그의 뜻에 따라 유동하며 움직이기 시작했다.

단 한순간이어도 그에게는 충분했다.

카이의 주변으로 순식간에 몰려든 마그마, 그리고 마물들!

카이는 성문을 향해 움직이던 것을 멈출 수밖에 없었다.

그가 발을 딛는 곳마다 마물들이 수십씩, 수백씩 쓰러졌지만, 그보다 더 많은 마물들이 오직 그 하나를 노리고 달려들었다.

'……!'

그것을 피할 땅도 이제는 마그마에 천천히 젖어 들고 있었다.

"안 돼!"

테엘은 마그마가 흔들리며 움직인 후에야 제정신을 차렸다.

"화복!"

테엘이 급하게 용언을 내뱉었다.

그의 울부짖는 듯한 용언이 사방으로 떨쳐진 순간, 카이의 주변에서 공기가 격하게 요동쳤다.

마나를 본래 자연의 흐름대로 되돌리는 절대적인 명령!

마그마가 본래대로 땅속 깊은 곳으로 사라졌다. 불덩이 역시 급속히 사라지면서, 사벤은 일순간 문령의 힘이 그 대상을 잃고 사방으로 뻗쳐 나가는 것을 깨달았다.

그러나 사벤은 당황하지 않았다. 그는 침착하게 주변 결계를 거두고, 다른 결계를 만들어 냈다.

카이 역시 주변 마물이 달려드는 것을 보고도 당황하지 않았다. 마그마가 사라진 것을 눈치 채자마자 그는 즉시 뒤로 발을 크게 내딛었다.

"사벤!"

카이의 노성을 듣는 순간 사벤은 약간 놀랐다. 그가 한발 뒤로 물러난 순간.

그가 서 있는 자리를 향해 카이의 검이 큰 곡선을 그리면서 달려들었다.

'마물은……!'

어떻게 된 일인지 고개를 돌려 바라본 즉시 알 수 있었다.

카이의 주변에 마물들이 우수수 떨어져 있었다. 반경 10미터 이내에 살아 있는 마물이라곤 없었다.

카이의 검에 어린 검강이 아직도 엄청나게 빛나고 있었다. 주변 땅을 모조리 검게 물들이고도, 아직까지도 기세 하나 죽지 않았다.

사벤은 자신의 결계가 깨지지 않으리라는 것을 알면서도 순간 흠칫했다.

카이는 수천, 어쩌면 만이 넘는 마물을 혼자 죽였다.

마물의 목숨을 끊기가 어디 쉬운가?

절대 아니었다.

팔다리 절단 내는 정도로는 되지 않는다. 머리를 한 번에 잘라 내거나, 몸속, 인간의 심장에 해당하는 핵을 없애야 한다. 아니면 온몸을 순식간에 태워야 한다.

그러나 마물 특유의 단단한 근육과 뼈를 가르고 한 번에 목을 가르는 것은 절대로 쉽지 않았다.

카이의 검에서 솟구치는 강한 기운! 그야말로 직접 본 자라 해도 그 기운을 믿기 힘들 터였다.

"과연 드래곤의 공작……."

사벤은 억지로 입술을 비틀며 웃었다.

"글로 보던 것과는 다르군요."

"닥쳐라, 사벤."

"내 검 아래 네 모든 죄를 벌하겠다!"

"어디 해 보시지……!"

카이가 자신을 향해 달려들자, 사벤은 해 보라는 듯이 두 팔을 활짝 펼쳤다. 그의 양팔 사이에서 금빛 문자가 다시 꿈틀거리며, 카이를 향해 달려들었다.

"카이……!"

테엘이 성문 위에서 황급히 다시 기도를 하며 용언을 날렸다.

"절대 보호를!"

쿠쿠쿠쿠―!

사방의 공기를 찢어대는 소리……!

두 개의 산이 서로 맞닿으면서 힘을 겨루는 소리!

용언과 문령이 서로 충돌했다!

순간 그곳에 있는 모든 생물체의 눈이 그 두 현장으로 향했다.

카이의 검이 사벤의 앞에서 막혀 있었다. 카이는 전력을 다해 검을 기울이고 사벤을 베어 내려 했지만, 사벤의 앞에 있는 실드가 절대적으로 그를 보호하고 있었다.

사벤의 얼굴을 바로 앞에 두고, 이렇게 검 하나 움직이지 못하다니……! 전투 내내 침착하던 카이의 얼굴에 분노가 떠올랐다.

그러나 사벤 역시 그런 실드 안에서 카이를 비웃을 여력이 없었다. 그는 지금 온몸으로 압박감을 느끼고 있었다.

그의 얼굴이 순식간에 창백해졌다.

카이의 검이 닿는 것은 무위로 돌릴 수 있다……라고 생각했다. 그러나 그 검이 사방 공기를 에워 누르는 듯한 그 압력!

검압!

낭창낭창해 보이기까지 하는 검이, 드래곤 본으로 만들어졌다고는 해도 이 정도로 검압을 내뿜을 줄은 사벤은 미처 알지 못했다.

'이것이…… 로인의 힘!'

거기에 드래곤의 실드까지 힘입은 카이는 그야말로 무적이었다!

"……인간이라면, 그대를 이길 생각은 버리는 게 좋겠군."

사벤이 가라앉은 목소리로 말했다. 이를 악다물고 내뱉은 그 말을 카이는 간신히 알아 들을 수 있었다.

"그렇다면…… 네 목숨부터 그만 내놔라!"

"그럴 수는 없다. 이 마물들에게…… 어떻게 해서든…… 란펜의 피와 살을 먹이고야…… 커헉!"

다음 순간 사벤은 피를 토했다.

두두둑.

문령의 실드 일부에 금이 갔다. 그리고 얼음이 깨지듯 그렇게 천천히 무너지려는 그 기세를 보면서 카이는 더욱 기운을 냈다.

그를 에워싼 용언의 실드는 절대 무너지지 않을 듯 강건했다.

"사벤……!"

"보호!"

테엘의 힘찬 목소리가 다시 허공에 울려 퍼지는 그 순간……!

"크왁!"

심장이 부서지는 듯한 통증이 느껴졌다.

'넘을 수…… 없었던가.'

그러나 다음 순간, 그는 마지막 힘을 쥐어짜 냈다. 그의 손가락에서 금빛 문자가 쉴 새 없이 주변으로 흩어졌다.

갑자기 마물들이 가장 뒤에서부터 천천히 몸을 부들부들 떨기 시작했다. 그에 따라 사벤은 점점 자신을 억누르던 고통이 사라지는 것을 느끼고 더욱 힘을 냈다.

'……!'

카이는 사벤의 변화를 알아챘다.

"사벤……!"

"크, 크흑……!"

카이가 억누르는 힘이 일순간 더 강해졌다.

쿠웅—! 쿠웅—!

주변 땅이 천천히 아래로 짓눌리기 시작했다!

카이는 검에 힘을 주었다. 드래곤 하트가 가슴을 박차고 뛰쳐나올 듯이 엄청나게 뛰었다.

'조금 더……! 조금 더!'

카이 역시 온몸으로 문령의 실드에서 내뿜는 반탄력을 느끼고 있었다. 테엘의 보호가 아니었다면 자신의 온몸을 찢고 튕겨 나갈 듯, 그 반탄력은 정말 강했다.

"조금 더……!"

카이가 외쳤다.

"힘이여……!"

그가 그렇게 외친 순간.

기괴한 광경이 펼쳐졌다.

뒤쪽에서 미적거리던 마물들이 우르르 땅에 쓰러지기 시작했다.

엄청난 숫자의 마물들이 마치 누가 시킨 것처럼, 아니면 일순간 신성한 힘에 노출된 것처럼 땅으로 우르르 쓰러지고, 그에 따라 사벤은 점점 쓰러지던 자세를 수습하기 시작했다.

그러나 카이 역시 점점 검을 앞으로 내밀고 있었다. 그는 단 한순간을 놓치지 않겠다는 듯, 두 눈 가득 힘을 담아 사벤 한 사람만을 바라보고 있었다.

사볜의 손이 계속 움직이며, 꽃가루를 날리는 나비처럼 파닥거렸다. 그의 문자가 어떤 것을 날리든 카이는 상관없었다.

단 한순간이 필요할 뿐!

결계가 흔들리는 단 한순간!

"사볜에에엔!"

그 순간!

싸늘한 정적이 전장을 지배했다.

시간이 멈춘 듯했다.

성문을 막으려던 이르엘도, 마물들을 사정없이 베어 내던 벨하임과 리슨도 순간 고개를 들었다.

산이 비비적거리던 소리가 멎었다. 힘과 힘의 충돌 때문에 전장을 사정없이 휘감던 무지막지한 기운이 사라졌다.

그 모든 것이 일순간 사라졌다. 절대 사라질 수 없는 전장 한가운데의 그 강한 두 힘…….

다음 순간 사볜과 카이는 동시에 서로를 노려보았다.

"……!"

"……!"

서로를 짓누르던 힘이 사라진 이유를 그들은 본능적으로 깨달았다. 그리고 누가 먼저랄 것도 없이, 두 팔로 앞을 막은 순간.

번쩍이는 빛이 사방을 에워쌌다.

테엘은 성벽 위에서 눈을 부릅뜬 채 한쪽 무릎을 꿇었다.

"커헉……!"

그의 입에서 피가 주르륵 흘러내렸다.

그리고 빛의 뒤를 따라 엄청난 소리가 울려 퍼졌다.

천둥이 하늘 전체에 울려 퍼진다고 해도 그렇게 클 수 없으리라.

두 사람의 몸이 일순간 하늘에 떠올랐다. 테엘은 피를 주륵 흘리면서도 한 손을 내밀었다.

"카이……!"

그 말에 뒤이어, 카이와 사벤은 동시에 반대편으로 튕겨 났다.

마치 보이지 않는 절대자가 중간에 끼어들어 그들을 손가락으로 튕긴 것 같았다.

카이는 성벽을 향해, 그리고 사벤은 뒤쪽 마물들의 시체 한가운데를 향해!

테엘이 시전한 실드가 아슬아슬하게 카이의 몸을 보호해 성벽 바로 앞에서 멈췄다.

"카이!"

테엘이 비틀거리면서 성벽 아래쪽으로 몸을 기울였다.

카이는 성벽에 기대 있었다.

"괜찮냐!"

"……나는 괜찮다."

카이의 목소리가 흘러나왔다. 테엘은 그 목소리에 비로소 안도의 한숨을 내쉬었다.

'이 녀석……. 다시는 전장에 안 내보낼 거야!'

테엘은 가슴을 쓸어내렸다.

'카이를 잃을 뻔했다……'

그렇게 놀란 것도 잠시였다.

테엘은 곧바로 사벤의 생사를 확인하기 위해 고개를 돌렸다가 더 크게 놀랐다.

사벤은 아무렇지도 않다는 듯 일어나서 몸을 툭툭 털고 있었다.

방금 죽을 뻔했다는 걸 보여 주는 건, 가슴 앞에 질펀하게 흘린 피가 전부였다.

"불공평하군……."

사벤 역시 충격을 받았지만 주변 마물에게 충격을 전가했다. 일전 도성 거리에서 좀비에게 피해를 전가한 것과 같은 수법이었다.

'아슬아슬했다……!'

사벤은 토해 낸 피를 보면서 씁쓸한 듯 속으로 중얼거렸다.

'이대로는 이길 수 없어.'

싸우면 싸울수록 이길 수 없다는 것만 확인할 뿐이었다.

자신이 앞서는 것은 잔머리뿐이라는 자괴감이 들었다.

전쟁에서 이기기 위해서는 잔머리가 중요한 요소라는 걸 알고 있지만, 그래도 카이를 보고 있으면 기가 막혔다.

'인간 맞아?'

드래곤 헤츨링이 유희라도 나선 게 아닐까, 그래서 테엘이 저렇게 기를 쓰고 보호하는 게 아닌가 의심이 갈 지경이었다.

사벤은 애써 침착한 듯 주변을 둘러보았다.

수십만의 마물 중 대부분이 쓰러져 있었다.

'과연 드래곤……!'

남은 수는 겨우 몇만이었다.

이 정도는 카이가 금세 정리해 버릴 수 있다.

실제 성벽 앞에 떠올라 있는 카이는 독기를 가득 머금은 표정이었다. 그의 몸에서 솟구치는 기운이 너무 강해서, 대부분의 마물이 쓰러져 마기가 사라진 대기를 그의 살기가 대신 채운 듯했다.

"……사벤……!"

테엘은 급속히 놀란 후 다음 순간 바로 안심해서, 카이를 땅에 내려놓지도 않고 바로 보호막을 풀었다.

카이가 땅 위에 내려서기를 기다릴 틈도 없었다. 천지를 가로질러 사벤 하나를 베기 위해 당장 달려들 기세였다.

사벤은 한눈을 팔지 않았다.

그는 곧장 이동했다. 마족의 모습도 이제는 감췄다.

이미 스스로의 죽음을 각오한 상태였다. 그는 인간의 모습으로 마물 한가운데 나타났다.

"……크르륵?"

이 느닷없는 곳에 끌려와, 드래곤과 괴이한 신성력에 치인 마물들은 완전히 기가 죽어 있었다.

배는 고프지, 움직일 곳도 마땅찮지…….

그런 와중에 자신들 한가운데 느닷없이 인간이 나타난 것이었다.

"……크르륵!"

"크륵! 크륵!"

마물들의 울부짖는 소리가 일시에 터져 나왔다. 서로 먹겠다는 다툼이었다.

사벤은 싱긋 웃고는 몸을 돌렸다.

그가 달려가는 곳은 바로 성문.

사벤은 얼마 남지 않은 기운을 끌어올려 성문을 향해 마물들을 몰고 자신의 몸을 먹이로 유인작전을 펼쳤다. 이어, 일대다툼이 시작되었다.

울부짖는 소리가 퍼지면서 순식간에 마물들이 성문을 향해 모여들었다.

"사벤! 이 사악한 녀석!"

카이는 분노했다.

"벨하임, 리슨! 성문을 막아라!"

그는 머리 위로 검을 크게 휘둘렀다. 바람이 다시 허공을 가볍게 스치면서, 이내 검강이 반달처럼 세상을 훑기 시작했다!

그의 앞에서 바닷물이 모래를 쓸고 넘어지듯이 마물들이 우르르 쏟아졌다.

마물이 베이고 사방으로 피가 튀며 마물들의 끊긴 수족과 수급이 튀는 가운데, 카이는 거침없이 그 위를 밟고 지났다.

사벤 역시 다급하게 뛰었다. 문령으로 이동해 가면서 마물과 마물 사이에 섞여, 마침내 그는 성문 바로 안으로 몸을 피할 수가 있었다.

"······!"

마물에게서 성문을 막아내던 세 존재가 뛰어든 인간을 보고는 화들짝 놀랐다.

사벤은 그들 세 사람을 하나하나 똑바로 바라보았다. 그리고 그들의 얼굴을 아주 짧은 시간에 자신의 뇌리에 각인했다.

'언제고······ 내가 살아남는다면, 너희는······!'

이용할 수 있는 것은 무엇이든 이용해야 한다!

지금 그가 원하는 대로.

사벤이 다시 그들 앞에서 모습을 감추었다.

그 뒤를 따라, 카이가 무자비할 정도로 힘차게 성문으로 들이닥쳤다. 그가 휘두른 검날에 성벽 위의 벽돌이 우르르 무너져 내렸다.

"사벤!"

"어, 어디론가 갔습니다, 주공!"

"리슨, 그를 추적할 수 있겠나!"

"너무 빨라서······!"

그 짧은 대화가 폭발하듯이 내뱉어진 사이.

카이는 뒤쪽에서 달려드는 남은 마물을, 뒤돌아보지도 않은 채 검을 휙 내질러 단숨에 갈라 버렸다.

벨하임은 카이를 보며 저도 모르게 질린 표정을 지어 보였다.

'저, 정말 괴물이십니다······. 크흑! 나, 나도 그래도 소드마스터인데!'

그런 한탄이 채 끝나기도 전.

성문 앞에는 세 사람이 있고, 성문 벽 바로 아래 카이가 서 있었다.

테엘이 갑자기 그들을 향해 경고했다.

"……이르엘, 뒤다!"

"……엣?!"

이르엘이 뒤를 돌아보려는 찰나, 카이의 눈빛이 매섭게 빛났다.

이르엘은 카이가 손을 뻗어 자신의 어깨를 잡는 것을 깨닫고는 그를 바라보았다.

'카, 카이!'

그러나 다음 순간 이르엘 역시 눈을 빛냈다.

'……나는 은빛의 요녀, 카이의 아내가 될 거야.'

카이의 다른 한 손에 들린 검이 이르엘의 뒤에서 모습을 드러낸 사벤을 공격하려는 찰나.

이르엘 역시 몸을 돌리지 않은 채 양손으로 수인을 맺고 대지를 향해 매섭게 외쳤다.

"땅의 정령이여, 공기의 정령이여, 물의 정령이여, 불의 정령이여……!"

4대 정령의 조화.

이르엘은 이어 양팔을 힘차게 뻗었다.

"내 뜻에 따라 그의 사지를 묶어 숲의 모양으로 만들어라!"

"큭……!"

사벤은 순간 자신의 온몸을 짓누르는 정령의 기운에 깜짝 놀랐다.

"이, 이동……!'

사벤이 다급하게 움직이려는 사이.

카이의 검이 사벤의 어깨를 스치고, 정령들이 억누르는 통에 몸이 이상한 방향으로 점점 꼬이기 시작했다.

이동하려고 했지만 이미 테엘까지 마법을 이용해 그를 굴복시키고 있었다.

인간의 검술, 엘프의 정령, 드래곤의 마법!

사벤은 그 세 힘 가운데 완전히 갇히고 말았다. 문령을 사용하려 했지만 손가락을 움직일 수도 없었다. 이르엘이 정령들에게 손가락부터 단단히 움직이지 못하도록 했던 것이다.

사방 공기가 희박해지는 것을 느끼며, 사벤은 피식 웃었다.

'이렇게…… 끝인가!'

마물의 대부분은 사벤 자신의 목숨을 구하기 위해 아깝게 소비해 버렸다. 어쩌면 이것, 업(業)이 아닐까 싶었다. 카이를 죽이기 위해 좀비로 만들어 버린 빈민들의 영혼이 내린 업보!

목숨을 구할 게 아니었다…….

바보 같은 짓을 했다. 전략가로서는 정말 형편없이 바보짓을 해 버렸다고, 사벤은 그렇게 웃어 버렸다.

성벽 위에 있던 테엘이 아래로 훌쩍 뛰어내렸다.

다섯 사람에게 에워싸인 사벤은 이제 죽음이 다가왔다는 것을 깨달았다. 란펜으로는 단 하나의 마물도 들어오지 못했다. 시민들 하나 죽이지 못하고, 고작 성문 근처에서 깔짝거린 것이 전부.

"원통……하다……!"

"원통이라고? 원통? 네 입에서 그런 말이 나올 수가 있단 말이냐?"

카이는 그의 말이 믿기지 않아, 하늘을 우러러보며 외쳤다.

"네 손에 죽은 자들이 한둘이 아닌데도 너는 감히 원통하다고 말하는 것이냐!"

"어이, 카이. 물어볼 필요가 있냐? 하여간 인간은 괜히 이렇게 겉멋 부리다가 때를 놓치지."

"……이봐, 사제님. 중요한 거 하나 잊은 것 같지 않아?"

카이는 고개를 흔들었다.

"벨하임, 네가 이 녀석 목 바로 위에 검을 대고 있어라. 조금이라도 이상한 일이 벌어진다면 당장 목을 베라."

"예, 옛."

"참고로 검은 머리 녀석이 나타나서 널 죽이려 할 테니까, 단단히 긴장하고 있는 편이 좋을 거다."

카이의 말에 테엘은 아차 싶었다.

문령술사는 최소 둘.

한 녀석은 여기 있는데, 다른 한 녀석은 어디에 있단 말인가?

"그렇군. 마법사라면 몰라도 문령술사들은 기운이 약하니 찾아내기가 어려워. 하지만 이 녀석이 말할까?"

"말하지 않아도 상관없다. 말 그대로 미끼니까."

카이는 그렇게 말하면서 사벤을 바라보았다.

"원래대로라면 너는 사형이고 능지처참이요, 구족에 달하는 네 혈족과 너희 집에 드나든 강아지 한 마리까지 찾아내서 죽여야 할 거다. 사벤 알 미네드……! 제국의 황제를 부추겨 서방과의 혼란을 조장했으며, 수많은 생명을 전쟁에서 죽게 했다. 또한 지금 란펜으로 마물을 끌고 왔다는 죄를 인정하는가?"

카이의 목소리가 사방으로 울려 퍼졌다.

멀리, 마물들의 뒤쪽으로 피해 있던 이프로스까지 그 목소리를 들을 수 있었다.

평원은 이제 마물의 시체로 덮여 있었다. 그들이 죽으면서 내뿜은 마기가 사방 대기를 가득 메우고 있었다.

란펜은 이제 제국의 수도가 아니었다. 저주받은 땅, 마물들의 시체로 백 년 동안은 아무것도 거둘 수 없는 땅이 되었다.

이프로스는 그런 란펜의 평원 위에서 꼼짝도 할 수가 없었다.

그는 그 엄청난 싸움을 모조리 지켜보았다.

그의 앞에는 그 전투의 폐허를 가리는 성벽 따위 하나 없었다.

마물들이 쓰러지고, 그 사이에서 은빛 달을 만들어 내는 카이의 검술과 그것을 피하는 사벤의 술수까지…….

너무 엄청난 일을 당해서 얼떨떨하던 중에 스승의 안위를 놓쳤지만 그는 곧 그 뜻을 이해할 수 있었다.

카이가 성문 안으로 뛰어 들어가는 것을 보고서야.

'스, 스승님……!'

어떻게 해야 할지 망설인 것도 잠시.

이프로스는 곧 품 안에서 종이 뭉치를 꺼내 들었다. 수십 장밖에 남아 있지 않았다.

'하, 함정이겠지?'

카이와 드래곤, 소드마스터에 하이 엘프……!

그 무시무시한 집단을 상대로 살아남을 수 있을까?

'스, 스승님이라도 구해 내야 한다! 그렇게 하면 우리 종족, 우리 제국의 지난 세월은 보답받을 수 있을 테니까!'

이프로스는 결심을 굳혔지만 쉽사리 움직일 수가 없었다. 마냥 겁이 나서 한발 앞으로 딱 나설 수가 없었다.

'으, 으아아아!'

그런 와중에 카이의 외침이 들려왔다.

'함정이라는 건…… 알고 있다!'

이프로스는 주먹을 불끈 쥐었다.

그는 우선 성안으로 이동했다.

외성의 건물은 높았다. 좁고 다닥다닥 붙은, 살기 위해 지은 건물들이 상당수 있었다.

이프로스는 그중, 성문 앞의 상황이 훤히 보이는 곳으로 곧바로 올라갔다.

지붕 위에 납작하게 달라붙어 내려다보자, 사벤의 목에 검을 대고 있는 소드마스터가 보였다.

그 앞에서 카이와 테엘이 각각 사방을 경계하며 서 있었다.

'스, 스승님!'

"크, 크크크······."

사벤은 웃었다.

사방 공기가 그의 몸을 압박하는 통에 웃는 것도 쉬운 일이 아니었다.

"네가 보기에 죄라는 거지, 나는 내가 해야 할 도리를 했을 뿐이다······!'

"그런가."

"지금 내가 원통한 것은 너를 죽이지 못했기 때문······! 마족에게 내 영혼을 파는 한이 있어도, 나에게 다시 기회가 주어진다면 나는 똑같은 일을 망설이지 않을 것이다."

사벤은 그렇게 말하고는 망설이지 않았다.

바로 벨하임을 향해 몸을 던졌다. 그의 검, 자신의 목을 노리고 있던 소드마스터의 검을 향해!

주저 없이 날린 몸. 벨하임의 검은 검강으로 예리하게 빛나고 있었다. 손을 가까이 대기만 해도 예리하게 베이는데, 그곳을 향해 아예 작정하고 몸을 던졌다.

결과는 누구라도 예상할 수 있었다. 피가 사방으로 튀고 목이 갈리거나 등뼈가 갈리거나······.

사벤이 죽을 것을 모두 예상했다. 그러나 그 순간 사벤의 모습이 사라졌다.

테엘은 순간 당황해서 주변을 둘러보았다.

"꼐르륵……?"

또 다른 마물 한 마리가 성문 앞에서 얼쩡거렸다.

카이는 검을 들었다.

"……뭐지? 어떻게 되어 가는 거야?"

"문령술사는 없어! 전혀 감지할 수가 없다니!"

"마물들은?"

카이는 순간 섬뜩한 느낌에 이르엘을 바라보았다.,

"……당장 성문을 막아! 어서! 테엘, 너도 힘을 합쳐!"

이르엘과 테엘은 영문도 모른 채, 성문과 그 주변을 틀어막았다. 성문 주변으로 흙이 무수하게 쌓이고 물과 불의 힘이 덧대어졌다.

그사이 카이는 성문 위로 다시 뛰어 올라가고 있었다.

"카이?!"

테엘과 일행은 그 뒤를 따랐다.

카이는 성벽 위에서 아래를 내려다보았다. 그의 얼굴이 찌푸려졌다.

"어떻게 된 거지?"

"마물들이……?"

수십만의 마물들이 죽어 있던 평원, 그 위에서 새로운 마물들이 꿈틀거리며 움직이기 시작했다. 하나, 둘…….

재생해서 움직이는 것이 아니었다.

새로 만들어지고 있었다. 새로 태어나고 있다?

마물들이 꿈틀거리면서 움직이고 있었다. 새로 태어나는 것이 분명했다. 검게 물든 시체 사이에서 시체들의 살점이 재조립되어 새로운 마물이 태어나고 있었다.

그리고 그것은 예전 수십만의 것과는 달랐다.

더 큰 덩치……, 그리고 강한 뒷다리가 눈에 들어왔다.

이전 마물들이 형태가 부정확하다면, 지금은 모양이 대충 눈에 들어왔다.

그것을 본 테엘이 숨이 막힌 듯 턱하니 말을 내뱉었다.

"……죽음의…… 개!"

"뭐? 죽음의 개?"

"마물 중…… 개 같은 녀석들……."

테엘이 깊숙하게 가라앉은 목소리로 말을 이었다.

"……마족들이 직접 부리는 마물 군단의 정규…… 병사들. 달리 말하자면……."

테엘이 굳은 얼굴로 평원 아주 먼 곳을 바라보았다.

"마족이 나타났다."

SWORD OF DRAGONLOAD

"어둠의 자식들이여!"

테엘이 평원을 향해 소리쳤다.

"감히 주신께서 관할하시는 이 땅에서 무엇을 하는 건가!"

그의 목소리가 평원 사방으로 뻗어 나갔다.

아무도 그 말에 대꾸하지 않았다. 무언가 그들을 조롱하는 기운이 느껴졌다.

그런 사이에도 마물들은 계속해서 만들어지고 있었다.

수십만의 마물이 수만의 마물로 재조립되는 과정은 꽤 으스스한 광경이었다. 그걸 막을 방도도 찾지 못한 채 가만히 지켜봐야 하는 것 역시 그랬다.

"어둠 속으로 돌아가!"

테엘이 버럭 외치자, 어디선가 웃음소리가 들려왔다.

"켈켈켈……. 저놈의 비만 도마뱀이 하는 이야기 좀 들어 보게나."

어두운 하늘에서 슬쩍 모습이 나타났다.

검은 머리카락 사이의 눈보다 더 흰 피부가 기묘한 조화를 이루었다. 눈자위 전체가 다 까맣고 그 사이에서 눈동자가 빨갛게 빛났다.

그의 주변으로 어둠이 점점 짙어졌다.

'하나?'

테엘이 그 정도라면 해 볼 만하다고 생각했을 때.

어둠 속, 사내의 뒤에서 세 명이 더 늘어났다. 그들 역시 생김새가 다르지는 않았다. 그렇지만 옷차림이 달랐다.

먼저 나온 자는 흰색에 화려한 금빛 자수를 놓은 옷을 입고 있었다. 약간 긴 상의라든가 장식이 인간의 귀족과 흡사했다.

그 다음에 나온 셋의 복장은 그에 비하면 수수했다. 검은색에 약간 달라붙는 옷이었다. 그들의 옷에는 소매가 없었고 대신 검고 긴 갑옷 같은 비늘이 팔을 덮고 있었다.

그들 역시 검은 눈자위에 붉은 눈동자를 지니고 있었다.

테엘의 얼굴이 딱딱하게 굳었다.

지금 눈앞의 마족이 누구인지는 중요하지 않았다. 하지만 그가 어떤 위치에 있는지는 중요했다.

다른 마족 셋이 가운데 마족을 향해 부복한 자세를 봐서는, 그자의 위치를 짐작할 수가 있었다.

마족은 철저히 힘과 잔혹함으로 뭉친 종족이다. 그런 마족이 다른 마족을 거느리기 위해서는 절대적인 힘을 지녀야 한다.

그런데 그런 마족을 셋이나 거느리고 있다?

'어느 정도인가……'

하급 마족이라면 상관없지만, 고급 마족의 경우는 드래곤과 흡사한 힘을 지니고 있다.

테엘의 시선이 자신에게서 움직이지 않는 것을 본 마족이 싱긋 웃고는 앞으로 나섰다.

"드래곤이로군. 레드 일족인가? 아니…… 사제시로군."

뒤의 세 마족이 일순 얼굴을 찌푸리고 입을 벌렸다. 그들이 쉿쉿거리는 소리를 내는 것을 들으며 테엘은 얼굴을 찌푸렸다.

"마족이 여기에서 뭐 하는 거냐."

"흠, 글쎄? 그냥 재미있는 소리가 들리고 재미있는 냄새가 나서 쫓아왔는데, 누가 나와 계약을 하려는 통이라서 말야. 일단 구하고 본 거지."

마족 사내가 뒤를 향해 손가락을 까닥거렸다. 그러자 세 부하 마족 중 둘이 어둠 속에서 두 사람을 끄집어냈다.

카이는 그들을 본 순간 눈에서 빛을 내뿜었다.

'사벤……. 이프로스……!'

마족의 눈길이 순간 카이를 향했다.

그는 천천히 눈을 감았다가 떴다.

"그렇군. 또 다른 이자벨인가."

"너는 누구냐."

카이는 그가 옆에 서 있기라도 한 듯 낮게 중얼거렸다.

마족은 그 말에 킬킬거리며 웃었다. 그리고는 인간식으로 허리를 정중하게 굽혔다.

"어둠의 일족이 로인의 일족을 뵙소이다. 로드의 일원, 라브노크. 이쪽은 내 수하인 레라즈, 아룸, 키제닌. 보면 알겠지만 시끄러운 게 싫어서 혀를 잘라 버렸거든. 직접 인사는 못할 거요. 인간의 귀한 분이여, 이해해 주시겠지."

테엘의 몸이 순간 굳었다.

라브노크……!

하루에도 수십 번 싸우고 죽고 태어나는 마족 가운데, 유명한 몇몇 마족이 있었다.

라브노크는 그중 하나였다. 그만큼 강한 마족 중 하나로 알려져 있었다. 서열로 따지면 10위권 이내? 어쩌면 5위 이내일지도 모른다.

마족의 서열은 백 년 사이에도 수천 번 바뀌니까, 그의 서열 역시 바뀌었을 수도 있었다.

마족의 서열이 바뀐다는 말은 위로 올라간다는 것을 뜻하기도 했다. 지면 바로 죽음뿐이었으니까.

"로드의 일족? 그게 무슨 뜻이지? 저자가 마왕인가?"

카이가 테엘에게 물었다.

테엘은 카이를 향해 나지막이 말했다.

"언제든 마왕이 될 수 있는 힘을 가졌다는 말이다. 그만큼 강하다는 거지. 방심하면 안 된다……!'

"허허! 레드 일족의 사제께서는 참으로 조심성이 많으시군."

"……."

테엘은 이를 갈았다. 그러나 상대는 자신보다 강하다.

드래곤들을 불러 모았어야 했다. 마물들이 죽었다고 마족이 관심을 갖고 나타날 것은 생각도 못한 일이었다.

"이름을 말씀해 주시지요, 로인가의 일원이여."

라브노크가 일부러 정중한 척 물었다.

카이는 냉정하게 대답했다.

"본 공작의 이름은 카이젤 아민 라 로인. 어둠의 일족이 이 땅에 다시 오른 까닭을 먼저 묻고 싶소."

"허허. 인간답지 않고, 성격이 급하시군. 아니, 인간답게 성격이 급하다고 해야 하나? 알 수 없는 일이네. 뭐……."

라브노크가 주변 땅을 향해 손을 펼쳐 보였다.

"이 땅은 언제나 우리 어둠의 일족에게는 향긋한 냄새를 풍기기 때문이라고 해야 하나? 아니면 마물들이 죽는 것을 보고 조금 심통이 났는데, 마침 이런 재미있는 인간들이 계약을 원하기 때문이라고 해야 하나?"

"그들과 계약할 거면 서두르시지."

카이의 말에 라브노크가 약간 놀랐다는 듯 목소리를 높여 물었다.

"이들을 원하던 것 아니었나?"

"어떻게 할 건지 서두르라는 이야기다. 그 인간들을 반드시 죽일 거니까."

라브노크의 얼굴에 잠시 놀란 기색이 스쳤다.

"……허허?"

"그러니 어서 결정해라."

"……흠. 차라리 당신이 더 마음에 드는군. 어떤가? 나와 계약하지 않겠는가?"

"라브노크!"

테엘이 분노해 한발 앞으로 나선 순간, 라브노크가 태연하게 한 손을 뻗었다.

누가 던진 것처럼 사벤이 그의 손안으로 순식간에 날아들었다. 라브노크는 그의 목을 손에 쥔 채 카이를 향해 흔들어 보였다.

"나와 계약하면, 당장 마물을 거두고 조용히 내려가도록 하지. 그리고 이 두 인간들의 힘을 절대로 봉인하겠다."

"언령은…… 신성력이라 들었다."

카이는 냉정했다. 테엘조차 그 순간에는 몸서리가 쳐질 정도였다.

"그런데 어째서 네가 그들의 능력을 봉인할 수 있다는 거지?"

"간단해. 하지만 그걸 가르쳐 주고 싶지는 않은데."

"손발을 자르는 것 외에 방법이 있던가?"

"……웃, 알고 있었나?"

라브노크는 허허 웃고 말았다.

"간단해. 문령은 글씨를 쓰는 것으로 실행되니까. 물론 이 인간은 조금 특이한 것 같더군. 마치 태초 인간들의 문령술사를 보는 듯 해……."

라브노크는 손안의 사벤을 이리저리 돌려 보았다. 과일이 잘 익었나 살펴보는 듯 너무나 태연한 행동이었다.

"의지만으로 문령을 쓰고, 그것을 날린다……. 종이라는 제약이 없는 문령이라는 거 말야, 그렇게 보면 용언보다 더 강한 거잖아? 과연 인간이야. 정말이지 신기해."

"그놈과 계약할 생각이로군."

"호? 싸움할 때는 무식하더니, 한 걸음 뒤로 물러나서는 꽤 침착하군. 아니, 지나치게 냉정해. 네 말이 맞다. 나는 이 녀석을 내 종으로 삼을 생각이다. 문령 역시 신성력이라는 건 맞아. 하지만 너희 신은 그렇게 절대적이지 못해서 말이지."

"……그림자의 신."

카이가 신음처럼 중얼거렸다.

"그래서 신성력이기도 하지만, 반대로 음의 성격…… 곧 마력이 될 수도 있다고도 할 수 있지."

"그렇다고 해도 상관없다. 인간은 절대 이 대륙 위에서 없어지지 않을 테니까."

카이는 그렇게 말하고는 지루하다는 듯 어깨를 가볍게 돌렸다.

"그 녀석을 죽이든가, 아니면 계약을 하든가. 어서 서두르시지."

"……."

라브노크의 얼굴에서 미소가 사라졌다. 그의 몸에서 순간 마기가 짙게 흘러나왔다. 그러자 바로 뒤의 세 마족이 반응했다. 그들이 꿈틀거리면서 앞으로 나섰다.

"아니, 가만."

라브노크는 고개를 흔들었다. 그는 대신 손안에 쥐고 있던 사벤을 놓아주었다.

사벤은 숨을 내뱉으면서 멍한 눈으로 라브노크를 바라보았다. 마족을 바라보는 그의 눈에는 오기가 서려 있었다.

"계약을 맺겠는가, 인간이여?"

사벤은 고개를 끄덕였다.

"계약에는 그에 따른 매개체가 필요하다."

"매개……체?"

"제물."

"제 문령의 힘을 모두……."

"현물만 받아."

라브노크가 차갑게 대꾸했다.

"원래대로라면 내가 인간과 계약하기 위해서는 보통 열 마리의 흰 털 암소, 그리고 갓 태어난 송아지 오십 마리. 물론 그것들의 색은 상관없어, 단지 어미 젖을 한 번도 빨아 보지 못한 건강한 것들로 준비해야 해. 그리고 하얀 비둘기 백 마리. 알을 낳아 본 적이 한 번도 없는, 갓 성체가 된 것들."

"……."

사벤은 멍하니 라브노크를 바라보았다.

주변에는 마물 시체밖에 없었다. 그런 많은 짐승을 구하려면, 그것도 그런 까다로운 조건을 채우려면 몇 년은 준비를 해야 한다.

"과연 마족이다! 캬아……!"

테엘은 그 말을 들으면서 웃어 버렸다.

어이가 없기도 하고 기가 차기도 해서였다. 이 상황에서 굳이 저런 목록을 주르르 읊은 이유가 뭐겠는가.

"역시 심술 피우지 않고 순순히 넘어가는 일이 없다니까……."

카이 역시 저도 모르게 피식 웃었다.

그러나 다음 순간, 사벤의 말에 그들은 일제히 깜짝 놀랐다.

심지어 라브노크까지.

사벤이 이윽고 입을 열었다.

"제 제자의 목숨은 어떻겠습니까."

모두가 깜짝 놀랐다.

라브노크는 깜짝 놀라 사벤을 바라보았다. 그리고 천천히 고개를 돌려 이프로스를 바라보았다.

이프로스는 그저 스승을 바라보고 있었다.

사벤이 고개를 돌려 이프로스를 바라보았다.

"인간 하나의 몸으로는 부족합니까?"

"흐흠……. 어쩐다."

라브노크는 고개를 갸웃거렸다.

"인간에게 받는 제물의 양을 줄이려는 시도는 많이 접해 본 일이긴 하지. 기껏 불러내 놓고는 에, 조금 어려우니까 비둘기는 빼 주세요—라든가 하는 말을 많이 하고는 했지. 그런 녀석들은 어김없이 죽었다. 하나도 빠짐없이."

"제 뒤를 이은 유일한 문령술사입니다."

사벤은 담담하게 말을 이었다.

라브노크는 천천히 고개를 끄덕였다.

"계속해 봐라."

"젊지요. 어리석지는 않습니다. 평균보다 약간은 현명한 편입니다. 무엇보다 지금 이 자리에는 그밖에 쓸 만한 인간이 없습니다."

사벤은 라브노크를 똑바로 바라보았다.

"달리 말씀드리자면, 지금 그가 제가 가진 것의 전부입니다."

"호!"

라브노크가 손뼉 쳤다.

"그것 참 멋진 조건이군. 꽤 진술한 발언이야. 그거 멋있군, 흐흠. 하지만 제물의 의미는 그렇게 간단히 볼 게 아냐. 그건 마족의 힘을 이 땅 위에 풀어내기 위한 조건이다. 그 피와 살로 새로운 육신을 만들어 내는 거라고 해야 하나……. 그러기 위해서 필요한 최소 요건이 그 정도인데, 인간 하나라. 우흠."

라브노크는 씩 웃었다.

"이번만은 그냥 해 주도록 하지. 하지만 내 힘이 이 땅 위에서 100퍼센트 발휘될 거라고 기대하지는 말도록. 하지만 의외로 모를 일이지. 문령술사의 몸은 이제껏 먹어 본 적이 없으니까."

이프로스의 얼굴이 창백해졌다.

그러나 그는 망설이지 않았다. 사벤을 보고는 서글픈 표정을 지을 뿐이었다.

이프로스가 한발 앞으로 나섰다.

라브노크는 다시 웃었다.

"마음에 들어! 인간들의 저런 면은 정말이지 볼 때마다 마음에 들어……! 죽음에 벌벌 떨면서도 때로는 아무것도 아니라는 듯이 앞으로 나서지! 정신과 육체와 마음이 따로따로 논다니까!"

"……스, 스승님."

이프로스가 사벤을 바라보며 말했다.

"종족을…… 부탁합니다……!"

"너의 희생을 잊지 않겠다."

사벤이 냉정하게 대꾸했다.

라브노크는 크게 웃으면서 두 손을 펼쳤다. 두 손 사이에서 검은 마기가 물결쳤다.

"어딜! 내 앞에서 마족이 계약하는 꼴을 두고 볼 것 같으냐!"

그때 테엘이 버럭 소리 질렀다. 그가 양손을 펼쳐 하늘을 향해 뻗었다.

"이 대륙을 비추는 별이여, 이 땅을 가린 어둠을 그대의 빛으로 태우고자 하니 내 부름에 응답하소서!"

"그깟 운석 몇 번 떨어진다고 될 것 같은가?"

라브노크가 씩 웃었다.

"당해 보면 알겠지! 후회할 것이다, 마족!"

테엘은 자신의 손으로 땅을 내리치려는 듯 아래로 강하게 팔을 내렸다. 그의 손을 따라, 어두워진 하늘에 나타났던 운석들이 마족이 들어찬 땅을 향해 힘차게 내리꽂혔다.

쿠쿠쿠쿠쿠……! 메테오(Meteor)가 세상을 덮칠 듯 떨어지면서 대기를 뒤흔들었다.

하늘 가득한 어둠, 그 아래에서 마물들도 순간 멈칫거렸다.

라브노크 뒤의 세 마족들조차 얼굴이 변했다. 오직 라브노크만이 웃을 뿐이었다.

"그 정도로는 안 된다니까……."

마법진을 펼친 상태에서, 라브노크는 다른 한 손을 펼쳤다.

다음 순간 하늘 전체에 엄청난 마기가 퍼졌다. 검붉은 연기가 넘실거리는 듯했다. 피 같기도 했고, 마그마 같기도 했다.

하늘에서 떨어지던 무수한 운석들, 당장 땅을 뒤엎고 주변을 그 압력에 휩쓸리게 할 정도의 가장 강력한 마법 카테고리인 메테오가 그 속에 닿는 순간 어디론가 서서히 사라졌다.

대단위의 이공간!

이공간을 만들면, 드래곤은 보물을 담고 엘프는 꽃을 담으며 사람은 추억을 담는다는 말이 있었다.

라브노크는 그 공간에 메테오를 담았다.

보통 이공간의 마법으로는 그렇게 강하게 담아낼 수 없다. 뭔가 다른 수법을 섞는다면, 어쩌면 가능할 터였다.

'……강하다. 그리고…… 영리하다…….'

마법을 융합할 때는 단순히 수식과 캐스팅을 섞는다고 결과물이 나오지 않는다. 가끔은 원하던 결과가 나오긴 하지만, 때로는 상쇄되어 엉뚱한 결과가 나오기도 한다. 그보다도 아주 드문 경우로 엄청난 상승효과를 낳기도 하지만.

어쨌든 그런 마법 융합에 성공해서 사용하고 있다는 것은 마법 역시 라브노크의 강점이라는 이야기였다.

테엘의 얼굴이 다시 굳어졌다.

라브노크는 여유 자적하게 메테오를 자신의 공간으로 집어삼켰다. 그리고 다시 손을 펼쳤다.

그의 양손에서 펼쳐진 검은 마법진이 땅 위에 내려앉았다. 순간 그 땅 주변으로 검은 물결이 일렁거렸다.

죽음의 동물, 마물들이 일순간 하늘을 향해 울부짖기 시작했다.

"크크, 녀석들도 알아채는군. 어떤가? 레라즈, 아룸, 키제닌?"

그에게 힘으로 억눌린 세 마족은 달랐다. 그들은 일순간 몸을 굳힌 채 부들부들 떨고 있었다.

마계에 남아있던 라브노크의 힘이 마법진을 통해 이 자리에 나타났다.

순간 온몸을 저릿하니 울리는 마기에 카이는 눈을 부릅떴다.

"……강하군."

"……암마, 그건 내가 아까 말했잖아."

"허풍인 줄 알았다."

"……너 내가 드래곤인 거 까먹었냐? 내가 거짓말할 것 같아? 아니, 이런 상황에 내 말을 안 믿은 이유가 뭐냐?"

"그것보다 더 중요한 걸 묻고 싶은데."

카이는 그의 말을 깡그리 무시하고 물었다. 말을 빨리 하는 통에 테엘은 화낼 타이밍을 놓쳤다.

"둘이 힘을 합친다면 어때? 이길 수 있을까?"

"……글쎄."

테엘이 긴장해서 외쳤다.

"사벤이 돕지 않는다면 모든 게 괜찮을 거야. 내가 전력을 다한다면 라브노크 정도는 어렵지 않아."

"드래곤 주제에 허풍 떨지 말고."

"……둘 다 죽으면 좋은 거고, 아니라면 내가 죽고 저 녀석도 크게 힘이 깎이는 정도겠지. 하지만 거기에는 문제가 있다."

카이는 테엘이 무얼 말하려는지 알 수 있었다.

"……힘의 폭풍?"

"저 녀석의 마기와 내 모든 마력이 부딪친다면……. 이 정도의 성이라 해도 버티지 못할 거다. 과거 신마대전에서 인간들의 피해가 컸던 건 그들을 보호할 마땅한 실드가 없었기 때문이지. 군대를 만들었지만, 그들은 오히려 방해만 되고 그냥 개죽음 당했지."

테엘의 시선이 잠시 묘하게 그를 스쳤다.

"그래서 한 인간이 나서서 싸울 수밖에 없었고."

"과거에도 마족이 있었나?"

"그렇지 않으면 어째서 그렇게 많은 마물들이 나타날 수 있었겠어?"

테엘의 시선이 라브노크를 향했다.

"위대한 로드 하미르의 심장이 거의 산산조각이 났었어. 이제껏 모든 드래곤 중에서 가장 강하고 가장 현명한 로드셨지. 그 여파에서 살아남은 것은 오직 그의 연인뿐이었다. 다른 드래곤들은 그 싸움을 지켜볼 수도 없었어. 남은 것은…… 오로지 결과뿐."

"그리고 이번에는 라브노크라는 저 마족이 온 거고?"

"……그리고 드래곤족의 대표로는 내가 있군."

"암울한데."

카이가 농담 반, 진담 반을 섞어 그렇게 말했다.

테엘은 힘없이 히죽 웃었다.

"암울하지."

"계약을 맺으면 어떻게 되지?"

"이 경우에는 힘이 반감될 가능성이 크다고 봐야지. 하지만 문령술사의 경우는 어떻게 될지 두고 봐야겠지."

"두고 본다고?"

카이는 그의 말이 마음에 들지 않는 듯했다.

"상대가 저러는 이상, 마법을 써 봤자 다른 수가 있을 것 같지는 않다."

하늘에는 아직도 라브노크의 이공간이 펼쳐진 채였다. 그 공간 안에 대체 무엇이 있는지 테엘은 짐작조차 할 수 없었다.

"하지만 계약자가 죽는다면 그 역소환 때문에 마족은 급속히 힘을 잃고 이 세상에 있을 수 있는 시간이 줄어들지."

테옐은 애써 침착하게 말했다. 그러는 사이에도 그는 안으로 마나를 갈무리하면서 자신이 아는 공격계 마법을 모두 떠올리고 있었다.

카이의 얼굴에 묘한 미소가 떠올랐다.

"사벤을 죽여야 한다는 사실에는 변함이 없는 거로군."

"그렇지. 무엇보다 인간들이 힘을 합쳐서 쳐 죽여야 하는 대상이 된 거다."

둘의 얼굴에 미소가 떠올랐다. 각기 결연한 의지를 담은 채, 그들은 주먹을 꽉 쥐었다.

검은 마법진 위에 오른 이프로스는 숨을 크게 들이쉬었다.

그러나 다음 순간.

마법진에서 검은 나무뿌리 같은 것이 휘리릭 올라오며 그의 온몸을 붙들었다.

사벤은 아무런 감흥도 없다는 듯 그 광경을 지켜보았다.

이프로스는 두려움을 이기지 못한 채 눈을 질끈 감았다. 그러나 이내 참지 못하고 눈을 뜨고 비명을 지르기 시작했다.

"으아아아!"

온몸의 피부를 찢어 대고 스며드는 검은 기운……!

검은 기운이 꿀럭거리면서 온몸의 피를 잡아 빼 냈다. 그리고 곧 그의 몸을 채우며 흐르기 시작했다.

사람의 영혼을 산 채로 잡아 뜯는 기분을 그 누가 알 수 있을까. 오직 당해 본 사람만이 알 수 있었다. 자기가 영원히 죽어 간다는 것을, 영원히 고통받으리라는 것을……!

그러나 그의 주변에 있는 모두가, 아무렇지도 않은 담담한 눈으로 자신을 바라보고 있었다.

'이건 아냐!'

너무나 큰 두려움이 그를 짓누르기 시작했다.

잘못 결정했다는 느낌. 이렇게 죽고 싶지 않다는 생각.

문득 후회가 스쳤지만…….

이내 그의 몸이 허물어지며 세상에서 영원히 사라졌다. 시체조차 찾아볼 수 없을 정도로 몸이 재가 되어 사라져 버린 것이다.

그것이 이프로스의 마지막이었다.

그리고 동시에 사벤의 변화가 시작되었다.

"으윽……!"

사벤은 엄청난 고통에 당황해서 라브노크를 돌아보았다.

"참아라."

라브노크는 아무 일도 아니라는 듯 간단하게 대꾸했다.

"큭……! 크아아아아!"

"별것 아니다. 몸이 변하는 데 그 정도 대가는 치러야지."

"이, 이건……!"

사벤은 비명을 참으려 했지만 쉽지 않았다.

"마기가 네 몸에 적응하기 위해서다. 계약자라면 응당 겪어야 하는 일이지. 어라? 내가 이야기 안 했던가……?"

당연히 안 했다.

마족과 계약한 후에는 몸을 구성하는 물질이 변한다.

마족이 자신들의 야욕에도 불구하고 이 세상에 나서지 않는 이유는, 이 땅의 대기와 만물이 주신의 힘으로 만들어졌기 때문이었다.

때문에 그들은 이 땅 위에서는 존재 자체가 부정당한다. 때문에 스스로의 힘을 완전히 끌어낼 수 없는 것이다.

라브노크처럼 마법을 자유자재로 부리기 위해서는 그만큼 마력이 강하면서 동시에 마기가 침투한 상태여야 했다. 지금 마물의 죽음이 가득한 란펜의 성 앞처럼.

인간을 매개체로 해서 마족은 자신의 마기를 이 땅 위에서 쓸 수 있었다. 물론 그것을 위해서는 희생양이 필요했다.

'인간을 매개체로 삼는 짓이야 과거에 많이 했다고들 하지만……. 재미있게 되었군.'

라브노크는 그렇게 생각하면서 킥킥거리며 웃었다.

그는 고통받는 사벤을 무시한 채, 고개를 돌려 테엘이 서 있는 쪽을 향했다.

"기다리기 지루할 텐데, 좀 더 재주를 피워 보지?"

"……"

테엘은 주먹을 불끈 쥐었다.

"아니면…… 어떤가? 내 새로운 계약자와 네 계약자가 한판 승부

를 벌여 보는 것은?'

"로인은 드래곤의 계약자가 아니다."

"맹세를 매개로 해서 힘을 빌린다면 또 다른 형태의 계약이지. 안 그런가?"

"……."

테엘은 입술을 질끈 깨물었다.

'백 년만 더 있다면……!'

마나와 신성력이 서로 조화를 이루고 좀 더 현명해질 시간이 필요했다.

몇 번의 전투를 거치며 신성력의 사용에 능숙해졌다고는 해도, 아직 부족했다.

고르진의 경우에는 시간을 멈추는 경지에까지 이르지 않았던가!

그는 이미 반은 신적인 존재가 되어 있었기 때문에 가능한 일이었지만, 어쨌든 테엘은 그에 비하면 멀고도 멀었다.

'질 수 없지……!'

테엘은 각오를 다잡았다.

마나의 갈무리는 끝났다. 마법의 배열 역시 끝났다. 신성력이 부족하지만, 그것은 그야말로 주신께 청원할 수밖에 없는 일.

남은 것은 싸움뿐.

그리고 사벤의 변신이 끝났다…….

세상이 달라 보인다.

두려울 지경이었다.

문령술사가 된다고 해서 딱히 시력이 좋아지거나, 남보다 오래 걸을 수 있는 건 아니었다. 오히려 문령에 대한 기록을 조사하다 보면 눈이 나빠지는 일이 일반적이었다.

그러나 지금 사벤은 자신이 달라졌음을 쉽게 알 수 있었다.

그는 제일 먼저 성벽 위의 카이를 찾아 시선을 돌렸다.

순간 그는 저도 모르게 몸을 흠칫 떨었다.

"······엄청나군."

"호오? 꽤 적응이 빠른데. 이제껏 계약한 인간 중에는 자신의 변한 힘에 적응하지 못하는 경우가 대부분이었는데."

"왜 적응하지 못한다는 거지?"

사벤의 말투에 라브노크는 약간 심기가 불편한 듯 뒤쪽 부하들을 향해 비스듬하게 고개를 돌렸다.

뒤의 세 마족이 앞으로 움직였다.

"혀를 뽑아라."

라브노크가 싸늘하게 말했다.

명령이 떨어진 순간 세 마족이 사냥개처럼 재빨리 복종했다.

사벤이 재빨리 뒤로 물러나며 손을 움직였다.

"어딜!"

라브노크가 재빨리 세 마족의 앞에 결계를 불러냈지만 소용없었다. 사벤은 마기에 힘입어 한층 더 빠르게 대응할 수 있었고, 그가 불러낸 문령은 사악하면서도 강했다.

콰쾅—!

라브노크는 순간 이마를 찡그렸다. 그의 결계가 파괴되고, 그들 세 마족이 상처를 입은 채 그곳에 서 있었던 것이다.

사벤은 자신만만하게 웃고 있었다.

"뭐라고?"

"……망할 인간 같으니라고."

라브노크의 얼굴에 분노가 떠올랐다. 그러나 그는 이내 피식 쓴 웃음을 떠올렸다.

"정말이지 마음에 안 드는 종족이라니까."

"이쪽 역시 마찬가지다."

"일단은 휴전이다. 좋아, 너에게는 계약자로서의 권리를 인정해 주기로 하지. 영광으로 알아라. 이제껏 어떤 인간에게도 말을 놓는 건 물론 말을 하는 것조차 허용하지 않았으니까……."

사벤은 고개를 끄덕였다.

"그렇다면 시작해 볼까."

"먼저 저 녀석부터."

둘은 아무렇지도 않다는 듯 대화를 나누었다.

사벤이 가리킨 곳에는 카이가 서 있었다.

사벤은 시력이 좋아진 덕분에 그의 표정을 분명하게 볼 수 있었다.

'역겨운 녀석!'

카이의 나이가 이제 겨우 약관을 넘었다는 것을 그 누가 믿을까.

마족과 마물이 가득한 평원, 인간이라면 당장 탈출을 꿈꾸고 좌절에 빠져 들어야 할 지금…….

카이는 팔짱을 낀 채 그들을 내려다보고 있었다.

지루해 하는 표정 반.

올 테면 오라는 비웃음이 또한 반.

'오만이다……! 오만한 거야……!'

사벤은 그 표정에 치가 떨릴 정도로 화가 났다. 그것을 어찌어찌 억누르고는 있었지만.

라브노크가 그런 사벤의 마음을 모를 리가 없었다. 그는 마족이었다. 사람들의 어두운 마음을 마기로 바꾸어 흡수할 수 있었다.

'크크크……. 분노해라! 더욱더!'

라브노크는 이 상황을 즐기고 있었다.

"내게 어떤 힘을 줄 수 있지?"

"글쎄. 뭘 하고 싶지?"

"저 녀석을 죽이고 싶다."

사벤이 카이를 노려보며 말했다.

"내 손으로 직접 그의 심장을 파내고 싶다……!"

"너로써는 무리다. 하지만 재미있는 제안이로군."

라브노크는 뒤의 부하들을 돌아보았다. 아룸이 곧 앞으로 나섰다. 말은 못하지만 겨우 인간을 상대로 자신이 지겠느냐는, 그런 자신감에 찬 투기가 가득했다.

"이겨라. 단, 되도록 심장이 뛰는 상태로 끌고 와라."

라브노크가 사벤을 힐끔 돌아보며 덧붙였다.

"계약자를 위해서."

아룸이 고개를 끄덕였다.

그가 앞으로 나서자 마물들이 알아서 길을 비켰다. 아룸이 성 앞까지 다가오자 카이는 그 뜻을 알아챘다.

"싸우자는 건가."

테엘은 이마를 찡그린 채 머리를 굴렸다.

"……무슨 속셈인지 모르겠군."

"한번 해 볼 만하겠지."

"뭐, 뭣?"

테엘이 그의 말에 놀라 퍼뜩 고개를 들었을 때, 이미 카이는 아래로 뛰어내린 후였다.

"얌마!"

상대는 마족!

"어차피 싸워야 하잖아."

카이가 작게 중얼거렸다.

수십 미터 아래의 성벽 아래로 뛰어내린 카이가 안전하게 착지했다.

그를 본 아룸이 씩 웃었다. 카이는 무덤덤하니 낯선 붉은 눈동자를 보며 차갑게 물었다.

"라브노크의 부하인가."

아룸이 고개를 끄덕이며 등 뒤에서 긴 장검을 뽑았다. 검은 기운이 철철 넘쳐흐르는 그 검에서는 사악한 기운이 가득 느껴졌다.

아룸은 그 날을 혀로 살짝 핥으면서 카이를 향해 요사한 눈빛을 던졌다.

"마음에 안 들어."

카이가 중얼거렸다.

"힘을 가졌으면 앞으로 나오란 말이다!"

카이의 시선은 아룸을 넘어, 저 먼 뒤쪽에 서 있는 사벤과 라브노크를 향해 있었다.

분노한 듯, 아룸의 눈동자 전체가 붉게 물들기 시작했다.

그가 검을 앞으로 내밀며 카이에게 싸움을 재촉했다. 카이는 그를 힐끗 바라보기만 할 뿐이었다. 검을 뽑지도 않고, 상대가 거기에 왜 서 있는지 귀찮다는 듯한 그 시선에 아룸은 완전히 분노했다.

"가아아아악!"

아룸이 분노의 함성을 내지르면서 무작정 그를 향해 달려들었다.

카이는 순간 바람을 탄 듯 부드럽고도 날카롭게 아룸의 검을 피해 옆으로 움직였다. 그리고 그의 손이 검을 뽑았다.

그 광경을 지켜보고 있던 마족, 드래곤, 사람…… 그들 중 누구도 보지 못할 정도로 빨랐다!

그들이 본 것은 아룸이 달려들고 카이가 몸을 슬쩍 틀어 옆으로 피한 것뿐이었다.

아룸은 검을 돌리던 자세로 그대로 멈췄다. 그리고 이내 그의 허리 부분이 천천히 갈라지더니 검고 진득거리는 피를 흘리면서 아래로 무너져 내렸다.

테엘은 안도의 한숨을 내쉬었고, 라브노크는 순간 눈을 부릅떴다.

"……하?"

"얄잡아 봤군."

사벤이 창백한 얼굴로 뇌까리자 라브노크는 이마를 찌푸렸다.

"저것이 정말 인간인가?"

"……인간이 아니었으면 나도 차라리 마음이 편하겠다."

라브노크가 멍하니 중얼거린 말에, 사벤 역시 혼잣말처럼 중얼거렸다.

"겨우 인간 하나를 어쩌지 못해서 쩔쩔매는 상황이 될 거라고는 아무도 예상하지 못했으니까."

밀테이너 공작도 그 때문에 어린 카이를 살려 주었다. 사벤과 이프로스 역시 적극적으로 카이를 제거하려 하지 않았던 것이다.

카이젤 아민 라 로인! 겨우 한 사람 때문에……!

라브노크는 가볍게 당황한 듯 머리를 흔들었다. 그의 주변에 한순간 더 진한 마기가 피어올랐다.

"과거의 이자벨보다 더 강한 것 같군."

"이길 수 없는 건가?"

사벤이 그렇게 묻자, 라브노크의 얼굴에 다시 가벼운 분노가 떠올랐다.

"네 이름이 뭐지?"

라브노크가 뒤늦게 물었다.

"사벤 알 미네드."

"……그래, 사벤…… 사벤 알 미네드."

라브노크가 한 손을 뻗었다.

사벤은 자신의 몸을 옥죄는 기운에 놀랐다. 마기가 그의 몸속에서부터 오장육부를 쥐어뜯기 시작했다.

"감히 그렇게 지껄이게 두는 건 네 녀석이 재미있는 장난감이기 때문이다. 너 따위가 없어도 저깟 인간을 상대할 마력은 충분하다……. 내 말 알겠나?"

한 번만 더 까불면 죽이겠다는 포고였다.

사벤은 이를 악물었다. 죽어도 고개를 끄덕이기 싫었지만, 몸속을 헤집던 마기가 억지로 그의 몸을 비틀리게 했다. 무릎을 꿇고 그의 앞에 아예 머리까지 조아리게 한 것이었다.

라브노크는 이어 카이를 바라보았다.

"놀랍군."

"너 같은 족속은 언제나 상대를 우습게 보고. 그래서 자신은 항상 안전한 곳에 물러나 부하들만 죽게 하지."

라브노크는 다시 분노했다. 억지로 마음을 억누르고는 있지만 표정이 서서히 굳어 갔다.

"그래서?"

"너 같은 녀석들을 부르는 말이 있다."

"……뭐지?"

카이가 입 끝을 살짝 비틀며 비웃었다.

"겁쟁이."

"……!'"

라브노크가 이를 드러냈다. 긴 어금니가 마치 뱀파이어 같았다. 그는 온몸을 부들부들 떨면서 모처럼 자신의 몸을 불태우는 분노를 새삼 깨달았다.

"……참으로 오랜만이군. 이 정도로까지 싸워야겠다는 생각이 든 건……."

"그렇다면 직접 와라."

카이는 검을 부드럽게 들어 어깨 높이에 그 끝을 맞췄다.

라브노크는 잠시 팔짱을 낀 채 카이를 쳐다보았다. 그의 입가에 도 미소가 떠올랐다.

"……오랜만이군."

그는 어둠 속에 손을 넣어 검을 꺼냈다.

카이는 한눈에 그 검을 알아볼 수 있었다. 왜냐하면, 지금 자신이 들고 있는 것과 흡사한 기운을 내뿜고 있었던 것이다.

"드래곤 본이로군."

"적어도 같은 재질의 검으로 싸운다면 검 탓은 하지 않겠지?'"

그리고 다음 순간, 라브노크가 순식간에 카이의 앞으로 이동했다.

카이는 반사적으로 검을 들어 앞을 막았다. 그의 앞으로 달려든 검은 기운이 예사롭지 않다는 걸 알아챘는지 급하게 전신의 기운을 모두 끌어올린 상태였다.

쿠황—!

엄청난 검압의 폭풍이 일었다.

테엘은 기겁했다.

"카, 카이!"

"네놈의 애완 드래곤이 안타깝게 주인을 부르는군."

흙먼지와 마기가 안개처럼 뒤덮은 사이에서, 라브노크는 그렇게 카이를 놀렸다.

카이는 담담했다.

"너한테는 모든 관계가 네 장난감이나 애완동물인가?"

"약한 것이 장난감 아니면 뭐가 될 수 있겠는가?"

"그렇군."

카이는 점차 먼지가 가라앉는 너머에서 라브노크와 담담하게 검을 맞댄 채 서 있었다.

"이 세상에 굳이 나온 이유가 뭔가?"

"글쎄? 왜? 새삼 그게 궁금한가?"

"왜 지금이냐고 묻는 거다."

"마물의 죽음에 주인으로서 안타까웠을 뿐이다."

"질문을 바꾸지."

카이가 짓누르는 검압이 점점 강해졌다. 라브노크는 아직 여유가 있었다. 그는 속으로 내심 감탄하고 있었다.

'강하다. 마계에서도 수위를 다툴 것 같군.'

"왜 내 앞에 나타난 건가?"

카이의 검압이 점점 강해지고, 라브노크는 표정을 서서히 굳혔다.

"······무슨 뜻이냐."

빠직.

그 둘만이 알아들을 수 있는 미세한 소리가 났다. 둘의 얼굴은 변하지 않았다.

미스릴로도 가를 수 없어서, 특수한 마법과 정령술을 동원해야만 가공이 가능하다는 드래곤 본으로 만든 검!

그 검에 금이 갔다. 양쪽 모두.

둘의 안색에는 변화가 없었다. 검이 부러지든 박살 나든, 그전에 상대를 베겠다는 듯 힘만 계속 줄 뿐이었다.

"왜 본 공작의 앞에 나타난 건가?"

카이는 낮은 목소리로 물었다.

"왜냐고? 아니, 왜 내가 네 앞에 나타났다고 생각하는 거냐?"

"본 공작이 너를 이 세상에서 지워 버릴 테니까."

카이가 눈썹 하나 까딱하지 않은 채 대꾸했다.

라브노크는 어이가 없었다.

그의 앞에서 그렇게 말하는 인간은 여태껏 단 한 명도 없었다. 아니, 마족이라 해도 그렇게 함부로 덤벼들지 못했다.

그러나 지금 카이는 너무나 담담하게, 갓 태어난 마족을 죽이겠다는 듯 말하고 있었다. 이해할 수 없을 정도로 대담했다. 아니, 그 정도로 실력이 있는 것일까?

'하긴, 내 검에 이제껏 맞선 것만 해도 대단하지. 막은 것도 대단하고······.'

라브노크는 씩 웃었다.

그들의 검이 점점 서로를 강하게 압박하기 시작했다. 가만히 서서 검을 맞댄 것처럼 보이는데도, 그들 주변에서는 점점 마물들이 한 발씩 물러나고 있었다.

살기와 투기, 검압이 주변을 내리누르면서 땅이 천천히 아래로 파일 정도였다.

쩌적―.

이윽고, 카이의 검에 조금 더 길게 금이 가기 시작했다. 라브노크 쪽에서 좀 더 강한 힘이 퍼부어지기 시작했다는 증거였다.

카이는 순간 눈썹을 꿈틀거렸다. 그는 물러나지 않았다. 자세를 흐트러뜨리지 않은 채, 한발 물러나지 않은 채……

오히려 그는 땅을 딛고 온몸의 기운을 담아 검을 밀기 시작했다.

"아직까지도 힘이 있는 건가."

라브노크가 나직하게 감탄했다.

"너를 죽일 정도는 된다."

"저 드래곤이라 해도……"

"마법으로 싸운다면 그렇겠지."

카이는 검에 힘을 주었다.

"마법과 검의 마나는 다르다. 그리고 마음가짐도."

카이가 한발 앞으로 움직였다!

"인간이 검을 숭배하는 이유는…… 그것이 자신의 마음을 보여주기 때문이다. 마음이 깨끗한 자의 검은 패배를 모른다. 적을 대함에 흔들림이 없기 때문이다. 적을 대함에 부끄러움과 두려움을 모르기 때문이다."

카이가 라브노크를 똑바로 바라보며 말했다.

"고로 내 검은 너에게 지지 않는다!'

파창……!

검이 맑은 소리를 내면서 천천히 부서지기 시작했다.

라브노크는 어이가 없다는 듯 자신의 검을 바라보았다. 드래곤 본에 자신의 마력을 실은 검은 이제껏 착실하게 수많은 마족과 인간들의 목숨을 베어 왔다.

"드래곤의 비늘도 가를 수 있는 이 강한 검이……? 부서져?'

카이의 검 아래 산산조각 난 파편은 무척이나 아름다웠다. 달빛을 부숴 내는 작은 물줄기 같았다. 파편들이 그렇게 사방 땅 위로 흩어져 내리기 시작했다.

라브노크에게는 그 시간이 무척 천천히 흘러가는 것 같았다. 그는 멍하니 시선을 돌렸다.

카이의 검이 그를 향해 다가온다.

'……흔들림이 없군.'

카이의 눈도, 그 미간에 똑바로 자리한 검도.

적을 향해 한순간의 머뭇거림도 없었다. 지독할 정도로 차가운 눈빛이었다. 어찌 보면, 카이의 눈이 또 다른 검이 되어서 찌를 것 같았다.

'……강하다.'

체력이, 마나가, 검술이 강하다는 게 아니었다.

카이는 강했다!

그리고 다음 순간 라브노크는 어둠 속으로 몸을 피했다. 그의 머리카락 몇 가닥이 카이의 검에 잘렸다. 그것이 라브노크가 입은 피해의 전부였다.

그러나 그것만으로도 라브노크는 자존심에 상처를 입었다.

수백 년 동안 그의 몸에 검을 댈 수 있는 자는 아무도 없었다.

"한낱 인간 주제에……!'

라브노크가 이를 뿌득 갈았다.

점차 그의 눈 전체가 붉어지기 시작했다.

"감히……!'

그는 어둠, 마계와 연결된 공간에서 다시 천천히 인간계로 나섰다. 그의 눈에 들어오는 모든 것이 붉게 물들었다. 그중에서 그가 볼 수 있는 것은 오직 카이뿐…….

"……마물들이여!'

라브노크의 음성이 쩌렁거리며 울려 퍼졌다.

"란펜의 모든 인간을 죽여 그들의 심장을 뽑아 나에게 바쳐라! 그 외의 모든 것은 너희들의 먹이로 허용하겠다!'

SWORD OF DRAGONLOAD

제7장
어둠의 강림(2)

"······저 녀석이!'

테엘은 얼굴을 굳혔다.

카이가 이 정도로 잘 싸울 줄은 몰랐다······.

그러나 역시 미족이다. 인간이라면, 적어도 카이와 맞서 싸울 정도로 검에 미친 인간이라면 이 상황에서 도망치고, 그 후에 이런 공격 명령을 내리지는 않았을 것이다.

"죽을 때까지 싸웠겠지."

가장 약하고, 가장 잘 죽는 종족은 인간이었다.

그러나 어째서일까. 이 대륙에서 가장 장렬하게 죽음을 향해 달려가는 종족 또한 인간인 것은.

그렇게 생각하던 테엘은 갑자기 퍼뜩 놀랐다.

자신의 눈에서 눈물이 한 방울 흘러내렸다······.

"눈······물······?'

카이를 위해, 그리고 이 란펜의 가엾은 종족을 생각하면서 순간 테엘은 저도 모르게 눈물을 한 방울 흘렸다.

마족은 주신, 이 세상 전부를 만든 존재에게 허락받지 못한 저주받은 생물.

그러나 그들이 저주하고 식량으로 삼는 것은 그런 주신이 직접 만들어 낸 생물인 드래곤이 아닌, 주신조차 태어났는지 한참을 알지 못하던 인간이었다.

그러나 어째서인지 알 것 같았다. 이 얼마나 강하고, 얼마나 아름다운지…….

테엘은 활짝 웃었다.

"주신의 이름으로, 이 성 안의 모든 인간을 지켜내고야 말겠다."

저도 모르게 중얼거린 그 맹세는 용언이 되어 흘러나왔다. 금빛 충만한 빛이 성안을 휘감았고, 테엘은 자신의 온몸에서 치솟는 힘을 느낄 수가 있었다!

"이, 이건 뭐야?"

자신에게 벌어진 변화에 테엘이 잠시 당황하는 사이.

카이는 성문 앞을 막아선 채 마물들을 향해 첫 번째 공격을 시작했다.

죽음의 개, 마족의 지배를 곧바로 받는 어둠의 군대는 전과는 상대할 수 없을 정도로 빠르고 강했다.

야생 짐승이 달려드는 것보다 더 빨랐고, 그들이 내뱉는 숨결에서는 어찌나 지독한 유황 냄새가 치솟던지 보통 사람들은 참기는커녕 금세 기절할 지경이었다.

그런 숨결이 카이를 향해, 그를 첫 번째 희생양으로 삼고자 달려들고 있었다.

"어리석은 것들."

카이의 목소리에는 감정이라곤 일체 찾아볼 수 없었다.

그는 머뭇거림 없이 검을 들었다.

하얀색의, 드래곤 본을 있는 그대로 가공하고 약간의 보강을 위해 담금질을 거쳤을 뿐인 그의 검에는 약간 금이 가 있었다.

카이는 그 검을 어깨 위로 가볍게 쳐들었다. 그리고 일정 거리 내에 마물들이 들어왔을 때…….

머뭇거림 없이 조용한 반달을 그리자, 흰색의 검날이 허공을 갈랐다.

"용보월강참."

카이가 나직하게 중얼거렸다.

첫 공격을 퍼붓던 마물들의 일선이 무너졌지만 녀석들은 물러서지 않았다.

수십 미터 반경의 동료들이 쓰러진 옆으로 마물들이 일정한 방향으로 흩어지기 시작했다.

카이는 그들을 일일이 쫓지 않았다.

대신 그는 마물군단의 중간쯤에 모습을 드러낸 다른 두 마족, 레라즈와 키제닌을 바라보았다. 그들은 익숙한 듯 군단 한가운데 섞여 그들을 움직이고 있었다.

죽음의 개는 두 방향으로 흩어졌다. 중간에 카이를 둔 채로 각각 성문의 좌우를 공격하는 것이었다.

"무슨 짓인가."

카이의 목소리가 천둥처럼 나직하면서도 분명한 분노를 담아 주변에 울려 퍼졌다.

"인간들의 약점은 언제나 한 가지."

그리고 그의 뒤쪽, 어둠을 뚫고 라브노크가 현신했다. 붉어진 눈매가 흰 피부에 박힌 루비처럼 빛나고 있었다.

"바로 동족들의 죽음을 보면 못 견딘다는 거지……!"

"……!"

카이가 재빨리 몸을 돌리며 검을 휘둘렀지만 라브노크는 다시 어둠 속으로 사라졌다. 대기 중에 낭랑한 웃음소리만 남긴 채로.

이어 그는 다시 카이에게서 약간 떨어진 곳, 마물의 한복판 위쪽에 모습을 드러냈다.

"모든 인간들의 심장을 뽑아낸 후, 너에게 거래를 제시하겠다."

"……죽어라, 라브노크!"

카이가 검을 휘두르며 소리 질렀다. 그의 검강이 매섭게 검에서 떨어져 하늘로 치솟아 라브노크가 있는 곳을 향해 덮쳐 갔다.

그러나 라브노크는 몸을 한 바퀴 돌리며 옷자락을 휘날리는 것만으로도 우아하게 그것을 피했다.

"그들의 시체를 몬스터로 만들 것인지, 아니면 너 하나가 마족이 될 것인지를 두고."

"뭐?"

카이의 검이 일순간 멈췄다.

다음 순간 라브노크는 양손에 거대한 지옥의 염화를 불러일으킨 채 카이를 향해 날아들었다.

그리고 얼굴을 바짝 댄 채 중얼거렸다.

"지금 당장은 내 손에 고통당하면서, 성안의 모든 사람들이 고통당하면서 심장을 뽑히는 걸 구경하도록."

"카이―!'

이르엘이 비명을 질렀을 때.

테엘은 고개를 들었다.

그는 자신이 보고 싶지 않은 것을 보았고, 자신이 어떻게 움직이는지 의식하지 못했다.

본 것이 시신경을 거쳐 뇌로 전달되고 그 뜻이 해독되어 적당한 명령을 내리기에는 턱없이 짧은 시간이 지난 후.

테엘은 온몸을 떨친 채 그를 향해 내밀고 있었다.

"실드― 그리고 결계여!"

마법과 용언의 동시 실행.

그는 그런 턱없는 명령을 내렸다. 가능하다느니, 마나와 신성력이 얼마나 남았는지 계산할 여력 따위는 없었다.

드래곤의 절대적인 명령이 쏟아짐과 동시에, 성벽 위에서 라브노크를 향해 엄청난 빛줄기가 퍼부어졌다.

테엘은 멍하니 고개를 돌려 옆을 바라보았다.

저 가냘픈 몸 어디에서 그런 힘이 있는지 모를 일이었다.

이르엘의 온몸에서, 정령들이 새롭게 힘을 얻어 형체를 갖추었다. 그리고 자연상태와는 달리 계약자의 의지에 따라 공격력을 지니고, 단 한 존재, 마족 라브노크를 향해 퍼부어졌다.

빛, 공기, 땅의 것, 물의 것……! 어떤 정령이고, 어떤 속성의 것인지 구분할 수조차 없었다.

모든 정령을 화살로 바꾸어 버린 것처럼 이르엘의 어깨와 가슴에서 쉴 새 없이 공격이 퍼부어졌다.

모든 정령의 공격물화……!

'대단하군, 애송이.'

테엘은 멍하니 그렇게 생각하면서 카이를 향해 시선을 돌렸다.

"……죽으면 안 된단 말이다, 너는."

라브노크는 카이를 막아내는 방어력을 쉽게 느낄 수 있었다.

"……어딜!'

그러나 마법력으로는 그 역시 드래곤에 이를 정도로 강했다. 마법의 실드는 잠시 시간을 지체하는 수준이었다.

양손의 염화가 카이를 향해 퍼부어진 순간, 실드와 닿고는 잠시 파작거렸다. 그러나 곧 실드는 카이의 주변 허공에서 산산조각이 났다.

그 다음이 문제였다. 용언의 결계……!

염화가 순간 터엉, 하면서 결계와 닿고는 멈춰 섰다. 라브노크는 얼굴을 찌푸렸다. 그 능력에서는 자신의 것과는 정반대의 신성한 기운이 느껴졌다.

'용언…… 신성력인가!'

다른 생각을 할 틈이 없었다.

염화의 불덩이가 천천히 녹아내리고 무력화되기 시작했다!

마법의 역폭주! 라브노크는 자신의 몸을 크게 흔드는 충격에 이를 악물었다.

'아아! 얼마 만의 통증이란 말인가!'

분노에 취한 그는 그 통증에 황홀하게 빠져 들었다! 그 때문에 더욱 분노할 수 있으니까!

그런 고통에 잠시 미친 사람처럼 히죽거리며 웃던 중.

바로 뒤를 이어 그의 몸으로 달려드는 다른 환한 기운을 느끼고는 눈을 부릅떴다.

"이, 이건……!"

마족인 이상 마법과 검술 따위는 겁나지 않는다.

그러나 신성력과 자연의 힘인 정령술……!

지금 그를 향해 덤벼드는 무지막지한 정령술! 마치 정령왕이 일심으로 단결해서 그를 향해 술법을 펼치는 것 같지 않은가!

"이, 이건……! 으아아아아!"

라브노크는 저도 모르게 비명을 질렀다.

"크아아아악!"

본래 인간계에서는 본연의 힘을 낼 수 없는 저주받은 육체였다.

그런 몸에 순간적으로 퍼부어진 자연의 공격은 무시무시한 위력을 발휘했다.

다른 두 부하 마족은 일순간 멈춰 섰다. 성벽을 향해 퍼부으려던 마법을 멈춘 채…….

주인의 죽음을 기다리는 섬뜩한 눈빛으로 그들은 라브노크를 바라보았다. 그의 비명이 즐겁게 느껴지는 모양이었다.

"고, 공격을……! 멈추지 마라……! 저것들을…… 멈추게 해……!"

라브노크는 애써 외쳤다. 적의 관심을 돌려야 한다. 마물들 쪽으로! 그래야 어떻게 해서든 이 공격에서 벗어날 수 있다!

그러나 레라즈와 키제닌은 섣불리 나서지 않았다. 그들은 먼 공간을 넘어 서로를 바라보다가 고개를 끄덕였다.

그들은 마물 한복판을 벗어나 라브노크를 향해 움직였다.

"내분인가!"

카이가 역겹다는 듯 중얼거렸다.

"……테엘! 사벤은 어디에 있지? 보이는가?"

이르엘은 정령술을 극한까지 퍼붓고 있었다.

테엘은 우선 카이가 무사하다는 것을 확인하고 안도의 숨을 내쉬던 중이었다. 카이의 물음에 그는 가장 중요한 상대를 비로소 떠올렸다.

"안 보여! 카이, 우선 성안으로……!"

"사벤을 처치한 후에!"

카이는 다시 검을 들었다. 그리고 마물들의 한가운데를 헤치고 앞으로 나가기 시작했다.

"사벤……! 어디 있는가!"

카이의 앞에서 마물들이 길을 텄다. 그의 기운이 사방을 휩쓸면서 전장 군데군데 흰 반달을 남겼다. 그곳마다 마물들이 수십씩 베이고 쓰러졌다.

"……카이."

테엘은 입술을 질끈 깨물었다.

그러나 그는 그 와중에도 카이가 저토록 무모하게 싸우는 이유를 잘 알 수 있었다.

카이는 테엘을 믿는 것이었다.

테엘이라면 절대로 란펜에 마물의 침입을 허용하지 않을 것이므로.

이르엘은 서서히 한계에 이르고 있었다. 단시간 내에 무리하게 정령술을 사용해서 얼굴이 창백해졌다.

그러나 그녀는 자신의 공격이 라브노크를 멈추게 한다는 사실을 깨달았다.

"흐아아아아아아앗!"

이르엘은 기합을 지르면서 다시 정신을 가다듬었다.

'저 마족을…… 쓰러뜨리면 돼……! 쓰러뜨려야 해……!'

오직 그 목표 외에는 마음속에 떠오르지 않았다.

라브노크는 자신을 향해 다가오는 두 마족의 얼굴을 언뜻 보고는 그들의 속내를 알 수 있었다.

그는 정령술에 꼼짝없이 공격을 당하는 고통의 와중에서도 그 둘을 향해 미친 듯 웃어 주었다.

"크…… 크하하하하! 꼬리를 내린 개는 상황만 되면 언제고 주인을 물 수 있다는 건가!'

두 마족은 서로를 바라보았다.

섣불리 덤벼들기에는 너무 두려웠다.

'지금이 아니면 이길 수 없다.'

'단숨에 뇌와 심장을 파내야 한다……!'

원래 마족에게는 친구도, 아군이라는 것도 없다. 단지 공통의 적을 지닌 상태로 같이 싸울 뿐.

둘은 순식간에 각자 공격할 부위를 결정했다.

'내가 뇌를……'

'내가 심장을 파내겠다.'

둘이 고개를 가볍게 끄덕인 순간.

한 마족은 위쪽으로, 그리고 다른 마족은 몸을 낮추어 거의 땅을 구르다시피 해서 라브노크를 향해 덤벼들었다.

"크, 크으으으……윽! 이놈들이……!'

라브노크는 광분해서 어떻게 해서든 공격에서 벗어나려고, 어둠 속으로라도 피하려 애썼다.

그러나 한 번 완전히 그를 공격하기 시작한 정령의 화살은 그를 놓치지 않았다.

1초에도 수백 번 살과 뼈가 관통하고 부서지면서, 몸을 재구성할 시간조차 주지 않았다. 마계로의 통로를 불러내기 위한 최소한의 마나조차 끌어 모을 수가 없었다.

　심장과 뇌가 동시에 완전히 몸에서 절단되어 떨어지지 않는 이상 죽지 않는 것.

　그것이 오히려 고통이 될 줄 누가 알았겠는가!

　라브노크는 마족 특유의 지독한 생명력을 저주하고, 자신의 존재를 저주하고, 주신을 저주하고, 카이를 저주해 대면서 울부짖었다.

　"크아아아아아!"

　머리 위에서 내리꽂히는 검은 곧 방향을 바꾸어 머리 윗부분을 절단 낼 테지.

　그리고 아래쪽에서 파고드는 검은 심장을 꿰뚫고 가슴에서 파내면서 들어올려질 것이고.

　'죽는…… 건가?'

　라브노크가 너덜너덜해진 육신 속에서 그렇게 생각했을 때.

　그의 붉어진 눈동자가 이제는 검게, 힘없이 물들어 갈 때.

　사벤이 홀연히 그의 옆에서 나타났다.

　라브노크는 그의 얼굴을 볼 여력이 없었다. 그가 무슨 말을 중얼거리는지도, 분노와 통증에 시달려 귀담아들을 수가 없었다. 원래 그는 인간이 하는 말에 귀 기울여 본 적이 없었으니까.

　"……까?"

　"그, 그가가가각!"

"……제정신이 아니로군."

사벤은 애써 침울한 기분을 감춘 채 냉정하게 손을 휘둘렀다.

"모처럼 구해 주러 왔는데 말이지."

그의 몸과 라브노크의 주변으로 연한 녹색의 막이 형성되었다.

이르엘은 순간 공격을 멈추었다.

"하, 하아…… 하아……."

그녀는 본능적으로 알 수 있었다. 녹색의 막이 천천히 내려올 때부터. 이미 그녀의 공격 중 몇 발은 녹색의 결계에 막혀서 라브노크에게 닿지 않았다.

"사벤……!"

"카이! 라브노크 쪽이다!"

테엘이 있는 힘껏 소리 질렀다.

전장을 종횡무진, 마물들을 가르면서 인간 하나를 찾아내려던 카이는 그 말을 듣고 고개를 홱 돌렸다.

꽤 멀리, 라브노크가 서 있던 곳에서 그는 녹색의 막을 발견했다. 몇 번이나 도성에 설치되었던 문령의 결계!

"저 결계를 없애, 테엘!"

카이는 당장 방향을 바꿨다.

"지금 당장……! 내가 가겠다!"

그렇게 외쳤지만 거리가 꽤 멀었다.

내딛는 걸음걸음마다 카이는 계속해서 검을 휘둘렀다.

'사벤……!'

마물들이 쓰러지며 거칠어진 땅 위에 흐르는 그들의 피로 걸음이 느려졌지만, 그는 할 수 있는 한 최대한의 속도로 앞으로 진격했다.

레라즈와 키네인의 얼굴이 굳어졌다.

그들의 검 끝이 녹색의 문령 결계 안에 박혀 있었다.

그리고 꿈쩍도 하지 않았다. 이대로 물러날 수는 없었다, 이미 그들은 죽음을 각오한 공격을 퍼부었다.

처음 졌을 때는 그저 혀를 잘렸다. 그러나 그때는 정당한 순위다툼이었다.

라브노크는 결코 너그러운 자가 아니었다.

지금은 배신이었고, 그 벌이 어떨지는 상상하고 싶지도 않았다.

둘은 동시에 더욱 강한 마력을 뿜어내며 문령 결계를 향해 공격했다.

그 안에서 사벤이 모습을 드러냈다.

"소용없다."

두 마족의 얼굴에 좌절감이 감돌았다.

"너희 주인의 명령을 전하마."

사벤은 그를 향해 달려오는 카이를 가리켰다.

"저자를 죽이면 벌하지 않겠다고 한다. 베어야 할 목은 하나니, 둘 중 하나는 살겠군……."

레라즈와 키제닌은 순간 눈을 번득였다.

거기에 굴복하면 안 되는데……. 그런 생각이 스치지 않은 것은 아니었다. 잘하면 인간과 거의 다 죽어 가는 주인마저 죽일 수 있지 않을까 하는 기대감.

그러나 그들의 마음을 지배한 것은 주인에 대한 두려움이었다.

둘이 동시에 몸을 빙그르르 돌렸다.

'……내가 살아남겠다!'

'아니, 내가!'

마족에게는 우정도, 친구도, 전우도 없다.

한순간의 동맹은 그렇게 무너지고, 둘은 곧바로 카이를 향해 몸을 날렸다.

"비켜라!"

카이는 그들이 자신을 향해 달려오는 걸 한눈에 알아보았다.

"배반에, 또 이제는 그 아래 기어서 목숨이라도 부지해 보겠다?"

카이는 싸늘한 목소리로 그들을 향해 검을 휘둘렀다.

"그 정도로 될 것 같으냐!"

좌우의 협공이 먹힐 상대가 아니었다. 카이를 향한 둘의 공격은 부질없었다.

절묘한 시간차를 두고, 레라즈가 먼저 카이를 향해 검을 휘둘렀다.

카이는 달려가던 속도를 멈추지 않았다. 카이의 검이 레라즈를 향했을 때, 바로 그 순간을 노리고 키제닌이 달려들었다.

레라즈를 막아도 키제닌이 찌를, 그런 아슬아슬한 사이!

카이는 당황하지 않았다. 그는 달리던 자세에서 오른발을 옆으로 크게 벌리고 그쪽으로 몸을 납작하게 눕혔다.

"……!"

"나도 궁금해. 네 녀석들 혀가 붙어 있었으면……!"

이어 카이의 검이 오른쪽으로 휘면서, 그의 몸이 그 검을 따라 크게 회전했다.

검이 땅과 수직으로 하늘을 벨 듯 스치면서, 키제닌이 먼저 베였다. 다음 순간 카이는 몸을 다시 낮추어 발로 땅에 큰 원을 그리면서 레라즈를 벴다.

"지금쯤 뭐라고 중얼거렸을지……! 어차피 네 녀석들의 유언 따위, 전해 줄 생각도 없지만."

카이는 이어 다시 몸을 똑바로 세우고 사벤을 바라보았다. 그의 이글거리는 눈이 사벤의 눈과 똑바로 마주쳤다.

사벤은 계약자를 돌아보았다. 정령술에 온몸이 관통한 흔적이 남아 있었다.

다행히 심장과 가까운 곳부터 천천히 회복되고 있기는 했지만, 아직 몸 안을 감도는 고통에 취한 상태였다.

"로인이 달려오고 있다."

"크, 크크크크……!"

라브노크는 억지로 웃었다.

"인간…… 하나 따위에게……! 인간 따위에게……!"

"이미 인간이 아닌지도 모르지."

사벤의 시선이 냉정하게 카이를 지나 성문 위로 향했다. 그 순간 사벤의 눈이 빛났다.

"마계와의 통로······. 어디에까지 연결할 수 있지?"

"뭣······?"

"성 안으로 들어갈 수 있나?"

"불가능하다, 그 앞이라면 모르겠지만. 란펜에는 어둠의 일족이 드나들 수 없으니까······."

라브노크가 쿨럭거리면서 대꾸했다.

사벤은 지척에 이른 카이를 보면서, 이동의 문령을 날렸다. 카이의 검에서 내뿜어진 흰 검강이 그들을 덮치기 일보 직전이었다.

"사벤! 순순히 죽어라, 이제!"

카이가 분노에 차서 소리 질렀다.

사벤은 그가 뭐라 하든 아랑곳 않고, 마물의 위 하늘 높은 곳에 떠오른 채 성벽을 내려다보았다.

"저 성벽 위에 잠깐만 힘이 닿으면 된다, 아주 잠깐만······."

"뭘 하려는 거지?"

"인간의 약점을 이용하자며?"

라브노크의 시선 역시 성벽 위로 향했다.

탈진해서 잠시 자리에 주저앉은 이르엘. 그런데도 그녀는 두 손을 그러모은 채로 정령들에게 사벤과 라브노크의 흔적을 찾도록 하고 있었다.

테엘은 몸을 내민 채 카이를 보호하랴, 이따금 성벽으로 기어오르려는 마물들을 해치우랴 몸이 두 개로 보일 정도로 바쁘게 움직이고 있었다.

거기에 벨하임과 리슨이 마물들을 향해 간간이 공격을 퍼붓고 있었다.

"드래곤은 아닐 거고, 저 엘프인가?"

"그 녀석도 좋지만, 더 적당한 녀석이 있지."

사벤은 씩 웃었다.

그는 크람을 잃었을 때 카이가 어떤 반응을 보였는지 기억하고 있었다.

"카이가 꽤 아끼는 녀석이 둘 있다."

"……어떻게 하려는 거지? 난 드래곤의 감시망을 피할 수 없다."

"넌 마물들을 움직여 그 쪽으로 관심을 돌리면 된다. 이동은 할 수 있겠는가?"

"아아, 그럭저럭."

라브노크는 그렇게 대꾸하다가 문득 묘한 표정을 지었다.

"내가 인간의 도움을 받아 싸우는 건가, 지금? 그것도 지극히 마족다운 방식으로? 재미있군…… 재미있어."

"로인을 죽이기 위해서라면 마왕이라 해도 계약을 했을 거다."

사벤은 냉정하게 대꾸했다.

"……한 번 정도는 구해 줄 테니, 마음껏 해 봐라."

라브노크는 그렇게 중얼거리면서, 겨우겨우 휘청거리는 몸을 수

습해 어둠 속으로 몸을 감췄다.

마계로 잠깐 돌아간 동안 적어도 다른 강한 마족이 그의 목숨을 노리고 기습하지 않는 이상, 그는 힘을 더 빨리 회복할 수 있었다.

사벤의 시선이 벨하임과 리슨을 향했다.

그리고 곧 그의 시선은 리슨에게 고정되었다.

'로인 공작의 어린 시절부터 보살핀 바로 그 집사……'

게다가 몸놀림은 정규 검사가 아닌 어쌔신의 것과 흡사했다. 그렇다는 말은…….

'축제는 지금부터다……!'

사벤은 문령의 술법을 허공에 늘어놓기 시작했다.

사람의 몸을 조정하는 술법이 한 가지.

상대는 황제처럼 연약한 정신을 가진 인간이 아니라, 지독할 정도로 카이에게 충성을 바치는 정신력 강한 인간.

사벤은 때문에 여러 가지를 준비해야 했다.

자신의 주변을 막을 방어막, 그리고 몇 가지 시간을 벌어 줄 문령들. 그리고 탈출 경로까지.

세심한 준비가 끝난 후.

사벤은 씩 웃었다. 그렇게 해도 이마에서는 식은땀이 송송 솟아나 있었다.

'역시 드래곤에 대한 두려움을 떨칠 수 없군.'

사벤은 하늘을 보며 무심코 신께 탄원하려다가 저도 모르게 웃고 말았다.

'……아니, 지옥의 마신께 기원해야 하나. 제발 드래곤을 두려워 않도록 도와달라고……. 아니, 제발 앞으로도 우리 부족의 땅에 마물들이 닥쳐 오지 않도록 해 달라고……?'

그러나 그의 기도를 들어줄 신은 그 어디에도 없었다.

사벤은 그 사실을 뼈저리게 깨달으면서, 천천히 웃기 시작했다. 그리고 땅 위로 순식간에 떨어져 내렸다.

쿠웅—!

거대한 녹색 결계가 부딪히면서 땅이 둥글게 파였다.

카이는 그쪽을 돌아보고는, 성큼성큼 뛰기 시작했다. 이번에는 놓치지 않겠다는 각오를 몇십 번이나 다잡았는지, 손에 쥔 검이 달달 떨릴 지경이었다.

'죽이고 싶다! 죽이고 싶다! 죽이고 싶다!'

지독한 살기는 오히려 독기가 되어 검사의 마음을 잡아먹는 법이다. 카이는 그런 사실을 알고 있으면서도, 요리조리 빠져나가는 사벤을 떠올리며 살기를 지울 수가 없었다.

그렇지 않으면 죽이기도 전에 지겨워져서 지쳐 나가떨어질 것 같았다.

'이제 제발 잡혀라!'

그런 사이 사벤은 결계 밖으로 나와서 태연하게 앞으로 걷기 시작했다. 보호막이라곤 보이지 않았다.

마치 오랜 시간 성밖에 나왔다가, 해가 지기 전에 서둘러 성으로 들어가려는 사람 같이 약간은 지치면서도 태연하게, 그렇게 서두르는 걸음이었다.

"……무슨 생각이냐!"

카이가 성큼성큼 뛰어 그의 뒤로 따라갔다.

테엘 역시 이 자살공격 같은 태도에 그들을 주목하고 있었다. 벌써 카이의 주변으로는 한 차례 결계가 생성되었다.

"걸음을 멈춰……."

그러나 테엘은 사벤에게 그렇게 용언을 보내다가, 이내 거두었다. 사벤이 그 정도로 아무 대응도 하지 않을 상대는 아니니까.

"무슨 속셈이냐!"

테엘이 분노해 외친 순간 사벤은 가볍게 움찔거리긴 했지만 계속 걸었다.

마침내 성문 아래 성벽 위가 가깝게 보이는 곳에서, 카이가 사벤을 따라잡았다. 그는 사정 볼 것도, 말을 들을 것도 없다는 듯 바로 검을 휘둘렀다.

엄청난 검강이 사벤을 향해 쏟아져 나갔다.

사벤의 주변으로 역시 보이지 않는 결계술이 이미 펼쳐져 있었다.

게다가 검이 그 결계에 닿은 순간!

휘청!

카이는 뭔지 모를 기운을 느끼고는 약간 균형을 잃었다.

"카이?!"

테엘이 그것을 발견하고는 화들짝 놀랐다. 더 이상 머뭇거릴 틈이 없다고 판단했다.

'샤벤을 없애면…… 된다!'

테엘이 막 그렇게 성벽 아래로 뛰어내리려던 순간이었다. 카이의 안색이 변했다.

"……이건……! 테엘! 오지 마!"

"……?"

테엘이 잠시 멈칫한 순간.

"크하하하……!"

샤벤이 고개를 뒤로 젖힌 채 크게 웃음을 터뜨렸다.

카이는 여전히 샤벤의 결계에 검이 붙들린 채였다.

바위가 그의 검을 잡아먹은 것처럼, 카이는 검을 움직일 수가 없었다. 검을 뽑아내기는커녕 거기에서 움직일 수조차 없었다.

더 기묘한 것은 그 결계에서 쉴 새 없이 느껴지는 기운이었다. 자신의 엄청난 검강을 탐색하는 기운……!

불쾌했지만 달리 설명할 수가 없었다! 마치 자신의 손목을 잡고 누군가가 자신의 마나를 탐색하는 것처럼, 그렇게 샤벤 주변의 결계가 검강을 통해 자신을 가늠하는 것 같았다.

영혼을 속속들이 들여다보는 듯한 기분 나쁜 느낌!

"이, 이건……!"

카이는 이를 악물고 검압으로 결계를 내리눌렀다.

"깰 수 없을걸?"

샤벤이 즐거운 표정으로 중얼거렸다.

"검을 상대하기 위한 게 아니라서 말이지."

"그래도 널 죽이겠다."

카이의 검이 점점 문령을 누르면서, 그의 주변에 에둘러진 용언의 결계가 문령과 닿기 시작했다.

그때가 되어서야, 카이는 뭔가 이상한 걸 눈치챘다.

'……충돌이 없다?'

그동안 여러 차례, 결계와 결계가 서로 충돌했다. 그 압력 때문에 주변이 날아간 적도 있었다. 그런데 지금은 뭔가 달랐다.

'결계가…… 아냐?'

카이는 그 사실을 깨달은 순간 뒤로 한발 물러났다. 그가 물러나자 검은 쉽사리 뽑혀 나왔다.

"……무슨 짓을 한 거냐."

"왜? 두려운가?"

사벤은 그렇게 묻고는, 혼자 피식 웃었다.

카이의 얼굴에는 두려움이 하나도 없었다.

"괜한 질문을 했군. 아니, 사실 하나 묻고 싶다. 이제껏…… 두려워 한 일이 있는가?"

"……."

카이는 오만하게 눈썹을 치켜올렸다. 그리고 대답할 가치도 없다는 듯 검을 가볍게 휘둘러 그에게서 한발 더 물러섰다.

사벤은 멍하니 중얼거렸다.

"그래, 그렇겠지. 대답할 필요가 없다는 건 알고 있다. 하지만…… 너는 정말 인간이 맞는가?"

카이는 그 질문에 오만하게 대답했다.

"나는 인간이다."

카이는 그를 가만히 바라보았다. 그리고는 얼굴을 찡그리면서 덧붙였다.

"너도 인간이라면, 지금 순순히 죽어라."

"……왜 꼭 나를 죽여야겠다는 거지? 원한 때문인가? 아니면 인간들을 위해?"

"너는…… 살려 둔다고 해서 네 의지를 꺾지 않을 테니까."

"……그렇지……."

사벤은 웃었다.

"나는 절대 포기할 수 없어. 설령 내 제자를 잃었다 해도……. 난 말이다!"

사벤은 순간 자신의 양팔을 벌려, 결계 안에 담았던 기운을 사방으로 폭발했다.

"큭!"

카이는 재빨리 팔로 가슴과 머리 앞쪽을 막았다.

"또 남의 힘을 훔친 거냐!"

"크……크크큭, 너도 할 수 있으면 내 능력을 훔쳐라. 얼마든지!"

사벤은 이를 드러내면서 카이를 향해 웃었다.

"이게 끝이라고 생각하지 말아라!"

순간 강해진 압력에 카이는 두 다리에 힘을 꽉 주었다. 엄청난 압력, 바로 카이의 검에서 흡수한 압력이었다.

카이가 그 힘에 잠시 휘청거리는 사이 사벤은 또 다른 곳으로 이동했다. 바로 성벽 위였다.

테엘은 카이를 걱정하랴, 성벽 아래를 내려다보다가 사벤의 기척을 느끼고는 분노해서 소리 질렀다.

"네 이놈……!"

사벤은 말없이 빠르게 움직였다. 테엘이 그를 향해 달려들었다. 그의 손톱이 길게 뻗쳤다.

"네 목을 내 손톱으로 가르고 말겠다!"

"해 보시지."

사벤은 그렇게 대꾸하면서도 등으로는 식은땀을 흘렸다.

그는 테엘이 다가오는 것에 조바심을 내면서 최대한 빠르게 움직였다. 겨우 몇 개의 준비한 문령을 폭발시키는 건데도 왜 그렇게 느리고, 테엘은 왜 그렇게 빠르게 달려드는지!

'더 빨리……. 빨리!'

등골이 오싹해졌다. 테엘이 바로 뒤에 닥쳐 온 것을 느낄 수 있었던 것이다.

그러나 그는 뒤돌아보지 않았다. 그는 계속해서 리슨을 바라보고 있었다.

"빨리!"

저도 모르게 외쳤을 때.

리슨 역시 살기가 흉흉하게 빛나는 얼굴로 사벤을 향해 달려들고 있었다. 그러나 그것은 실수였다.

"됐다!"

사벤이 환희에 찬 목소리로 외쳤다.

리슨은 순간 사벤에게 검을 날리던 자세 그대로…… 멈췄다. 그의 눈빛이 흔들렸다.

그리고 사벤은 다시 이동했다.

"이 약삭빠른 녀석!"

테엘이 분통을 터뜨리며 주변을 둘러보았다.

상황이 기묘해진 것을 가장 먼저 눈치챈 것은 벨하임이었다.

"어라?"

리슨의 팔이 기괴한 방향으로 뒤틀렸다.

"야, 임마! 왜 그래?"

"크, 크으으으윽……!"

벨하임은 리슨의 뒤로 걸어가, 그를 빙그르르 돌려 세웠다.

추라라라락……!

순간 리슨의 무기가 벨하임을 향해 쏘아졌다. 벨하임이 단숨에 몸을 돌리면서 검으로 그의 무기를 쳐 냈다.

"뭐 하는 거냐?!"

"이, 이건 내 뜻이 아냐!"

사벤의 술법은 이미 한 차례 쓰였다. 청홍의 기사단을 문령으로 조정하던 그것이었다!

벨하임의 안색이 변했다.

"멍청한 녀석!"

"……나도…… 알고 있다!"

리슨은 입을 악다문 채 어떻게 해서든 자신의 의지대로 움직이지 않는 팔을 멈추려 했다.

벨하임이 검집을 쳐들었다.

"기절해라, 그냥!"

"제발…… 그렇게 해 줘라."

리슨이 대놓고 벨하임을 향해 말했다. 그러나 그러는 사이에도 그의 손은 계속해서 무기를 다루려 하고 있었다.

"어떻게 한 번 당한 수법에 또 당하냐? 바보냐?"

"네가…… 당해 봐! 어서…… 치기나…… 해!"

리슨이 땀을 뻘뻘 흘리면서 대꾸했다. 벨하임은 입술을 모질게 깨물고는 검을 쳐들었다.

벨하임이 검집으로 리슨의 목덜미를 내리치려 했지만, 리슨은 특유의 잽싼 몸짓으로 바로 뒤로 뛰어 성벽 위로 올라섰다.

"……그냥 순순히 맞아라."

"……나도…… 그러려도 애쓰는 중이야! 제대로 쫓아오라고!"

"이 녀석이……!"

벨하임은 소매를 걷어붙였다. 그의 이마에 힘줄이 돋았다.

"그래, 날 잡자. 죽어도 날 원망하지 마라."

"……칠 수 있으면 어서 치기나 해!"

그러는 사이 테엘이 리슨이 있는 쪽으로 뛰어왔다.

"대체 무슨 짓이냐! 지들끼리⋯⋯!"

"이 녀석이 당했다구요! 바보처럼!"

"⋯⋯뭐야? 좋아, 날 잡아! 기절부터 시켜!"

"옙! 물론 그렇게 하겠습니다!"

리슨은 이제 테엘까지 마주하게 되자 벨하임만 상대하던 때처럼 여유 자적하게 치라는 말을 하지 않았다.

테엘과 벨하임이 다가서자 리슨은 슬금슬금 뒤로 움직이기 시작했다.

"경고하건대, 너 움직이지 마라."

"저, 저도 멈추고 싶습니다."

"⋯⋯좋아, 간다!"

둘이 좌우에서 달려든 순간.

리슨은 뒤로 홀쩍 뛰었다. 벨하임이 눈을 크게 떴다.

"야, 임마⋯⋯!"

벨하임은 당장 성벽 쪽으로 달려가 손을 뻗었다.

리슨은 이미 등을 땅으로 향한 채 땅에 가까이 떨어지고 있었다.

"플라이!"

테엘이 황급히 외쳤지만 리슨은 그전에 몸을 빙그르르 돌려 벽을 몇 차례 밟으면서 뛰어내렸다.

"⋯⋯휴우, 날쌘 새끼 같으니라고⋯⋯. 어디 드래곤 하트를 철렁 내려앉게 하고 있어?"

"⋯⋯그런데요, 테엘 님."

테엘이 식은땀을 훔치는 사이 벨하임이 조심스럽게 물어 왔다.

"저기, 저 녀석 주술 안 풀렸잖아요? 왜 뛰어내린 걸까요?"

"……."

테엘은 순간 몸이 굳었다.

그는 얼른 몸을 돌려 리슨이 향하는 방향으로 시선을 돌렸다. 마물 사이를 꿰뚫고 가는 그의 몸동작이 얼마나 은밀한지, 드래곤인 그조차 몇 번은 놓칠 지경이었다.

그러나 대충 어디로 향하는지는 너무나 분명했다.

"카이!"

테엘이 울부짖었다.

"리슨 녀석 미쳤으니까 조심해! 죽여 버려!"

순간 카이는 저 드래곤이 드디어 미쳤나 싶어서 성 쪽을 돌아보았다.

곧 그의 눈에도 리슨이 보였다. 아무리 은밀하게 움직인다고 해도, 시꺼먼 마물 군단 한가운데 화사한 금발을 뽐내는 미남이 튀지 않을 수가 없었던 것이다.

"리슨이? 무슨 소리야?"

"문령에 당했다!"

"그 녀석 아예 죽여 버려요!"

"……."

리슨의 얼굴이 일그러졌다.

"주, 주공……!"

카이가 그를 향해 돌아섰다. 카이 주변에는 마물들의 시체가 가득 쌓여 있었다.

카이가 발을 들어 마물의 시체를 리슨 쪽으로 걷어찼다.

"큭!'

그의 두 손에 감긴 반월형의 검날 채찍이 순식간에 시체를 휘감고 갈기갈기 찢어 냈다.

바로 그 뒤에 카이가 얼굴을 불쑥 내밀었다. 리슨은 기겁했지만, 자신의 의지와는 별개로 몸은 재차 공격을 이었다.

"주공……! 피, 피하……!'

리슨은 외치면서도 카이를 향해 매섭게 무기를 휘둘렀다. 검의 채찍이 허공에서 길게, 뱀처럼 꿈틀거렸다.

"말이랑 행동이랑 다른 거 아닌가, 리슨?'

"주공…… 으으으윽!'

카이는 리슨의 바로 앞에서 그의 옆구리 사이로 파고들었다. 검날이 그를 따라 꿈틀거리면서 허공을 엑스자로 찢었다. 빈 공간을 찢는 검이 좌악 하는 매서운 소리를 떨쳤다.

"진심이로구나, 리슨."

"주공!'

그렇게 열심히 항변조로 외쳐 봤지만, 리슨은 그 순간에도 옆구리의 단검을 빼 들어 카이의 등을 향해 내리찍고 있었다.

"이 녀석이……!'

카이가 외쳤다.

테엘 역시 성벽 위에서 광분했다.

"저 녀석이⋯⋯!"

카이는 잽싸게 리슨의 등 뒤로 움직였다. 다음 순간 그의 손이 리슨의 목덜미를 내리쳤다.

"카이! 한쪽 검이!"

테엘이 화들짝 놀라서 외쳤다.

한쪽 검의 채찍이 카이의 심장을 향해 매섭게 다가서고 있었다. 카이는 그것을 힐끗 보지도 않은 채, 검을 무심하게 들었다.

챙!

드래곤 본으로 만든 검이 순식간에 채찍에 휩싸여 감겼다. 카이는 그 잡아당기는 힘이 약해지기를 기다려 잠시 버티고, 다른 한 손으로는 천천히 앞으로 쓰러지는 리슨의 몸을 받았다.

"⋯⋯어리석은 것"

쓰러지면서도, 리슨은 웃고 있었다. 안심이 된 모양이었다.

카이는 성벽 위를 바라보았다.

"이 녀석을 끌어올려!"

"카이, 너도 이제 성안으로 들어와라!"

"⋯⋯아니, 마물들을 없애는 게 우선이다."

"몸은 괜찮냐?!"

"괜찮아."

카이는 리슨의 몸을 바닥에 데굴 굴리면서 고개를 흔들었다.

"성을 부탁한다."

그는 아직도 지치지 않았다. 싸움이 반나절 동안 계속 이어진 지금까지도, 계속 날뛰면서도.

오히려 지금 그는 약간 편안한 상태였다. 드래곤 하트의 존재조차 잊을 정도로. 계속해서 온몸에 힘이 넘쳐흘렀다.

'마치 바닷물이 작은 연못에서 솟아나는 것 같다. 끝도 없이 계속, 마르지 않을 것 같아……'

카이는 그렇게 보면서 주변을 둘러보았다.

마기에 휩쓸리지 않은 채 냉정한 것도, 그의 드래곤 하트가 블루 드래곤의 것이기 때문이었다.

'……곧 마물들을 모두……!'

카이는 그렇게 생각하면서 짊어졌던 리슨을 성문 아래 내려놓았다.

그리고 다시 전장으로 나섰다.

테엘이 리슨의 몸을 떠오르게 해서 성벽 위로 올렸다. 그러면서도 그는 속이 타서 발을 동동 굴렀다.

카이의 말대로 성을 떠날 수는 없다. 만약의 경우 카이를 구하거나, 아니면 방어 실드를 만들어야 하니까.

"쳇, 한 녀석이라도 좀 눈치채고 오면 안 되나?"

"……누구 말야?"

"누구긴 누구야! 하다 못해 저 지친 엘프 애송이라도 대신할 드래곤 말이다! 헤츨링 손이라도 빌리고 싶을 만큼……!"

그렇게 속사포처럼 쏘아 대던 테엘은 그 질문의 주인이 누군지를 깨닫고 황급히 눈을 돌렸다.

"바엘라!"

수척한 모습의 바엘라가 거기에 서 있었다.

SWORD OF
DRAGON LOAD

제8장

어둠과 빛

"바엘라……."

테엘은 말을 잇지 못했다.

드래곤이 수척해지기란 드워프가 키 크길 바라는 것과 똑같다.

"너……."

테엘은 한참이나 바엘라를 위아래로 살펴보다가 간신히 물었다.

"……다이어트 했냐?"

"한 대 치고 싶은데 기력이 없네."

바엘라는 그렇게 말하고는 웃음기 없는 얼굴로 성벽에 기댔다. 그의 시선이 카이에게 향하는 것을 눈치챈 테엘은 혀를 찼다.

'누가 하미르의 자손 아니랄까 봐…….'

유독 그가 그랬다. 겨우 인간에게 빠져서 사랑을 갈구한답시고 이리저리 날뛰는 모습은 당시 드래곤들에게 엄청난 빈축을 샀다.

마물과 싸우는 건 좋다. 하지만 인간에게 힘을 실어 준다? 드래곤 하트를 심어 준다?

결과적으로 하미르가 현명하긴 했다. 마물과 싸우면 인간들의 피해가 가장 큰데, 인간은 드래곤과 마족 사이에서 버틸 수 없었으니까. 그러니까 한 사람에게 강대한 힘을 실어 준다는 건 옳은 판단이긴 했다.

그런데 이제 와서 바엘라가 살이 쭉 빠진 모습으로 서 있는 것을 보니 테엘의 마음이 좋지 않았다.

뭐라 위로하자니 서로 불과 물 같은 사인지라 괜히 더 화만 돋울 것 같아, 테엘은 바엘라의 어깨를 툭 치는 것으로 마음을 대신했다.

바엘라는 그 행동에 테엘을 빤히 바라보았다. 테엘은 머쓱해져서 괜히 헛기침을 했다.

"마나는…… 하트는 괜찮아?"

바엘라의 물음에 테엘은 고개를 끄덕였다.

"내가 누구냐? 그래도 이 시대를 이끄는 사제인데 겨우 이 정도 마물을 갖고……."

"아니, 카이 말야."

"……."

테엘은 다시 헛기침을 하고는 고개를 끄덕였다. 그의 얼굴이 문득 진지해졌다.

"느껴지지?"

바엘라는 고개를 끄덕였다.

"인간이 이렇게까지…… 융화될 줄은 몰랐어. 원래 로인들은 다 그래?"

"아. 전에 언뜻 들은 걸 기억해 보면, 카이 녀석이 특별한 것 같

아. 아무래도…… 상대가 문령술사니까."

"아직도 그 녀석 하나를 어떻게 하지 못한 건가?"

"어쩔 수 없어! 이동의 언령으로 절대적으로 이동해 버리는데 그걸 어떻게 잡아? 용언으로 미리 막으려 해도 그 녀석이 작정하고 움직이는 데야 어떻게 할 수가 없다고!"

"생각해 보면……."

바엘라가 테엘을 바라보며 중얼거렸다.

"네가 드래곤의 사제로 뽑힌 날부터 내 운명이 일그러진 것 같아."

"뭐?"

테엘은 그 말에 화를 내려다가, 바엘라의 수척한 모습을 보며 간신히 억눌렀다.

"지금 이런 이야기 할 때가 아니고…… 잘됐다. 나랑 교대 좀 하자."

"내가 왜?"

"……얘가 오늘따라 왜 이렇게 삐딱해? 마물이 앞에 깔렸는데 뭐가 왜냐? 기분 안 더러워? 저것들에게 본때를 보이고 싶지 않냐?"

바엘라는 그 말에 피식 웃었다.

그녀는 다시 카이가 있는 전장으로 눈을 돌렸다.

새로 태어난 마물은 확실히 강했다. 몇 마리가 협동해서 움직이는 모양이 마치 인간의 병사들과 같았다.

강한 뒷다리로 카이의 검을 용케 피하는 사이, 뒤쪽에서 다른 녀석이 긴 어금니를 드러내면서 카이의 목을 노리고 달려들었다.

두려워하면서 신중하게 움직이는 모습을 보고 있으면, 그것들이 영혼이 없는 마물이라는 것을 깜빡할 정도였다.

그것을 바라보는 테엘은 심장이 바짝 타 들어가는 것 같았다. 자신도 싸우고 싶지만, 성을 지켜야 한다.

"카이가 걱정된단 말이다. 네가 성을 좀 지켜. 만약에 마물들이 작정하고 들어온다면……."

"인간을 위해서 왜 드래곤이 나서려는 거지?"

바엘라가 멍하니 대꾸했다.

그 말을 들은 테엘은 뭔가 묵직한 것이 뒤통수를 쾅 하고 내리친 것 같은 기분에 입을 쩍 벌렸다.

바엘라는 테엘을 바라보며, 너무나 담담하게 물었다.

"왜 인간을 위해 내가 직접 나서야 하는 건데? 너는 왜 인간을 위해 이깟 성 하나를 지키려 하지? 그냥 이 자리 전체에 마그마와 메테오 샤워를 떨어뜨리면 되잖아? 이깟 평원 한번 뒤덮으면 끝날 걸, 왜 굳이 지키면서 싸우려 하는 건데?"

"야, 임마!"

"인간들이 걱정되나? 하지만 대륙 전체에 인간들은 많이 있어. 오크보다는 못해도 그것들은 금방 번식할 거야."

테엘이 버럭 소리 질렀다.

"그럴 거면 네가 직접 해 봐!"

"……그래?"

바엘라는 힘없이 웃었다.

"……그렇군. 내가 해도 되겠네."

바엘라는 가만히 평원을 내려다보았다.

한참이나 그렇게 멍하니 있는 모습에 테엘은 속으로 혀를 찼다.

'거참, 하여간……. 못할 거면서 말은 믿게 한다니까. 이건 와 봤자 도움도 안 되잖아.'

테엘은 성벽 아래를 내려다보았다.

어쩐 일인지 마물들의 공격이 조금 뜸했다. 카이 주변으로 몇 마리가 엉겨 붙었지만, 그것도 사실 적극적으로 보이지는 않았다.

'사뻰은…… 어디 있지?'

잠시 뜸한 지금이 좋았다. 테엘은 이 상황을 어떻게 해결해야 할지 머릿속으로 바쁘게 궁리했다.

'사뻰을…… 막지 않고는 이 전투나 다른 상황이 끝날 리가 없다. 이동의 문령을 막는다…… 어떻게?'

언령으로 이동한다고 하면 그건 절대적인 의지로 실행된다. 마법으로도 막을 수 없고 정령으로도 막을 수 없다.

그렇다면 문령에 용언이라면 그에 적합한 조건만 만족시키면 막을 수 있을지도 모른다.

바엘라가 말은 믿게 해도 만약의 경우 마물들을 막아는 줄 것이다.

그런 사이 테엘은 빨리 생각해 내야만 했다. 사뻰을 막을 방도를…….

그렇게 생각에 빠져 있을 때, 갑자기 옆에서 누가 자신을 툭 치고는 달려가는 게 아닌가!

테엘은 발끈했다.

"뭐야! 누가 감히 드래곤의……!"

"지금 뭐 하시는 겁니까아!"

"바, 바엘라 님!"

벨하임과 이르엘이 외치는 소리를 따라 고개를 돌리자, 기괴한 장면이 눈에 들어왔다.

바엘라가 두 팔을 펼친 채로 주문을 시전하고 있었다.

"……팅."

"뭐? 무슨 팅? 팅겨? 뭐? 뭐라고 한 거야?"

"바, 바엘라 님께서 시 워터 펠팅(Sea Water Pelting)을……!"

"……!"

화계 마법에 마그마가 있다면 수계에는 시 워터 펠팅이 있었다.

말 그대로 바닷물을 폭포로 바꾸어 세상을 덮는 것.

이 마법의 지독한 점은, 그야말로 땅을 완전히 뒤엎어 버리기 때문이었다. 수계 공격은 원래 땅을 황폐화한다.

게다가 바닷물이라니! 소금기 가득한 물이 땅에 범람하고 나면, 이 땅에서 식물이 자라는 건 불가능해진다! 몇백 년 정도는!

"뭐 하는 거야, 대체! 제정신이냐?"

"……하라며."

바엘라가 나직이 대꾸했다.

"할 수 있으면 해 보라며. 그래서 한 거야."

바엘라는 눈을 똑바로 뜬 채 테엘을 바라보았다.

"마물을 상대로 싸우는 게 드래곤에게 맡겨진 숙명이라면, 그래서 그렇게 했다면…… 그 사이에서 인간이 휩쓸린 것 따위는 중요한 문제가 아니잖아?"

"……이익!"

테엘은 두 주먹을 불끈 쥐었다가 이내 바엘라를 내버려 둔 채 성벽 위에 올라섰다.

어디에서부턴가 나직하게 울려 퍼지는 천둥소리…….

치솟아 타오르는 마그마와는 달리, 시 워터 펠팅은 시전에서 실행에까지 이르는 데 오랜 시간이 걸린다.

물이 이동하는 데 걸리는 시간!

그 시전에 걸리는 시간과 물이 이동하면서 나는 소리는 적에게 공포를 느끼게 했다. 압도적인, 그러나 도망칠 수 없다는 데서 느껴지는 공포.

테엘의 안색이 핼쑥해졌다.

"……바엘라. ……바엘라!"

그는 버럭 소리를 질렀다.

카이는 고개를 들었다.

"바엘라?"

그리고 비로소, 주변 마물들이 한 발씩 물러나는 것을 알아챘다.

자신의 살기 때문은 아닌 듯싶었다.

카이는 몸을 똑바로 폈다. 그리고 하늘을 바라보았다.

하늘에는 여전히 어둠이 짙게 깔려, 태양도 별도 달도 보이지 않았다. 그 가운데 소리가 들렸다.

"천둥……?"

비가 올 리는 없다.

테엘이 바엘라의 이름을 외친 것은 어째서일까. 그리고 카이는 자신의 드래곤 하트가 심하게 박동치는 것을 느꼈다.

"바엘라……!"

그는 본능처럼 뭔가 일이 터진 것을 깨달았다.

"테엘!"

카이가 뒤를 돌아보며 외쳤다. 테엘은 입술을 악문 채, 그의 옆으로 당장 날아왔다.

"……됐다! 그냥 튀는 거다, 이제!"

카이는 테엘의 어감에서 뭔가를 깨닫고는 황급히 물었다.

"란펜은?"

"……됐다니까!"

다른 걸 가릴 새도 없었다. 테엘은 카이를 껴안고는 하늘 높이 날아올랐다. 그러나 카이는 테엘의 품속에 얌전히 안겨 있지 않았다. 계속 버둥거리면서 뒤를 바라보았다.

"이르엘!"

"카, 카이!"

"······대지에 호소해라! 공기에 호소해!"

이르엘은 고개를 흔들었다.

"이미 글렀어! 시 워터 펠팅이다!"

테엘이 소리 질렀다. 그러나 카이는 이르엘을 향해 말했다.

"······할 수 있어! 너는 자연을 다스리는 힘을 받은 하이 엘프다! 잊어버린 기억을 더듬어!"

"······뭐?"

테엘은 카이의 말을 듣고는 눈을 크게 떴다.

"이르엘이, 이걸 막을 수 있다고?"

"마그마라면 막을 수 없겠지만, 바닷물이라면 막을 수 있어! 틀림없다!"

테엘은 반신반의했다.

이르엘은 시워터라는 말에 놀라 아무 행동도 못했다. 하지만 카이의 말에 그녀는 정신이 번쩍 들었다.

'소멸의 순리······. 제3주문! 다른 주문이 있을 거야, 그럼!'

엘프에게 주어진 힘은 노래. 그 노래는 숲을 키우고, 자연의 조화를 추구하는 것이었다. 식물의 성장과 동물의 번식을 노래하는. 열매를 맺게 하고 꽃을 피운다.

하이 엘프에게 주어진 엘프의 언령은, 역시 비슷한 형식의 노래로 이루어진다. 소멸의 순리, 파괴의 주문이 그중 하나였다.

인간과 달리 엘프에게는 본능적으로 주어지는 힘이었다. 그녀가 하이 엘프라는 것을 자각한 순간 가장 먼저 사용한 것 역시 소멸의 순리 아니었던가?

'다른…… 언령……!'

영혼 깊숙이 숨어 있는 언령…… 그들의 신이 영혼에 아로새긴 그 능력!

이르엘은 눈을 감은 채 깊은 명상에 빠졌다.

그런 그녀의 모습을 보면서 바엘라는 담담하게 서 있었다. 지금 이 성이 무너지지 않을 것을 알고 있다는 듯, 어차피 자신의 힘으로는 아무것도 이룰 수 없다는 듯이.

그리고 그런 그녀들의 모습을 지켜보고 있는 존재가 둘 있었다. 바로 사벤과 라브노크.

"재미있군."

라브노크는 그녀의 감정에 민감하게 반응했다.

"이 정도로까지…… 강렬하고…… 강하게…… 그리고 깊게……. 역시 드래곤인가? 감정조차도 이렇게 강하니……."

"무엇이 느껴지지?"

"저 드래곤, 절망에 빠져 있어. 아마…… 인간이라면 자살할 거고, 엘프라면 미쳐 버릴 정도로 깊다."

"……아."

사벤은 바엘라를 알아볼 수 있었다.

"로인 공작이로군, 또다시."

"뭐?"

"저 드래곤, 로인을 사랑한다. 전에 함께 입궁한 적이 있었어. 그 때는 그냥 서로 돕는 사이라고 생각했는데……."

"재미있군."

라브노크는 고개를 비스듬히 기울인 채로, 그들을 바라보았다.

"자포자기했어."

"드래곤을 상대로 도박이라도 할 셈인가?"

"내기는 마족의 습성이야. 게다가 이번 내기는…… 꽤 승률이 높을 것 같은데."

라브노크는 부드럽게 미소 지었다.

"저 드래곤은 틀림없이 우리 편이 될 거다."

"이르엘 녀석, 아직인가?"

"영혼 속에 아로새겨진 언령을 찾아내는 게 쉽지는 않겠지! 우선 너라도 어떻게 해 봐!"

카이가 주먹으로 테엘을 퍽퍽 치면서 외쳤다.

란펜을 이렇게 허망하게 무너지게 할 수는 없다.

비록 시간이 지나면, 인간은 죽고 제국이 망하고 성벽은 한낱 돌무더기에 지나지 않게 될지라도…….

그러나 지금만은 지켜 내고 싶었다.

"가, 가능할지는 모르겠지만…… 일단 되는 데까지는 막아 보지."

테엘이 성벽 위에 내려섰다.

카이는 곧바로 리슨에게 달려갔다.

"이 녀석, 아직 의식이 없는 거냐!"

"어, 어떻게 하죠, 주공! 바엘라 님께서⋯⋯."

"⋯⋯."

카이는 입술을 악문 채 바엘라를 바라보았다.

그녀는 처음부터 자신을 바라보고 있었다. 깊은 눈동자 속에 대체 무슨 생각을 담고 있는 건지 알 수가 없었다.

깊은 슬픔을, 느낄 수 있었다. 카이는 그 때문에 쉽사리 말을 걸지 못한 채 바엘라를 가만히 바라보기만 했다.

바엘라가 먼저 배시시 웃었다.

"오랜만이야."

"⋯⋯그래."

"마물의 기운을 느껴서 와 봤어."

"그렇군."

카이는 짧게 대답하고는 입술을 꾹 다물었다.

바엘라가 그에게 한발 다가왔다.

"⋯⋯내가⋯⋯ 잘못, 한 거야?"

"그래."

카이는 바로 대꾸했다.

"마물을 없애는 게⋯⋯ 우선이야, 드래곤에게는."

"그렇다면 지금 왜 그런 표정을 짓고 있는 거냐?"

카이는 그렇게 묻고는 바로 후회했다.

그렇게 묻는 순간 바엘라의 표정에 분명한 슬픔이 드러났다. 그녀는 왜 알면서도 묻느냐고, 그렇게 말없이 묻고 있었다.

"바엘라……."

"이렇게 하면 너도……."

바엘라는 입술을 깨물었다.

"너도 휘말려 죽고, 나도 널 잊을 거라고 생각했으니까."

"그런가."

"……아냐. 미안해."

"사라지도록 해라."

바엘라는 가만히 카이를 바라보면서 고개를 흔들었다.

"불가능해, 이건……."

"막아!"

카이는 크게 소리 질렀다.

순간 분노가 치솟아서 참을 수가 없었다. 그의 두 눈이 이글거렸다. 바엘라에게 화가 나고 경멸감이 들까 봐 스스로 걱정이 될 정도였다.

"사랑한다는 이름으로 무수한 인간을 죽이게 되는 짓거리를 봐 달라는 거냐? 철없는 짓을 하고는 애교로 봐 달라는 건가? 사랑스럽게 봐 주길 바라는 거냐, 지금 이런 짓을?"

"카이……."

바엘라는 입술을 악물었다. 눈물이 얼굴을 타고 흘러내렸다.

수척해진 고운 얼굴에 흘러내린 눈물. 남자라면 누구나 일순간 마음이 약해질 만도 했다. 그렇지만 카이는 달랐다. 그는 냉정하게 바엘라에게 등을 돌렸다.

"보기도 싫다."

바엘라는 힘없이 고개를 숙였다.

테엘은 그쪽 상황에 신경을 쓰면서도, 속으로 신성력을 갈무리했다. 그리고는 배에 힘을 딱 주고 앞을 향해 크게 외쳤다.

"대기의 막이여, 하늘을 에워싸소서."

순간 하늘에 지잉 하는 소리가 울려 퍼지면서, 투명하면서도 푸른 막이 모습을 드러냈다.

대기의 실드가 천천히 성 위의 하늘을 뒤덮었다. 그리고 그 대기의 실드를 기다렸다는 듯, 평원 저 건너편에서부터 천천히 비가 내리기 시작했다.

단순한 '레이닝'의 시작이 아니었다. 이동하면서 무게를 이기지 못한 물방울부터 툭툭, 땅으로 떨어지기 시작했다.

그 위에서는 바다를 그대로 퍼 올린 듯한 엄청난 물이 덩어리져서 움직이고 있었다.

마물들은 그 물을 보면서 주춤거리면서 뒤로 물러나고 있었다.

"……얼마나 버틸 수 있지?"

"내가 버틸 수 있는 한도까지. 즉, 내 신성력이 고갈되기 전까지."

테엘이 창백해진 얼굴로 말했다.

"문제는 저게 어디를 생각하면서 물을 끌어 온 건지 모르겠다는 건데, 대기 중의 물까지 모조리 여기에 퍼부은 거라면……."

테엘은 피식 웃었다.

"잘하면 한 10년 동안, 대륙 전체에 비 한 방울 안 내리고, 바닷물이 싸그리 말라붙는 참사가 벌어질지도 몰라. 애송이를 닦달해라, 카이. 그게 유일한 해결책 같으니까."

카이는 고개를 끄덕이고는 성큼성큼 걸어 이르엘의 곁으로 갔다. 방금 전까지는 창백하고 굳은 표정이었는데, 이르엘의 곁에 선 순간에는 표정이 달랐다. 근심이 드러나면서도 자상한 표정이었다.

"뭔가 떠올라?"

"아니……."

이르엘은 눈물이 그렁그렁한 눈으로 카이를 바라보았다.

"어떡해……."

"정령들은 어떻게 움직이고 있지?"

"정신없어. 땅도 비명을 지르고 있어. 불의 정령들은 모두 달아났고. 대기의 정령들이 어떻게 막고 싶어 하지만……. 너무 혼란스러워, 정령들이 모두 ……."

"정령들에게 본래 자리로 돌아가도록 하면 되지 않을까? 특히 물의 정령들. 대단위 시큐엘이라고 생각하면 어때?"

"차, 차라리……."

이르엘은 조심스럽게 바엘라를 보고, 카이에게 속삭였다.

"물의 정령왕 엘퀴네스 님을 부른다면 사태가 수습될 거야. 마법이라고는 해도 물의 속성을 이용했다면 그건 바로 정령왕……."

순간 이르엘은 입을 다물었다.

카이의 얼굴에 떠오른 분노 때문이었다. 이르엘의 앞이라 참는 기색이 역력했지만 이미 얼굴이 붉게 달아오른 상태였다.

"카이……."

"잠깐만, 이르엘. 좀 더 노력해 봐. 떠올려 줘."

그는 가볍게 이르엘의 얼굴을 쓰다듬고는, 조금 진정한 얼굴로 돌아섰다.

바엘라를 바라보는 그의 눈빛에는 이제 경멸감이 가득했다.

바엘라는 그런 그의 눈빛을 보면서, 천천히 자신의 영혼이 무너지는 것을 느낄 수가 있었다.

'날 경멸하고 있어. 나를, 드래곤을…….'

누가 드래곤을 향해 그런 경멸감을 던질 수 있을까.

카이가 바엘라의 앞에 서서 툭 던지듯 물었다.

"할 수 없다고?"

바엘라는 고개를 끄덕였다.

카이는 한 손을 들었다. 그리고 바엘라의 뺨을 세차게 후려쳤다.

짜악!

순간 테엘도, 이르엘도, 벨하임도 깜짝 놀라 그들을 바라보았다.

"정령왕은?"

"……못 불러. 계약…… 깨졌어."

"다시 시작해."

"난…… 못해, 이제."

"바엘라……."

카이는 입술을 질끈 깨문 채 다시 때리고 싶은 충동을 억누르려 애썼다.

둘은 한참이나 가만히 서로를 바라만 보았다. 서글픈 시선의 바엘라와 달리, 카이는 엄청난 경멸과 증오를 억누르려고 노력하는 강한 눈빛으로 그녀를 바라보고 있었다.

이윽고, 하늘에서 바다가 쏟아지기 시작했다. 천만 줄기의 폭포가 일순간 한 곳으로 내쏟아지는 듯, 그렇게.

해일이 란펜의 평원을 거세게 몰아붙이기 시작했다. 그리고 그 뒤를 따라, 바다가 몰아 닥쳐왔다.

카이는 조용히 고개를 돌려, 대기의 실드 너머를 바라보았다. 앞선 물결은 작았으나, 그 강렬한 힘에 쓰러지게 되면, 곧바로 이어서 덤비는 것은 헤어날 곳 없는 엄청난 물이었다.

바다 한가운데 갑자기 빠지는 것보다도 지금이 훨씬 더 살아남기 힘들 터였다.

"큭……."

실드를 유지하는 것은 쉽지 않았다. 란펜은 제국의 수도이자 오래된 역사 가운데 엄청나게 넓은 지역을 차지하고 있었기 때문이었다.

그러나 테엘은 버텼다. 용언은 마법을 모두 막을 수 있다. 그러나 그것은 용언이 버틸 수 있을 때의 이야기.

'내가 무너지면…… 란펜의 모든 사람이 죽는다!

그러나 보는 그로서도 질릴 정도로 엄청난 물줄기였다. 그야말로 대륙 바다를 모두 들어내서 여기에 퍼부어 대는 게 분명했다.

투명한 막 너머에서, 마물 몇이 물줄기에 휩쓸려 가는 것이 보였다. 다른 방향으로의 흐름이 있었는지, 그들의 모습이 눈앞에서 갈가리 찢겨 물을 검게 물들이고 사방으로 흩어졌다.

성안의 사람들은 일제히 숨을 죽인 채 가만히 있었다.

"바엘라."

카이가 나직이 중얼거렸다. 아무리 조용한 곳에서라도 들을 수 없을 만큼, 나직하게.

물소리가 사방을 휩쓸어 아무것도 들을 수 없었다.

"가라."

"……!'

입술을 읽은 것일까. 아니면 그가 하는 말이 마음에서 마음으로 전해진 것일까.

바엘라는 눈을 크게 떴다. 그리고는 필사적으로 고개를 흔들었다. 이제 가면, 카이와 다시 볼 수 없다는 것을 그녀는 알 수 있었다.

원한다면 마법으로 그의 방에 침입해도 되고, 숨어서 볼 수도 있겠지만…… 어떤 상황이 되어도 카이는 절대 자신을 보지 않을 생각이라는 것을, 그녀는 알 수가 있었다.

"카이, 카이……."

그러나 카이는 천천히 등을 돌렸다.

그가 향하는 곳에는 이르엘이 서 있었다.

"카이……!'

바엘라가 울부짖었다.

카이가 이르엘의 어깨에 손을 얹었다. 그리고 그녀의 귀에 대고 낮게 속삭였다.

"……이들을 진정시켜 줘라, 이르엘. 그것이 네가 받은 힘이니까. 침착하게 하나씩 생각해 봐."

바엘라는 그들의 모습을 보면서 천천히 뒤로 물러났다. 그녀가 이제 느낄 수 있는 것은 절망밖에 없었다. 영혼이 비명을 질러 대고 있었다. 카이를 어떻게 해서든 붙들어야 한다고, 그렇게.

그리고 어둠이 그녀를 향해 다가왔다. 그것을 눈치챈 사람은 아무도 없었다.

"로인을 원하는가."

자신의 머릿속에서 들려온 소리일까. 아니면 어둠 속 누군가가 건네는 유혹의 말일까.

상관없었다. 바엘라는 눈을 감은 채, 조용히 울면서 고개를 끄덕였다.

"고작 인간 따위를?"

바엘라는 계속해서 고개를 끄덕였다.

"그것을 위해서 뭘 할 수 있지?"

"……뭐든."

바엘라는 거듭 말했다.

"뭐든 하겠어."

"네 영혼을 원한다고 해도?"

라브노크는 달콤한 목소리로, 그러나 숨기지 않고 물었다.

사쏀은 이 마족이 제정신인가 싶어서 그를 빤히 바라보았다. 그러면서도 내심 조마조마하게 바엘라의 대답을 기다렸다.

바엘라의 담담하던 표정에 조금 변화가 일었다. 바엘라는 주변을 천천히 둘러보았다. 그러나 어둠, 바로 그녀의 그림자 속에 숨은 라브노크를 발견할 수는 없었다.

대신 그녀의 눈에 다시 들어온 것은 카이와 이르엘의 모습이었다. 카이는 양손으로 이르엘의 팔을 붙잡고, 그녀의 등을 자신에게 기대도록 했다. 그녀의 등을 든든하게 받쳐 주고 있는 모습이 얼마나 부럽던지…….

"그렇다 해도 그의 마음을 얻을 수는 없어……."

바엘라의 눈에 다시 눈물이 글썽거렸다.

"싸워 이기면 된다. 마음을 바꾸는 건 마족의 특기니까……."

"그렇기에 신께 허락받지 못한 생물이고, 그것이 카이의 진심은 아냐. 기껏해야 미약이나, 마법…… 그런 것이 내가 얻으려는 카이의 진심은 아니잖아."

"그의 진심이라는 게 어떤 거지? 인간의 마음은 하루에도 수없이 바뀌고, 작은 일에도 흔들리기 마련인데…… 어떤 걸 말하는 거지? 인간의 진심이라는 건?"

"나는……."

바엘라는 가슴이 찢어지는 것 같았다. 포기해야만 하는 소망을 입 밖으로 내는 것은, 못 견딜 정도로 아픈 일이었다.

"나는 그와 웃으면서 바라보고 싶어. 서로를 보는 눈길, 그 속에서 그의 마음이 나만을 향한 것을 보고 싶어. 그가 원한다면 인간으로 일평생을 살 수도 있어. 그와 인간의 가정을 이루고 싶어. 그를 위해 기다리고, 아이를 낳고……."

"그의 마음과 그의 몸이라면 내가 줄 수 있다."

"마족이 주는 것은…… 모두 거짓이야. 영혼이 없어."

"그의 마음이 널 사랑할 것이고, 그의 몸이 널 사랑할 것이다. 그의 눈이 널 볼 때마다 황홀해 하고 감탄하면서 사랑을 새삼 확인할 것이고, 너는 그걸 알 수 있을 것이다……. 그의 영혼이 아니라고 어떻게 확신하지? 영혼이 담겨 있지 않다는 건 어떻게 알지?'

"영혼의 사랑이 아닌 것은 깨질 테니까. 그렇게 깨어지게 되면……."

바엘라는 입을 다물었다.

'그때는 정말 미칠 테니까.'

지금 그녀의 마나는 멋대로 진동하고 있었다. 그 정도로 그녀는 지금 심정이며, 모든 것이 불안정한 상태였다.

그렇기 때문에 지금 마족과 이야기를 나누는 것인지도 몰랐다. 그렇지 않았다면, 마족에 기겁하고 이를 갈면서 덤벼들었을 텐데…….

라브노크 역시 그런 드래곤과 마족의 관계를 잘 알고 있기 때문에, 지금 대화가 길어지는 것에 대해 속으로 쾌재를 부르고 있었다.

"겨우 백 년을 사는 인간이다……. 내 술법이 백 년 정도로 깨지지는 않을 것이고"

사실은 거짓말. 마족의 삶은 언제 끝나는지 확신할 수 없다. 그가 죽으면 그가 걸어놓은 술법은 깨지겠지만, 지금 바엘라에게 중요한 건 그런 '사실'이 아니었다. 그녀에게 중요한 것은 카이의 마음을 얻을 수 있다는 희망이었다.

라브노크의 말에 바엘라는 곰곰이 생각에 빠졌다.

엄청난 물결이 공기를 흔들어 대기 시작했다. 테엘의 안색도 그에 따라 급격히 흔들렸다.

"카이……. 이르엘, 다른 생각 하지 말고 만약의 경우 카이부터 끌어안고 도망쳐……!'

테엘이 그렇게 중얼거렸지만, 이르엘은 그때 그 말을 듣지 못했다.

그녀는 서서히 원하는 주문을 찾아내기 시작했다. 그 가닥이 천천히 머릿속에 떠오르고 있었다.

"으……! 카이, 이르엘!'

테엘이 견디지 못하고 실드 일부를 잃었다. 한 번 깨진 실드는 급속히 사라졌고, 그에 따라 란펜 주변을 채우고 있던 물이 엄청난 속도로 성안으로 향해 쏟아지기 시작했다.

그때 이르엘이 입을 열었다.

정령들을 직접 다루는 언어, 정령의 힘을 빌리는 것이 아니라 그들에게 직접 호소하는 언령.

조화의 순리!

"신의 이름 아래 태어난 세상 모든 것의 조화여, 지금 이 자리의 혼돈에 당신의 가지를 뻗어 그 신의 이름에 반하는 당신의 적을 끌어안으니, 세상의 조화여, 이제 이곳에 강림하소서."

이르엘의 노래가 천천히 흘러나왔다.

그녀의 노래는 조용했다. 소멸의 순리 때와는 달리 이번 노래는 하는지도 모를 정도로 고요했다. 나직한, 자장가와 같은 노래.

그러나 그 결과는 엄청났다.

테엘은 그 노래를 듣지 못한 채, 카이를 향해 손을 뻗었다. 당장 그를 안고 이동하기 위해서였다. 힘이 닿는 곳까지라도 이동하기 위해 실드를 무너뜨릴 수밖에 없지 않았던가!

그러나 테엘의 한 손이 막 카이에게 닿은 순간 물줄기가 카이의 위를 덮쳐 들었다.

"……카이!"

테엘이 그렇게 간절한 목소리로 외쳤을 때!

카이는 괜찮다는 듯 그를 향해 부드럽게 웃어 보였다.

"……?"

그리고 이어서…….

테엘은 입을 떡 벌렸다.

카이의 머리 위로 떨어지면서 그를 당장이라도 집어 삼킬 것 같던 물이, 언뜻언뜻 시큐엘과 나이아스 등 물의 정령으로 변하면서 하늘거리며 사라지기 시작했던 것이다.

습한 공기가 그의 얼굴을 훅, 스치고 지나갔다. 그러나 그 다음 남는 것은 없었다.

"……!"

테엘은 순간 저도 모르게 다리에 힘이 풀려서 그 자리에 하늘하늘 주저앉았다.

이르엘 역시 급격히 힘이 빠졌는지 뒤로 후들거리며 주저앉으려 했다. 카이가 재빨리 그녀를 안았다.

"……수고했다."

"헤헤."

이르엘이 활짝 웃었다. 카이는 그녀의 머리를 천천히 쓰다듬으며 부축해 주었다.

그 모습을 가만히 보고 있던 바엘라의 표정에 변화가 생겼다.

이제껏 절망 속에서, 아무런 표정도 지을 수가 없었다. 그러나 이제는 희망이 생겼다.

가장 잔혹한 방식이라 해도, 그녀에게는 그것이 희망이었다. 자신의 영혼을 파괴하고 대신 얻을 수 있는 사랑이라 해도…….

"좋아."

바엘라가 고개를 끄덕였다.

"계약하겠어. 너의 이름은?"

"나는, 어둠의 일족, 라브노크."

"……로인을 이길 수는 있겠어?"

"너와 계약하게 되면, 문령술사의 부족한 마나를 보충할 수 있겠지. 그렇게 된다면 내 전력을 이 땅 위에 끌어낼 수 있다."

"……."

이윽고 바엘라는 천천히 고개를 끄덕였다.

"카이를 내게 줄 수 있다면……."

"크하하하!"

라브노크는 크게 웃음을 터뜨렸다.

'마, 말도 안 돼!'

사벤은 지금 자신의 귀를 믿을 수가 없었다.

'한낱 인간 때문에 드래곤이 영혼을 팔아? 마족과 계약을 한다고?'

도무지 믿을 수 없는 일이었다. 만약 책 속에서 이런 일화를 보게 된다면, 아무리 진실의 감별사라는 문령술사인 자신이라 해도 믿지 못할 거라고 사벤은 생각했다.

"조용한 곳으로 이동하자."

"……좋아."

바엘라가 나직하게 대꾸했다.

조용해진 지금, 그녀의 목소리는 누구라도 들을 수 있을 정도였다. 테엘은 가만히 앉아 숨을 고르다가 그녀를 홱 돌아보았다.

"야! 갑자기 뭐가 좋다는 거냐?"

그러나 바엘라는 그런 테엘을 깨끗이 무시한 채 카이를 바라보고 있었다. 카이는 그녀를 신경 쓰지도 않은 채 이르엘을 부축하고 그녀를 보듬어 안고만 있었다.

"다음에 나를 보면…… 지금처럼 외면할 수는 없을 거야, 카이……."

카이의 어깨가 가볍게 움찔거렸다. 그러나 그는 결코 뒤를 돌아보지 않았다.

"……한 번만…… 나를 봐 줘. 지금. 부탁이야."

마족에게 영혼을 판 드래곤은 마룡이 된다. 본래 타고난 속성은 모두 마기가 되어 버린다. 모습이 변한다. 지금의 자신으로 그를 대할 수 있는 건 지금뿐이었다.

"……카이……."

그가 자신을 본다면, 그렇다면 영혼을 팔지 않을 생각이었다. 마족 따위는 무시한 채 레어로 돌아가 수면기에 접어들 생각이었다. 비록 자신이 꿈꿀 수 있는 것은 서글픔이 전부라 해도, 시간이 흐르면 카이는 이 땅에 없을 테니까.

그러나 카이는 끝내 뒤돌아보지 않았다.

바엘라는 그래서 환하게 웃었다.

"……그래. 어차피 이것도 핑계겠지."

그녀는 몸을 천천히 본체로 되돌렸다. 허공에 피어난 블루 드래곤의 모습에 테엘은 이마를 찌푸렸다.

"……비늘이, 바엘라, 너……."

화사하면서도 투명할 정도로 아름답던 예전 블루의 모습은 이미 곳곳의 비늘이 빠지고 상처 입은 모습이 되어 있었다.

그리고 바엘라는 순식간에 하늘 높이 날아올라 사라졌다.

카이는 그 흔적조차도 바라보려 하지 않았다. 대신 그는 걱정스러운 표정으로 이르엘의 안색만 살필 뿐이었다.

"오늘 정말 수고했다. 고생했어."

테엘이 그 옆으로 데굴데굴 굴러왔다. 일어날 기력도 없다는 듯이. 그리고는 카이의 발목을 툭 걸어찼다.

"어이, 임마. 너 그래도 바엘라 한번 봐 주지 그랬냐. 꽤 상심해서 피골이 상접했는데."

"그런 철부지를 보살필 정도로 여유 있는 상황이 아니었잖아."

"그, 그렇긴 하지만……."

테엘이 한숨을 푹 내쉬었다.

카이 역시 평원을 바라보며 한숨을 내쉬었다.

"바닷물에 평원이 모두 젖어 버렸군. 몇 년이나 갈까……."

"아니, 바닷물 염분 등은 역시 자연의 조화대로 다른 곳으로 갔을 거야. 땅속 깊숙이 가라앉았을 수도 있…… 까아!'

카이가 저도 모르게 이르엘을 확 끌어안았다. 그 결에 그녀가 비명을 지르자 카이는 나직하게 웃음을 터뜨렸다.

그 화기애애한 모습을 보면서 테엘은 그들 사이를 갈라놓고 싶은 강렬한 유혹에 시달렸다.

"역시 쌍쌍이 붙어 다니는 것들은 예의가 없다니까. 드래곤이 이렇게 바닥에서 지쳐 누워 계시는데 지들끼리 좋은 짓만 하고…… 얼씨구나? 좋냐? 세상이 다 니들 것 같지? 에라……."

뺄하임은 히죽 웃었다.

"테엘 님, 전혀 듣고 있지 않은데요."

"왜, 너도 보고 있으니 마냥 좋으냐? 보는 것만으로도 세상이 환해 보여?"

테엘은 단박에 대꾸했다. 그의 말에 벨하임은 단숨에 무너졌다.

"사, 사실 부러워 죽겠어요. 크흑."

"에효⋯⋯."

테엘은 그 한심한 대꾸를 듣고는 카이를 타박할 의욕마저 잃어버렸다. 대신 그는 어느 정도 몸을 추스른 후 일어나서 성벽 밖을 내려다보았다.

"뭐가 좋다고 어머나 좋아라 호호헤헤 거리는 거냐? 다른 건 전혀 신경 안 쓰이냐? 예를 들면, 지금 너희가 헤헤거릴 때가 아니라⋯⋯."

다음 순간 테엘도 헤벌쭉 웃고 말았다.

마물들의 시체는 더 이상 보이지 않았다.

'조화⋯⋯인가!'

마물, 마족이란 존재는 이 세상에서 허용되지 않는 것.

'엄청나군⋯⋯.'

소멸의 순리보다는 공격력이 떨어질 거라 생각했지만, 오히려 더 무서운 힘으로 마물들을 치워 버리지 않았는가.

'다음에는 이걸 써먹으면 되겠는데?'

테엘이 환하게 웃으며 이르엘을 돌아보았다.

"⋯⋯이르엘, 정말 잘⋯⋯."

그러나 뒤에 이어질 말은 금세 쏙 들어갔다. 대신 그는 다시 툴툴거렸다.

"그새를 못 참고 붙어먹냐? 암마, 너 공작이라며? 다른 때는 그렇게 지엄하게 짱짱거리더니만, 성벽 위에서 사람들 다 보는 통에 뭐 하는 짓이야!"

길고도 달콤한 키스.

연인의 키스는 그렇게 성벽 위에서, 아침인 양 밝아 오는 하늘을 배경으로 오래도록 이어졌다.

＊　　　＊　　　＊

"언령이라……."

세상 모든 종족이 태어나면서 주신에게 언령을 받았다. 때문에 언령은 신성력이다.

그러나 가장 현명하고, 주신에게서 직접 태어난 드래곤만이 그들의 언령을 유지했다. 엘프족에서는 하이 엘프만이 노래의 형태로 언령을 유지했다.

인간은 가장 불완전한 존재였다. 그들은 또한 불완전한 문자의 형태로 언령을 이어 나갔다.

마족에게는 언령이 주어지지 않았다. 태어나고 자라는 것조차 주신이 알지 못했고, 알게 된 후에는 이미 늦었기 때문이었다.

라브노크는 팔짱을 낀 채, 깨끗해진 평원을 바라보았다.

"이건 좀 심하군."

"절대적인 의지로 행해지는 거니까."

"알고 있다. 하지만 이미 벌어진 일까지 모른 척하자고? 이미 널려 있던 시체들까지 없던 걸로?"

"더러운 어둠은 태양 아래 사라지기 마련이니까."

바엘라가 조용한 목소리로 끼어들었다. 라브노크는 그 말에 웃으면서 바엘라의 어깨를 툭 건드렸다.

"이봐, 이봐, 드래곤 양. 너무 심하잖아, 그 말은!"

"손……대지 마라."

바엘라가 낮은 목소리로 경고했다.

라브노크는 히죽 웃었다.

"아무렴. 앞으로는 손대지 않도록 하지. 앞으로 같은 길을 걸어야 하지 않겠나."

바엘라는 그 말에 라브노크를 가만히 바라보았다.

아무것도 남아 있지 않은 눈동자. 감정이라곤 모두 지워 버린 것 같았다. 천리 길을 한숨에 달려온 것처럼, 탈진한 사람이나 지을 만한 눈빛이었다.

그러나 마족의 구미를 확 끌어당기는 눈빛 아닌가?

라브노크는 으흐흐, 하고 웃었다.

"자, 어디로 갈까? 원하는 곳이라면 어디든 가서 원하는 대로 해 주마!"

그는 선심 쓰듯 말했다.

바엘라는 망설이지 않고 대답했다.

"로인."

"……응?"

"그곳을 남김없이 박살 내고 싶어."

"허, 그래? 하지만 그곳에는 용신 로잉루의……."

"거기도."

바엘라의 말에 라브노크는 해죽 웃었다.

"원하시는 대로."

란펜의 평원 건너편, 세 사람의 그림자가 사라진 것을 눈치챈 자는 아무도 없었다. 심지어 세상을 밝게 비추는 태양까지.

그들은 이제 모두 어둠의 일족이었으므로.

SWORD OF DRAGON LOAD

제9장

푸르름에서 어둠으로

"……에 대해 숙지하고, 이에 대해……."

라브노크가 무어라무어라 중얼거린다.

그러나 들리지 않는다.

바엘라는 아무것도 들을 수가 없었다.

"……그러므로 블루의 일족 ……."

그 말이 들려왔을 때, 바엘라는 저도 모르게 흠칫 몸을 떨었다. 그러나 그뿐이었다. 그녀는 다시 공허한 눈으로 앞을 바라보았다.

아무것도 보이지 않고, 아무것도 들리지 않았다. 백 년의 하루하루마다 울었던 것처럼 머릿속이 멍하고, 두 눈이 아팠다.

'카이.'

마음속에는 그 이름만 떠올랐다.

'카이, 구해 줘.'

자신이 잘못된 길로 가고 있다는 건 알고 있었다.

주변의 사물이 점점 검게 물들어 가고 있었다.

바엘라는 두려웠다. 겁이 났다. 영혼이 서서히 죽어 가는 듯 그녀의 온몸이 죽어 가는 것이 느껴졌다.

'카이.'

그런데도 떠오르는 이름은 하나뿐이었다.

그녀의 화사한 푸른색 머리카락이 점차 검게 물들어 갔다. 눈에 보이는 아름다운 정령들이 그녀를 보며 도망쳤고 그 자리를 어둠의 기운이 대신 채웠다.

죽음이 보였다. 썩어 가는 나무가 눈에 들어왔다. 그림자에 채워진 어둠의 정령들이 보였다.

아름답게 노래 부르고 하하호호 손잡고 춤추던 세계와는 전혀 다른 어둠이 지금 세상에 가득 차 있었다.

바엘라는 눈을 깜빡였다. 그러나 달라지는 것은 없었다.

인간이라면 이런 변화에 쉽게 적응할 수 있을지도 모른다. 그러나 드래곤은 달랐다. 그들에게는 세상의 변화가 너무나 크게 와 닿았다. 지금 당장이라도 미칠 수 있을 만큼.

'……카이.'

바엘라는 이제 눈물을 흘릴 수가 없었다. 당장 눈물이 흘러내려서 얼굴이 젖을 것 같은데도, 눈물샘이 막힌 듯 터지지 않았다.

"미치지 않는군. 좋아."

라브노크는 만족스러운 표정으로, 손뼉을 짝 치고는 그의 일행을 돌아보았다.

"시작해 볼까?"

그들의 앞에는 엘프들의 숲이 펼쳐져 있었다.

200년 만에 재생된 숲……!

과거 테엘이 태운 후, 엘프들이 흘린 피 때문에 다시는 숲이 되지 못했던 사막지대.

그러나 지금은 달랐다. 하이 엘프인 이르엘에게서 가르침 받은 노래는 숲의 신께 간청을 올리는 노래였다.

이르엘이 떠난 후에도, 숲에 모여든 엘프들은 계속해서 노래를 불렀다.

숲 한가운데의 길을 제외하면 인간들의 접근은 허용되지 않았기 때문에 엘프들은 만족했다. 그래서 그들은 숲을 되살리기 위해 열심히 움직였다.

이제 겨우 엘프들의 숲이 수줍은 초록색으로 뒤덮였을 무렵.

그날 아침.

정령들의 행동이 이상했다. 엘프들은 그러한 사실을 쉽사리 눈치 챌 수 있었다.

정령들은 보통 때와는 달리 사방, 정확히는 남쪽에서 달려와 동서 북쪽으로 마구 달려가고 있었다.

몇 그루의 나무들이 뒤집힐 정도로 거친 바람의 정령들의 행차에 엘프들은 놀랐다.

"무슨 일이지?"

"무슨 일이 벌어지는 거야?"

"지진인가?"

"신이 노하신 건가?"

그러나 아무도 정확한 이유를 알지 못하던 중.

운다흐를 비롯한 나이 많은 엘프들의 얼굴이 천천히 창백해졌다. 그들은 이와 흡사한 일을 이미 한 차례 겪은 적이 있었다.

드래곤처럼 정확한 기억력을 갖고 있지 않더라도 잊으려야 잊을 수 없는 과거의 하루가 그들의 뇌리를 동시에 스쳤다.

'……아냐, 다르다. 뭔가 달라.'

운다흐는 그 차이를 분명히 떠올렸다.

그때는 좀 더 고요했다. 정령들이 겁에 질렸지만 이 정도로까지 도망치지는 않았다.

그때는 마치 폭풍의 눈이 다가오는 것처럼, 그래서 그 폭풍만 버티면 살 수 있다는 듯 정령들은 숨죽였다.

그런 긴장감 아래 테엘이 갑자기 폭풍처럼 닥쳐왔던 것이다.

그러나 지금은 달랐다. 정령들의 행동은 마치 지금 당장 피하지 않으면 죽는다는 듯싶었다.

그 정도로 격렬하고도, 간절하게 도망치는 모습에 운다흐는 저도 모르게 소리쳤다.

"모두 도망쳐라!"

엘프들이 그를 돌아보았다.

운다흐는 격렬하게 사방을 돌아다니면서 엘프들의 등을 떠밀고 팔을 잡아당겼다. 손에 닿는 것이 나뭇가지인지 엘프들의 팔인지 의식하지도 못한 채, 잡히는 대로 마구 끌어당기면서 그는 다시 외쳤다.

"어서 로인의 영역으로 피해!"

"……자, 장로님, 대체 왜……?"

"서둘러라!"

운다흐의 모습, 그리고 정령들의 날뜀. 엘프들은 그에 떠밀려 로인으로 움직이기 시작했다.

이어 운다흐는 다른 장로들에게 향했다. 그들이 새파랗게 질린 얼굴로 물었다.

"설마 지금, 과거와 같은……."

"테엘 님이 또다시 그런……."

그 질문에 운다흐는 고개를 흔들었다. 그러나 함부로 아니라고 말할 수는 없었다.

"무슨 일인지 모르겠지만…… 피하는 게 우선이오! 서둘러 로인 공작의 영지로 들어가서, 가능하다면 용신의 신전 안에 머무시오. 설령 테엘 님이 미쳤다 해도, 그곳이라면…… 안전할지도."

"인간들은 어떻게 하고요?"

다른 장로의 물음에 운다흐는 잠시 망설였다.

"그들에게 경고를 해 주기만 하시오. 그들의 움직임까지 책임질 수는 없으니까."

지극히 엘프다운 발상. 그나마 경고를 해 준다면 친절한 것이었다.

엘프들이 떠난 후, 운다흐는 숲 곳곳에 흩어진 다른 엘프들을 향해 서둘러 움직였다.

다른 때라면 정령들에게 말을 전해 달라고 하겠지만 지금은 그럴 수가 없었다. 정령들은 지금도 통제할 수 없을 정도로 빠르게 그의 옆을 스쳐 도망치고 있었다.

그는 할 수 있는 한 빠르게 숲을 달렸다. 엘프들이 간간이 보일 때마다 동족들을 피난시켰다.

그렇게 숲을 빠르게 뛰어가던 중.

정령들의 질주가 멈췄다.

더불어 숲 저 끝에서부터 무서운 소리가 아스라이 들려왔다. 아 아, 하는 여인의 낮은 흐느낌과도 같은 것.

'……시작……이다!

과거와 너무나 똑같아서, 운다흐는 순간 자신이 꿈이라도 꾸는 게 아닌가 생각될 정도였다.

고요해지고, 저 멀리서부터 천천히 다가오는…… 파괴음!

그리고 하늘이 예의 어둠으로 덮였다.

운다흐는 몸을 떨었다. 그는 자신도 서둘러 몸을 피해야 한다는 것을 알고 있으면서도, 그렇게 할 수가 없었다.

하늘을 가득 채운 것은 마족의 기운이었다.

그리고 그 가운데는 다크 드래곤이 있었다.

블랙 드래곤과는 달랐다. 흙의 기운이 강한 블랙 드래곤은 기름 진 흙빛에, 까맣고 생기에 넘쳤다.

그러나 다크 드래곤은 그들과는 달리, 검은 비늘에서는 윤기 하나 흐르지 않았고 군데군데 그런 비늘조차 없기도 했다.

게다가 무엇보다 눈빛이 블랙 드래곤과 달랐다. 다크는 검은 눈 자위에 붉고 날선 눈동자를 지녔다.

운다흐는 그것을 보고 몸이 굳었다.

그는 어떻게 된 일인지 정확히 알 수가 없었다. 단지 숲의 신을 부르짖는 일 외에는 아무것도 할 수가 없었다.

사방에서 들려오는 것은 숲이 파괴되는 소리뿐이었다. 엘프들이 빠르게 도망친 후라 그나마 다행이었다.

나무가 뽑히고, 그 자리에 뿌리를 드러낸 나무들은 마기의 영향을 받아 새로운 죽음의 숲을 만들기 시작했다. 뿌리가 서로의 몸을 조여들고 생기를 빨아먹어 까맣게 타 들어가고……!

숲이 생기면서 찾아들었던 몇몇 동물들 역시 마기의 침범에서 도망치지 못했다. 새들은 깃털을 잃고 까맣게 변해서 늘어진 살점으로 기괴한 죽음의 노래를 부르며 검은 하늘을 가로질렀다.

라브노크가 바엘라의 뒤를 따르면서 즐거운 듯 웃음을 터뜨렸다.

"몽땅 박살 내는 거다! 크하하하! 이깟 엘프들의 둥지 따위!"

"……."

그 자체가 하늘인 양, 푸르고도 아름다워서 하늘의 날개라 불리던 바엘라의 날개는 지금 검게 타들고 위축되어서 어떻게 하늘을 나는지 의아할 지경이었다.

바엘라는 그 날개로 숲을 가로지르고 발끝에 스치는 나무들을 뽑아내며 입으로는 브레스를 내뿜었다.

그저 기계적으로 숲을 박살 낼 뿐이었다. 아니, 솔직히 지금 그녀가 박살 내는 것은 숲이 아닌 이르엘이었다.

'카이……!'

그것은 그녀가 카이를 부르면서 할 수 있는 최대한의 반항이었다.

"숲을 다 박살 내는 거다! 좋아! 정말 좋아!"

라브노크가 머리 위에서 뭐라고 떠들어 대도 그녀에게는 들리지 않았다. 라브노크도 그런 건 신경 쓰지 않았다.

운다흐는 몸이 굳어서 꼼짝할 수 없었다.

드래곤만 해도 두려운 존재, 거기에 다크 드래곤이라니……!

다크 드래곤의 날개 아래 숲이 파괴되었고, 그것은 이제 곧 운다흐를 덮칠 듯 가까이 닥쳐왔다.

피할 곳은 어디에도 없었다.

바엘라의 날개 뒤로, 어둠이 펼쳐졌다……! 다크 엘프들에게나 어울릴 죽음의 숲이 되어 가고 있었던 것이다.

운다흐가 이제 곧 나무들 사이에서 모습이 발각당해 죽을 거라 생각하고 있던 그 때.

쉬이이잉―!

드래곤의 날개가 다가오는 소리가 들렸다. 운다흐는 겁에 질려 눈을 크게 떴다.

바엘라의 눈과 운다흐의 두 눈이 똑바로 마주쳤다.

'죽었구나!'

운다흐는 그렇게 생각하고 눈을 질끈 감았다.

쉬이이익―!

머리 위를 스치는 세찬 바람 속에서 죽음의 냄새가 풍겼다.

"……?"

운다흐가 예상한 것들, 그러니까 당장 그의 몸을 뒤덮을 브레스나 그의 몸을 갈기갈기 찢는 드래곤의 발톱 같은 건 없었다.

운다흐는 조심스럽게 눈을 떠 보았다.

그의 주변 숲이 꺼멓게 물들어 가는 것이 보였다. 그리고 멀어져 가는 다크 드래곤의 뒷모습도.

'부, 분명히 눈이 마주쳤는데……!'

그렇다고 쫓아가서 왜 안 죽였냐고 물어볼 수도 없지 않은가.

운다흐는 살아난 것을 다행이라 생각하면서 주변을 둘러보았다. 마물이 된 숲이 그를 이물질로 인식하고는 스슥거리면서 다가왔다.

'……어차피 기뻐할 일도 아닌가……!'

로인으로 가야 할지, 아니면 란펜으로 가야 할지.

란펜으로 가는 길에는 무수한 마물들이 깔려 있었다.

그러나 마족의 뒤를 따라가는 것보다는 낫다…….

운다흐는 결심을 굳히고, 발길을 돌려 란펜을 향해 뛰기 시작했다.

*   *   *

"마물이 다시 올 거라 생각하는가."

어린 황제가 애써 의연한 목소리로 물었다.

그렇게 무리하는 모습이 카이는 영 마음에 들지 않았다.

물론 질질 짜는 것 보다는 나았지만.

"모르겠습니다. 지금으로서는……."

"사벤 미네드 자작, 아니 사벤이 마족과 계약을 했다고 들었다. 그러면 어떻게 되는 건가?"

"강하면 마족이 될 것이고, 약하면 마족의 먹이가 될 겁니다."

카이는 짧게 대답했다.

모처럼의 여유. 그들은 황궁의 정원에서 갓 피어난 봄꽃을 즐기고 있었다.

란펜의 곳곳에는 봄기운이 물씬 풍기고 있었다. 그것은 로인의 축복, 로인의 승리 때문이었다.

그러한 사실을 모르는 사람은 아무도 없었다! 모두가 로인의 이름을 영광스럽게 노래하고 있었다. 다른 때라면 뒤로 헐뜯고 음해를 일삼았을 귀족까지도 하나 예외 없이!

당연한 것이, 마족을 상대로 그토록 막상막하의 실력을 보이고 실제 마족 셋을 벤 로인을 무슨 수로 음해한단 말인가?

인간족의 황제가 되는 것? 그것이 목적이었다면 진작 되고도 남았다.

아니, 되는 편이 낫다! 그렇게 강한 사람을 황제로 모시지 않는다면 인간이라는 종족이 얼마나 우매한지를 보여 주는 증거가 될 것이라고 공공연히 이야기가 떠돌고 있었다.

카이는 그 이야기에 대해서 일체 반응을 보이지 않았다. 그러나 그는 대신 날마다 황제 앞에서, 지나칠 정도로 딱딱하게 예의를 갖췄다.

단둘만 있을 때를 제외하고는.

황제 앞에서 카이는 다소 의연하고 오만한 자세를 취했다.

"그렇다면, 다음에 사벤이 어디에 나타날지는……."

"어쩌면 로인이 아닐까 생각합니다만, 로인은 괜찮을 겁니다."

"어째서인가?"

"그곳에는 용신의 신전이 있으니까요. 로잉루의 가호가 아니더라도 드래곤들이 전쟁에 참여하는 데 도움이 될 겁니다. 제가 아직 떠나지 못하는 이유도 그것입니다."

카이는 그렇게 말하면서 어린 황제를 가만히 바라보았다.

카이의 눈빛을 처음 받는 사람들은 보통 겁을 내곤 했다. 세상을 오만하게 내려다보는 듯, 강한 눈빛이 속속들이 들여다보려는 듯이 뚫어져라 바라보기 때문이었다.

지금 황제를 바라보는 눈빛 역시 그랬다. 오만하고, 당당했다. 강하고도 세상을 속속들이 들여다보려는 그런 눈빛이었다.

"란펜에는 그런 보호장치가 하나도 없습니다. 사벤은 당연히 로인을 공격하리라 생각합니다. 하지만 그라면 의외의 장소를 공격할지도 모릅니다. 때문에 아직까지 란펜을 떠나지 못하고 있습니다만…… 곧 무슨 연락이 오겠지요."

"하지만 영원히 란펜에 있지는 않겠다고 하지 않았나?"

황제가 걱정스러운 듯 물었다.

"곧 로인에 돌아갈 것이라고……."

"가야지요."

카이는 그렇게 말하면서 황제를 가만히 바라보았다.

황제는 정말 하고 싶은 질문을 계속 참고 있었다. 카이는 그것을 재촉하지도 않았고, 못하도록 하지도 않았다. 그냥 차를 한 모금 마시고 황궁의 정원을 바라볼 뿐이었다.

그의 눈은 자연을 감상하는 것 같았지만, 사실 사벤과 그의 술법에 대해 생각하고 있었다. 어떻게 하면 그를 붙잡을 수 있는가.

어떻게 하면 그를 죽일 수 있는가.

황제가 나지막하게 물어본 말에, 카이는 상념에서 깨어났다.

"……그대가 없으면, 제국은…… 무너질 것이라고 태사들이 말했다. 그 말이…… 사실인가?"

카이는 진지한 얼굴로 황제를 향해 조금 다가가 앉았다. 그는 너무나도 쉽게 둘 사이의 대리석 탁자를 밀어 치웠다.

"……폐하."

카이가 소년을 향해 조심스럽게 말을 꺼냈다.

"폐하께서는 평민들을 만나 보신 적이 있습니까?"

"……있다. 벨하임 경이 평민이라고 들었다."

"그렇습니다. 그렇다면 빈민을 만나 보신 적이 있습니까?"

"그건…… 없다."

황제가 눈을 동그랗게 뜨고 대답했다.

카이는 두 주먹을 무릎 위에 단정하게 내려놓은 채 황제를 바라보았다.

"그들은 인간과 흡사하지만, 인간처럼 보이지 않기도 합니다."

"그게 무슨 말인가, 로인 공작?"

"만약 지금 도성의 귀부인들에게 그곳의 아이들을 불러들여 있는 그대로의 모습을 보여 준다고 하면…… 그녀들은 몹시 놀라 비명을 지를 겁니다. 어쩌면 그들 중 몇은 기절할지도 모릅니다. 팔다리가 달린 것에서부터 모든 외형은 인간과 다를 바가 없습니다. 하지만 그들은 몹시 지저분하고, 커튼을 찢어 옷 대신 몸에 두른 것 같습니다."

황제는 고개를 갸웃거렸다. 제대로 상상이 되지 않는 모양이었다.

카이는 자신과 황제의 옷을 가리켰다.

"지금 폐하께서 입고 계신 옷과 그 장신구를 팔면, 그 아이들 수백 명에게 허름한, 그러나 모양은 제대로 된 옷이라도 입힐 수 있을 것입니다. 폐하께서 지금 드시는 이 차를 한 잔만 안 드셔도 그 빈민가 아이들은 한 달 먹을 식량을 마련할 수 있을 겁니다."

"……지, 짐은 몰랐다."

"그것이 잘못되었다고 말씀드리는 게 아닙니다, 폐하. 폐하께서 제위에 오르신 것에는 그에 합당한 이유가 있기 때문이라고 생각합니다. 예를 들면……."

카이는 오른 손바닥을 펴서 자신의 가슴 위에 천천히 댔다.

"제가 로인 공작으로 태어난 것 역시, 제가 로인 공작이 되기에 가장 적당한 사람이었기 때문이라고 저는 생각합니다."

"그렇다면……."

황제가 작은 목소리로 입을 열었다.

"짐이 제위에 오르기에 합당한 사람이 아니라 제위를 잃기에 합당한 사람이라면……. 그러면 어떻게 되는 거지?"

카이는 뜻밖의 질문에 잠시 말문이 막혔다.

'하루 날 잡아서 태사들을 족쳐야겠군. 올바른 황제로 키울 생각은 하지도 않고 그런 헛소리나 지껄인 건가?'

카이는 속으로 매우 화가 났다. 그러나 겉으로는 여전히 냉정하면서도 오만한 표정으로 말을 이었다.

"폐하는 아직 어리십니다. 어리신 만큼 더 노력하셔야 합니다. 제가 만약 어렸을 적에 포기했다면 어떻게 되었을 것이라 생각하십니까?"

"……지금의 로인은 없었겠지."

"지금의 로인은 절대로 없었을 겁니다. 저는 절대로 지금 폐하 앞에서 차를 마시면서 이런 이야기를 할 수 없었을 겁니다."

카이는 자신의 손을 들어 황제의 앞에 펴 보였다. 하루를 10년같이 힘든 수련을 거친 그의 손에는 굳은살이 박여 있었다.

"노력입니다, 폐하. 그 자리를 운명 지워졌다고 해도…… 필요한 것은 그 자리에 합당한 운명에 어울리는 사람이 되기 위한 노력입니다. 아시겠습니까?"

"……알겠네."

황제가 굳은 목소리로 말했다. 이어 황제는 조심스러운 손으로 카이의 손을 만져 보았다.

크고 거칠었다. 손가락마다 박여 있는 굳은 살 때문에 손이 아니라 돌덩어리를 만지는 것 같았다.

그러나 따뜻했다.

'오늘의 제 손을 만진 것을…… 잊지 마소서, 폐하.'

카이는 그렇게 생각했다.

'부디, 성군이 되소서.'

란펠을 떠날 시간이 다가왔다.

며칠이 지난 후의 아침.

카이는 저택을 두루두루 살폈다.

그가 태어나고, 그가 자라난 곳이었다. 비록 좋은 기억은 하나 없는 곳이었지만.

"주공, 중요한 짐은 다 챙겼습니다. 테엘 님께서도 마법을 거의 다 설치하셨다고……."

"그래."

카이는 마지막으로 자신의 서재와 방을 둘러보았다.

아무런 감회도 들지 않았다. 화려한 장신구들이 아깝지도, 큰 저택을 두고 떠나는 것도 전혀 아쉽지 않았다.

카이는 천천히 걸어 홀로 향했다. 일행이 기다리고 있었다. 그중에는 엘란 후작이 안타깝다는 표정으로 서 있었다.

"공작님……. 저택을 완전히 비우시는 건, 재고해 보심이……."

"기각."

카이가 냉정하게 잘라 말했다.

엘란은 한숨을 내쉬었다. 이미 그는 지난 며칠 동안 카이를 설득하려고 무던히 노력했다.

"로인 공작이 없는 란펜이라니요!"

"여기에 없으면 내가 로인이 아니란 말인가?"

간단한 반박에 번번이 기가 꺾이긴 했지만.

그래도 포기하지 않는 걸 보면 엘란도 어지간히 기가 센 녀석이라고 생각하며, 카이는 웃고 말았다.

처음 보는 이 부드러운 미소에 엘란 후작은 멋쩍은 듯 잠시 시선을 돌리고 헛기침을 했다.

"생각이 있다면 자네가 로인으로 오면 되지 않나? 뭐, 여름에 귀족들 이끌고 가족들 데리고 놀러 오는 것 정도는 봐 주지."

"막상 가면 관문 걸어 잠근 채 사람 무시하실까 봐 그럽니다."

"나를 손님에 대한 예의도 모르는 사람으로 생각했나 보군."

"예의야 지키시겠지요. 그 매서울 정도로 강직한 말솜씨가 무서워서 그렇지요."

"여전히 입을 쉽게 놀리는군, 엘란 후작."

그 말에 엘란은 피식 웃어 버렸다.

"……정말 찾아갈 겁니다. 내쫓아도."

"자네라면 그럴 거라고 기대하고 있네."

"……건강……하시겠지만. 건강하시길. 용신 로잉루의 모든 축복이 공작님만을 향하길."

"……자네도 잘 지내게."

카이는 그렇게 말하고, 문가로 향했다.

엘란은 차마 그가 저택을 버리는, 나가는 모습을 보고 싶지 않아 고개를 돌렸다.

현관에서 대문에 이르기까지의 넓은 정원.

그곳에는 지금 수많은 사람들이 모여들어 있었다.

아침부터 내성은, 전에는 한 번도 허용하지 않은 일을 당해야 했다. 평민들이 내성 문을 억지로 열고는 카이가 가는 것을 지켜보겠 노라고 들이닥쳤던 것이다.

때문에 그의 저택 정원에는 평민들이며 귀족들이 너 나 할 것 없이 뒤섞여 있었다.

카이는 그들을 찬찬히 둘러보았다.

"지금 그대들이 어디에 서 있는지 아는가."

카이의 추상같은 목소리에, 평민들은 일제히 서로의 눈치를 살피기 시작했다.

귀족들 역시 마찬가지였다. 카이의 성격은 이미 알려질 대로 알려져 있었다. 황제의 앞이라도 막아설 수 있는 사람!

세상에서 그 무엇에도 꺾이지 않을 사람!

먼저 카이의 질문에 응답한 것은 평민들이었다.

"아이고, 공작님!"

"이대로 가시면 안 됩니다!"

"가지 마세요! 저희를 버리지 마십시오!"

"공작님! 로인 공작님!"

수천 명의 사람들이 일제히 내지르는 소리에, 귀족들도 힘을 얻었다. 그들이 앞으로 움직이자, 평민들의 목소리가 천천히 멈췄다.

"공작님, 만약 정당한 지위에 오르지 못하신 것에 대한 실망 때문이시라면……!'

챙―!

정원에 한 줄기 은빛 바람이 스쳐 지나간 듯한 착시현상을 일으킬 정도였다.

카이의 검이 그 정도로 빠르게 뽑혀 그 말을 한 귀족의 목을 겨누고 있었다.

"지금 나에게 제위를 넘긴다면 이 자리에 있는 모두를 배신자로 간주해 처형하겠다."

순간 분위기가 싸늘해졌다.

'기껏 저 좋다고 열광하는 사람들이 나타나도 이러니……. 이러니 네 녀석이 둔하고 느려 터진 엘프랑밖에 사귈 수 없는 거다!'

테엘은 그 광경을 보면서 속으로 투덜거렸다.

카이는 사람들을 둘러보고는 검을 천천히 집어넣었다.

귀족들은 얼굴이 창백해져선 그에게서 한 발씩 물러났다. 그러나 평민들은 아직 카이에 대한 기대를 버리지 못한 채, 눈을 반짝이면서 그를 주시하고 있었다.

카이는 목소리를 높였다.

"……나, 카이젤 아민 라 로인이 란펜의 백성들에게 고한다!'

그의 목소리가 도성 전체로 퍼져 나갔다.

내성에 들어오지 못한 백성들도, 그의 저택으로 달려오지 않은 귀족들도 모두가 고개를 들었다.

"나는 나의 영지 로인으로 돌아간다……! 그러나 약속하건대, 영명하신 황제 폐하와 이 라페드 제국에 또다시 변고가 있을 때, 나 카이젤 아민 라 로인은 되돌아올 것이다! 나는 라페드 제국의 영원한 신민으로서 그대들에게 약속하겠다!"

일순간 정적이 감돌았다.

"공작님!"

"로인 공작님!"

그의 힘차고 짧은 연설에, 모든 사람이 그의 이름을 부르짖었다. 가지 말라고 할 수는 없지만, 그들의 마음을 모두 담아서!

그 가운데 황궁에서 저택 쪽으로 기사 한 사람이 전속력으로 달려왔다.

"잠시만 기다리십시오, 로인 공작님!"

사람들의 함성에 묻혀 그 기사의 목소리는 들리지 않았다.

그러나 이윽고, 뒤쪽에서부터 천천히 함성을 멈추었다.

카이가 눈을 가늘게 뜨고는 기사를 바라보았다.

"뭐지, 저건?"

"……폐하가 오고 계시다."

카이는 기사의 뒤쪽에 따라오는 행렬을 보고는 그중 소년의 얼굴을 구분해 냈다.

"멈추십시오, 로인 공작님!"

기사가 목청을 높여 외쳤다.

"폐하께서 공작님을 뵙고자 하십니다!"

평민들이 술렁거렸다. 그리고 곧 하나하나 그 자리에 무릎을 꿇기 시작했다. 귀족들 역시 마찬가지였다.

환호성과 열의는 이내 오간 데 없이 사라졌다. 황제 앞에서 무슨 일인지 궁금해 하는 기색이 역력했다.

황제와 친위대가 저택 안까지 말을 타고 순식간에 들어섰다. 카이는 말에서 내리는 황제의 앞에서, 한쪽 무릎을 가볍게 꿇었다.

"지, 짐이 늦지 않아 다행이다."

"……이미 며칠 전에 인사를 드렸사온데……."

카이는 그렇게 짧막한 말로 무슨 일인지를 물었다.

황제는 상기된 얼굴로 카이의 어깨 위에 한 손을 얹었다.

"짐은 로인 공작의 그간 공적을 생각하고, 그대가 지금 중대한 싸움을 하러 간다는 것을 알고 있노라. 하여 떠나는 그대에게 짐이 보일 수 있는 가장 큰 성의를 가지고 왔노라."

황제는 그렇게 말하면서 카이의 두 손을 잡아 이끌었다.

물론 황제가 잡아끈다고 일어날 수 있을 리가 없었다. 작은 소년의 몸에서 나올 수 있는 힘으로 카이를 어찌 움직일 수 있을 리가 없지 않은가.

그러나 카이는 그에 맞춰 천천히 일어났다. 그 의미를 아는 자들의 얼굴이 환해졌고, 의미를 모르는 자들도 덩달아 좋은 분위기에 술렁거렸다.

카이는 황제를 가만히 내려다보았다.

황제 앞에서 서 있을 수 있는 것은, 일국의 왕뿐.

제국의 신하로 왕이 되었다는 의미는······.

황제는 약간 떨리는 목소리로, 그러나 힘차게 외쳤다.

"이제부터 그대를 로인 공왕으로 임명하노라!"

"우와와와!"

"로인 공······왕 만세!"

"로인 전하 만세!"

그 자리에 있던 사람들이 일제히 기뻐하며 외쳤다. 기쁨의 함성 가운데, 카이만이 홀로 무표정하게 어린 황제를 내려다보았다.

기뻐해야 할지, 슬퍼해야 할지.

어쩌면 운명의 궤도라 해야 할지.

그토록 많은 사람들이 공왕의 지위에 올려 주겠다고 자신을 회유하더니, 결국 공왕의 지위에 오른 것이었다.

'어쩌면 당연한 일이겠지. 나는······.'

카이의 얼굴에 비로소 미소가 피어났다.

'그 정도로, 이제 나는 강해진 것이다······.'

카이는 황제 앞에 다시 무릎 꿇었다.

"옥체를 보존하소서, 폐하. 모쪼록 모든 일에······."

"그대 없이 이 제국을 어떻게 이끌어 가야 할지 모르겠지만······ 적어도 그대가 제국의 곁에서 항상 우리를 주시할 것임을 의심하지 않을 것이오. 짐은 그대가 나에게 보여 준 진심 어린 충고를 한시도

잊지 않을 것이오."

황제가 그렇게 중얼거렸다. 카이는 고개를 끄덕였다.

황제는 다시 손을 뻗어, 카이의 손을 만져 보았다.

"언젠가 짐 역시, 그대처럼 강인한 이름으로 제국의 기상을 다시 드높일 것이오."

"그때를 기다리겠습니다."

카이가 웃으면서 대답했다.

그리고 일어섰다. 언제나 그렇지만, 그의 일행은 단출했다. 인간 셋에 엘프, 드래곤 하나씩을 포함한 다섯 명.

그러나 마음만 먹는다면 그들 다섯으로도 이 대륙을 재패할 수도 있으리라.

카이는 테엘을 바라보며 그의 옆으로 향했다.

테엘은 신성력을 갈무리하면서 그답지 않게 진지한, 사제다운 표정을 짓고 있었다.

"……가자."

카이가 말하자 테엘은 고개를 끄덕이며 로인 저택과 란펜을 바라보았다.

"간다! 로인으로! 이동."

용언의 절대적인 능력이 발휘되면서, 카이의 모습은 순식간에 그곳에서 사라졌다.

황제는 눈을 깜빡거렸다. 황제의 마음이 어땠는지를 밝힌 문헌은 어디에도 없었다.

후대에 이르길, 이 어린 황제는 라페드 제국의 부흥과 스스로의 수련에 힘을 쏟았으며, 좋은 황제라는 평가를 받았다고 한다.

눈을 떴을 때, 그곳은 지옥이었다.

이동 능력으로 그들이 이동한 곳은 로인으로 들어가는 입구.

네크시아라의 평원은 이미 푸르게 물들어 있어야 했다. 엘프들이 살기 위해서, 인간을 위해서.

하지만 지금 그곳은 다시 마물의 침입으로 엉망이 되어 있었다.

이르엘은 땅 위에 철퍼덕 주저앉았다.

"로인에서 연락은?"

그 짧은 물음에 테엘은 고개를 흔들었다.

"알기로는 두 분이 따로 계신 것 같은데…… 어디에서 막고 있는지는 모르겠다. 관문 쪽은 언령에 대비한 방어막까지는 없으니까, 사벤이 마음만 먹는다면 뚫고 들어갈 수 있었겠지."

"모드 님도 길길이 뛰고 계시겠군."

"드워프들은 적어도 피해 입지 않았을 거야, 뭐…… 우리는 인간보다는 드워프에 대해서는 꽤 보호하려고 하니까 말이지."

테엘이 멋쩍은 듯 대꾸했다.

카이는 이르엘의 옆으로 갔다. 그녀의 어깨를 조심스럽게 쓰다듬자, 이르엘은 두 손 가득 거친 흙을 주워 담고는 한숨을 푹푹 내쉬었다.

"……엘프들의 피해는? 느껴지나?"

"아니."

이르엘은 고개를 흔들고는 좀 더 머리를 들어 주변의 냄새를 맡으려 했다. 그러나 이내 이마를 찡그리며 고개를 흔들었다.

"마물의 냄새가 너무 강해. 아직까지는 모르겠어."

"일단은 여기를 정리하고 가느냐, 곧장 로인으로 가느냐……."

"마물들은 아무것도 아냐. 엘프가 노래 한 번 부르면 끝이지. 곧장 로인으로 가자. 곧장 신전 안으로 이동한다."

테엘의 말에, 카이는 잠시 어처구니가 없었다.

이동은 어디까지나 테엘의 책임이었다.

"……그럼 왜 여기에 온 건가?"

"……적을 알고 접근해야지. 어차피 시간 낭비할 일도 없는데 이렇게 된 거 무슨 상관이라고?"

"정말이지, 가끔 네 머릿속을 해부해 보고 싶을 때가 한 두 번이 아니라는 건 알고 있나?"

"어쭈? 개기는 건가? 해 보고 싶다고?"

"……됐다. 어서 로인으로 가자."

카이가 성질을 꾹 누른 채 대답하자, 테엘은 뒤돌아서서 구시렁거렸다.

"네크시아라는 자기 땅이 아닌가, 뭐 괜히 저렇게 난리야, 난리는……."

"……테엘! 어서 이동!"

"알았어, 알았어! 다들 붙어! 이……!"

"잠깐만요!"

이르엘이 갑자기 소리 지르는 바람에 테엘은 화들짝 놀랐다.

"뭐, 뭐야?"

"……뭔가가 와요."

"마물인가!"

카이가 매섭게 외치면서, 일행의 가장 앞에서 검을 뽑아 들었다.

이르엘은 진지한 표정으로 고개를 흔들었다.

"아니, ……엘프예요!"

"뭣?"

"엘프가 도망치고 있대요. 며칠 동안이나……!"

"어느 방향인가?"

카이의 물음에 이르엘은 다시 눈을 감고 정신을 집중했다.

그러는 사이, 테엘은 한숨을 푹 내쉬고는 이르엘의 뒤통수를 가볍게 내리쳤다.

"그냥 조화의 주문 한 번 외워, 이 애송이야."

이르엘이 잠시 당황해 허둥댔다. 그녀는 빨개진 얼굴로 잠시 정신을 가다듬고는 입을 열었다.

고운 목소리의 조용한 음조가 흘러나왔다.

"*신의 이름 아래 태어난 세상 모든 것의 조화여, 지금 이 자리의 혼돈에 당신의 가지를 뻗어 그 신의 이름에 반하는 당신의 적을 끌어안으니, 세상의 조화여, 이제 이곳에 강림하소서.*"

그녀의 목소리가 터짐과 동시에, 주변 숲을 향해 엄청난 속도와

힘으로 흰빛이 터져 나갔다.

썩어 가는 마물의 숲이 그 대상이라 그럴까?

숲의 신이 내린 그 노래는 더 강하게 주변으로 퍼져 나갔다. 흰빛
이 가 닿는 곳마다 정령들이 새로운 형체를 부여 받아서 피어나는
모습이 언뜻 보일 정도였다.

새로이 피어난 정령들이 흰빛의 앞뒤에서 사방으로 퍼져 나가면
서 조용히 입을 벌렸다.

그 노래가 시작되자, 이르엘은 물론 달콤한 노래와는 거리가 먼
네 사내들조차 귀를 기울였다.

허밍과도 같은, 그러나 너무나도 조용하면서도 평화로운 노
래……! 그 목소리에 담긴 기쁨이 얼마나 활기찬지 귀를 기울이지
않을 수가 없었던 것이다!

생명의 기쁨이자 생명의 기적에 대한 노래! 정령들이 그렇게 사방
으로 힘을 뻗으면서 숲을 다시 일궈 낼 때.

그렇게 뻗어 나간 노래의 언령 끝에, 한 사내가 지친 채 얼떨떨하
게 앞을 바라보고 있었다.

"……."

운다흐였다.

마물을 뚫고 그들의 영역을 벗어나려 마음먹은 것은 어찌 보면
바보 같은 선택이었다고, 운다흐는 이틀이 지난 후에야 후회했다.

그렇지만 그는 이미 숲을 거의 다 건너왔다. 그야말로 목숨을 걸

고 전속력으로 뛰어온 결과였다.

남은 길을 더 건너가는 길밖에 선택이 남아 있지 않았다.

마물과 다크 드래곤을 만나고 며칠이나 흘렀던 걸까?

마물의 숲은 태양빛도 들지 않고 어둠만이 가득했다. 체력까지 바닥에 이르자 정신이 몽롱해지면서, 운다흐는 자신이 며칠째 잠도 자지 않고 물도 먹을 것도 없이 뛰었는지를 잊어버렸다.

그저 여기에서 죽었다간 마물이 된다는 생각에, 엘프의 본능에 의지해서 걸음을 앞으로 내딛을 뿐.

'며칠이나 흐른 걸까? 어디까지 가야 하지?'

문득 최악의 생각이 그를 사로잡았다.

'혹시 전 대륙이 마물의 손에 들어간 건 아닐까?'

그러면서도 그는 걸음을 옮길 수밖에 없었다.

그러던 중, 갑자기 눈앞이 환해졌다.

며칠이나 흘렀는지, 지난 시간 동안 거의 눈에 띄지 않던 정령들이 갑자기 그를 향해 산들바람, 아니 강풍이 되어 쏟아졌다. 어디에서 왔는지 모를 신비한 생명의 노래를 실은 채로.

"……!"

그리고 그의 눈앞에는, 마치 기적처럼 이르엘이 서 있었다.

운다흐의 눈시울이 금세 붉어졌다.

"이르엘 님……!"

"어라? 저 늙은 엘프는 여기에서 또 뭘 하는 거야?"

운다흐는 그제야 이르엘의 옆에 선 테엘을 알아채고는, 안색이 크게 변했다. 한편으로는 안도한 기색이 스치기도 했다.

"……다, 다행이군요, 테엘 님. 진심으로 걱정했습니다. 정말로……."

"뭐야? 내가 인간 사이에 있었던 걸 걱정했던 거냐? 뭘 걱정했다는 거냐?"

테엘은 그의 말을 알아듣지 못했다.

"그게……."

운다흐는 지친 표정으로 그를 바라보면서 몇 번이나 망설였다. 자신이 잘못 본 건 아닌지, 섣불리 말해도 될지 망설이는 것이었다.

"이놈의 엘프가 답답하게 구네? 무슨 일인지 썩 말해라!"

"……다크……."

"다크 엘프? 또 나타났는가?"

카이가 끼어들자 운다흐는 고개를 흔들었다.

그 순간, 테엘의 얼굴이 어두워졌다.

"……또 다른 다크……인가……?"

인간들과 이르엘은 그 말을 알아듣지 못했다.

테엘의 물음에 운다흐는 고개를 끄덕였다.

"……그렇습니다, 테엘 님. 그래서 저는…… 무슨 변고라도……."

"이놈이, 괘씸하게! 내가 아무렴 그렇게 되겠나!"

테엘이 빽 소리 질렀지만 표정은 여전히 어두웠다.

'왜 언령이동으로 겨우 이곳에 도착했나 했더니…… 극성인 마물의 숲 경계라는 의미였나? 아니, 그것보다…… 다크 드래곤이라니……!

신의 사제인 그에게는 무엇보다 큰 충격이었다.

세상에서 '다크'라는 이름이 붙는 생물에는 두 종류가 있다.

하나는 다크 엘프.

다른 하나는, 다크 드래곤이었다.

다크 드래곤은 엘프와 흡사했다. 다른 동족의 심장을 파먹거나, 헤츨링의 피를 마시거나. 아니면 마족과 계약을 맺는 가장 간단한(?) 방법도 있었다.

드래곤은 완벽한 존재이며 주신의 생명체. 때문에 마족과 계약을 맺는 경우는 정말, 정말, 정말 드물다고 봐도 무방했다.

그렇지만 지금, 아니 요즘 들어 다크 드래곤이 되어도 상관없다고 자포자기한 드래곤이 있었다.

'바엘라, 너냐……?'

그는 어떻게 반응해야 할지 알 수가 없었다.

분노가 가장 먼저, 그러나 동시에 느껴지는 것은 좌절이었다.

'바엘라, 어째서……?'

그들의 동족이 죽는다는 것은 전혀 두렵지 않았다. 자연에서 태어나 자연으로 돌아가는 것뿐이므로…….

그러나 마에 몸을 던진 동족은 어떻게 해야 하는 걸까?

테엘은 어떻게 해야 할지, 심장이 지옥으로 파고 들어가듯 막연해졌다. 무력감이 그를 사로잡았다.

"대체 무슨 일이 벌어지고 있는 거지?"

카이가 묻고서야, 운다흐는 더듬더듬 상황을 설명했다.

"다크 드래곤이…… 강림했습니다……."

"다크 드래고……."

카이의 뇌리에도 스쳤다.

카이는 확인하는 표정으로 테엘을 바라보았다. 테엘은 아직까지 멍하니 네크시아라를 바라보고 있었다. 그의 표정이 상황을 대신 설명해 주었다.

'바엘라가……?'

단 한 번이라도 시선을 향해 달라고 울던 여인.

카이는 지그시 눈을 감았다. 그녀를 어떻게 생각해야 할지 알 수가 없었다. 사랑할 수는 없지만, 여동생처럼이라면 잘 생각할 수 있으리라 생각했다.

그것도 거부하고, 철없이 사랑을 갈구하던 여인. 오로지 응석만 부리고 싶어 했던 여인.

'드래곤으로 태어났으면서도 철없이 욕심을 부리겠다는 건가. 자신의 능력으로 올바른 일을 택할 이성조차 없었다는 건가. 어째서…….'

카이는 입술을 꾹 깨물었다.

'어째서!

SWORD OF
DRAGONLOAD

제10장

빛으로

"……."

가슴 아래에까지 이르는 길고 하얀 수염이 바람에 나부꼈다. 하얗게 센 머릿결 아래, 이어지는 목과 어깨에는 근육이 불뚝했다.

그 튼튼한 팔에 흔들리지 않는 시선을 지닌 채, 어깨 위에는 무겁지 않다는 듯 도끼를 받쳐 들었다.

도끼의 날이 얼마나 예리하게 빛나는지, 언뜻 매의 눈처럼도 보였다.

더불어 그 도끼의 주인은 예리한 살기로 똘똘 뭉쳐 있었다.

바로 드워프 족의 수장, 모드였다.

그러나 그는 도끼를 휘두르지 않았다. 단지 눈앞의 녹색 결계를 질린 눈으로 바라보고 있을 뿐.

"깨지지 않는 게 확실하겠지요."

"……의심이 드는가."

"아, 아닙니다."

누구의 말이라고 의심을 하겠는가.

하물며 드워프와 드래곤의 관계라면.

절벽 위에 선 두 사내의 표정은 그렇게 밝은 편이 아니었다.

그들의 앞에 있는 마족, 라브노크!

두 드래곤의 사제는 그를 잘 알고 있었다. 풋내기 테엘이야 모를 테지만, 라브노크는 한때 마계에서 새로 마왕에 등극할 것이라고 생각되던 존재였다.

"마력이 이 정도로 강대할 수는 없어."

"그렇다는 말은, 저 인간이 그 문령술사라는 거겠지."

이따금 그들의 결계가 흔들렸다. 그때마다 드래곤들은 자신들의 내부에서 신성력이 고갈되는 것을 느꼈다.

거기에 또 다른 방향에서는 라브노크가 쉴 새 없이 마법으로 결계를 공격했다. 재빨리 마나와 병행해서 결계를 쳤지만 쉽지 않은 일이었다.

"저 인간을 묶어 둘 방법이 필요한데."

"동족을 더 불러야겠군."

그 말에 사내가 신음을 흘렸다.

"내키지 않는걸."

"이 경계를 무너뜨리면 신전까지 이동하는 데는 얼마 걸리지 않아. 신전을 무너뜨리고 싶은 거냐?"

"……."

동료의 말에 은발의 사내는 이마를 찌푸렸다.

그는 옆의 모드를 돌아보았다.

"너, 짧은 다리."

"……예."

모드는 속으로 이를 갈면서도 그 말에 공손히 대답했다.

세상 두려울 것 없는 늙은이 모드라도 눈앞의 드래곤은 모드보다 훨씬 더 나이를 먹었다. 거기에 일찍이 천년도 훨씬 전에 드래곤 사제였다는 말에 어찌 함부로 개길 수 있을쏘냐.

짧은 다리라는 말이 죽도록 싫으면서도, 모드는 뛸 수밖에 없었다. 바로 관문 아래까지.

"연락해라!"

모드는 짧게 외쳤다.

드워프들의 뛰어난 기술 아래 정교하게 쌓아 올려진…….

장작에 불이 붙었다.

장작에서 연기가 뭉게뭉게 피어올랐다. 하늘을 가로질러, 로인의 드래곤 신전으로 연락이 닿았다.

지원이 필요하다는 연락이었다.

모드는 다시 죽어라 뛰어 관문 위로 뛰어올랐다.

"연락을…… 헥헥…… 보냈…… 헥, ……습니다."

"어서 오면 좋겠군."

동료의 말에 은발 사내가 이마를 찡그렸다.

그러나 그들은 흔들림 없이 관문을 방어했다.

신전에서는 봉화를 기다리고 있었다.

인간들은 로인 각지에 알아서 숨어 있었다. 그들은 이런 상황이 마치 당연하다는 듯이 각지로 숨어 들어갔다.

드래곤조차 인기척을 느낄 수 없을 정도로.

드래곤들은 본체를 갖춘 채 신전 안에서 서로를 멀뚱거리며 바라보고 있었다.

먼젓번에 드래곤이 회합한 장소는 란펜이었다. 그때는 용신 로잉루를 축복하는 자리인 동시에 거대한 전투가 벌어졌다.

그러나 지금은 용신의 신전을 지키기 위해 모여 있었다. 그들은 편하게 본체로 신전 안에서 뒹굴고 있었다. 위기감이라곤 전혀 느끼지 못하고 있었다.

"봉화가 보인다."

그러나 드래곤들은 그 신호에 당장 벌떡 일어나 그들에게 날아가지 않았다. 대신 그들은 비웃음을 날렸다.

"뭐야? 기껏 마족 하나 못 당한다는 건가, 두 녀석이?"

"어쩔 수 없지. 천 년 전에 은퇴한 녀석들인데."

"용신 로잉루에 대한 믿음조차 잊어버린 모양이로군."

"좋아, 다음으로는 누가 가 볼까."

그렇게 아옹다옹하던 찰나.

"밖에는 문령술사가 있다."

테엘이 신전 안쪽에서 나타났다.

드러누워 있던 드래곤들이 각자 고개를 들었다. 그들은 그가 온 것을 보면서도 전혀 놀라지 않았다. 순간이동이나 텔레포트 정도는 전혀 놀라운 일이 아니니까.

테엘이 그들을 보면서 다시 말했다.

"문령술사가 있다."

그제야 몇몇 드래곤들이 자리에서 일어났다.

"그렇군. 다른 사제가 필요하겠는데."

"인간 문령술사 하나 때문에 드래곤 사제가 셋이라."

테엘은 그들의 나태한 반응에 이마를 찡그렸다.

카이가 완전무장을 갖춘 채 나섰다. 그는 신전 안에 가득한 드래곤들을 보고는 약간 질린 표정을 지어 보였다.

"아, 로인인가."

"……여러 드래곤들을 뵙게 되어 영광입니다."

"이봐, 로인을 지키는 건 너희 인간들에게 맡긴 일이라고. 좀 더 신경을 써."

"……노력하고 있습니다만."

"자, 그럼 테엘과 로인을 보내는 걸로 우선 사태를 마무리하세."

드래곤 중 하나의 말에, 그들은 다시 본체의 모습으로 돌아와 신전 안을 뒹굴거렸다.

카이는 그것을 보고는 입을 벌렸다가 다물었다가, 다시 쩍 벌렸다. 뒤에 따라 나온 이르엘이며 벨하임, 리슨 역시 마찬가지였다.

리슨들 발견한 드래곤들이 신이 나서 외쳤다.

"어이, 거기! 인간 집사! 시중을 들어라!"

"……리슨. 넌……."

"저도 주공을 따라가겠습니다."

"……그러는 편이 좋을 것 같다."

뜻밖의 장소에서 역사의 진실을 알아 버린 카이였다.

드래곤들은, 게을렀다.

"저희는 이만, 싸움을 정리하고 와서 위대한 종족에게 인사를 드리도록 하겠습니다."

"아, 뭐. 그러든가."

드래곤들은 제각기 세상 사는 이야기를 나누기 시작했다. 어느 숲에서 금광이 발견되었느니, 새로운 금속 제련법에 대해서 알아냈느니. 카이는 그것을 보면서 잠시 그들의 평화를 부러워했다.

그러나 그는 더 이상 시간을 낭비할 수 없었다.

서둘러야 했다.

"적어도 다른 사제 분이 계시니까, 괜찮겠지?"

"그럴걸?"

테엘 역시 동족들을 보면서 떨떠름한 표정을 지우지 못하고 있었다. 그는 약간 민망하다는 표정으로, 인간들을 향해 손을 흔들었다.

"자자. 어서 가 보자고, 우리는. 이동한다."

"……."

카이는 혀를 차면서 테엘의 팔을 붙잡았다.

'가장 중요한 싸움이 될지도 모르는데, 이놈의 덩치 큰 동족들은…….'

그의 속내를 아는 듯, 테엘은 서둘러 이동했다.

그러나 막상 도착한 관문 위는 고요하기만 했다.

테엘은 당황해서 주변을 둘러보았다. 그들과 함께 출발한 그린 드래곤은 잠시 후에 도착했다.

"……뭐야? 봉화는 왜 피운 건가, 이러면?"

그는 주변을 둘러보며 거만한 어조로 말했다.

기껏 신전에서 쉬고 있는데 불러냈다는 데 대한 불만이 역력했다.

"이긴 거 보라고 부른 건 아닐 거고?"

"……전혀 다르다."

관문 위에 있던 실버 드래곤이 딱딱한 어조로 대답했다.

"아까부터 공격이 멈췄다."

"……몇이었지, 공격은?"

테엘이 묻자, 실버는 더더욱 불쾌하다는 표정으로 앞을 바라보며 중얼거렸다.

"마족과 인간. 그 외에 또 누가 있는가?"

"……."

테엘은 입을 벌렸다가 다물었다. 마치 운다흐가 그에게 말을 못하고 몇 번이나 망설이던 것처럼.

'믿지…… 않을 거다.'

드래곤이 거짓을 말하는 일은 없지만, 그래도 그들이 믿지 않을 것 같았다.

테엘은 다시 입을 열었다.

그때 실버가 주변을 모두 냉각시킬 듯 차가운 목소리로 말했다.

"바보처럼 뭘 그렇게 주저하는 건가, 테엘. 현직 사제로서의 위엄은 좀 보이는 게 좋을 것 같은데."

"……바보같이 주변에 냉기나 풀풀 떨치는 실버에게 말하고 싶지 않지만, 내가 하는 말을 틀림없이 너희들은 믿지 않을 거고, 그 다음에는 나를 거짓말쟁이라고 몰아붙일 거고, 내가 신성력을 감당하지 못해서 미쳤다고 할 거다."

"……뭐?"

"다크 드래곤이 강림했다."

"……."

세 드래곤이 일제히 고개를 팩 돌려 테엘을 바라보았다.

테엘이 히죽거리면서 손가락을 하나 들었다.

"하나. 믿지 않는다니까?"

그럼에도 드래곤들은 정신을 차리지 못했다.

이윽고 냉정하다는 실버가 먼저 입을 열었다.

"……거짓말. 인간과 함께 있더니……."

"둘. 다른 때 같음 너하고 일전을 겨룰 일이다."

실버는 당황해서 입을 다물었다.

테엘은 세 전직 사제 드래곤을 바라보면서 히죽 웃었다.

"자, 미쳤다고도 해 보시지?"

"……정말인가?"

"정말이지. 그게 문제다."

다음 순간, 테엘은 숨을 크게 들이쉬었다.

"……그리고 바엘라다."

"……!"

"뭣이? 하지만 바엘라는…… 수면기에 접어든 게 아니었나?"

"수면기라고 하고 싶다면, 지금이라도 누군가를 보내서 한번 확인해 보라고 하고 싶군. 나도 추측한 거라서 말야. 믿고 싶지 않으니까."

"……."

곧 사제 한 사람이 모습을 감췄다.

끝까지 자신을 믿지 않았다는 그 무언의 항의에 테엘은 얼굴을 잔뜩 찌푸렸다.

그러는 사이 카이는 주변을 바라보았다. 아직까지 신성력의 녹색 결계는 깨지지 않았다.

몇 가지 마법이 서로 충돌한 흔적이 곳곳에 남아 있었다. 재와 이런저런 화계 마법의 흔적들. 그리고 물이 뚝뚝 흐르는 걸로 봐서는 빙계 마법이 몇 가지 쓰인 모양이었다.

'아마 저 실버였겠지……. 하지만 모를 일이군. 어디로 간 거지?'

카이는 가슴을 크게 펴고 주변을 향해 외쳤다.

"내가 왔다……!"

광대한 네크시아라에 울려 퍼지는 그의 목소리. 그 목소리는 쩌렁거리며 사방으로 울려 퍼졌다.

"사벤, 나와라!"

실버와 그린 드래곤이 이상하다는 눈으로 그를 바라보았다.

그들은 제국이 생기기 훨씬 전에 드래곤의 사제를 수행했다.

로인에 대해 특별히 정을 주지도 않았다. 단지 로드의 유언이라서 로인 가문을 보살피는 정도?

"……대담하긴 대담하다니까."

"이자벨이라는 꼬맹이도 다르진 않았지."

드래곤들은 카이를 그렇게 정의 내리곤 이내 관심을 끊었다.

카이는 절벽 위에 꼿꼿하게 선 채로 평원을 바라보았다. 꺼멓게 타 들어가는 숲이 기묘한 모양으로 꿈틀거렸다. 마물이 태어나고, 마기가 부족해서 이내 죽는 모습. 그 속에서 다시 마기가 태어나는 광경은 묘했다.

네크시아라를 몇 번이나 더 망쳐야 이 혼란이 끝날까.

카이는 자신의 땅을 바라보고, 그 속 어딘가에 있을 적을 찾기 위해 눈을 크게 떴다.

"왔군."

어둠 속 결계에 숨어 있던 라브노크가 잠에서 깨어났다. 사벤은 아직까지 휴식을 취하고 있었다.

그 곁에서 바엘라는 죽어 가고 있었다. 마기가 그녀의 몸 곳곳에 침투하면서, 그녀가 겪어야 할 고통은 예사의 것이 아니었다. 엄청난 고통에 바엘라는 몇 번이나 나지막이 울었다.

그녀가 치러야 하는 대가가 이 정도였고, 이것으로 카이를 얻을 수 있다면 그것으로 괜찮다고, 바엘라는 그렇게 생각했다.

그러나 고통은 시간이 지날수록 점점 더 심해졌다. 그녀의 생명력이 아예 마기를 거부하면서 겪는 고통이었다.

살아도 죽은 것과 마찬가지였다. 아마 그녀는 살아 있는 동안 하루하루 새롭게 죽음을 받아들여야 할 터였다.

"드래곤이 늘어났다. 카이도 왔어. 더 미룰 텐가?"

"……차라리…… 나가서 싸우겠어."

바엘라가 숨을 헐떡이면서 말했다. 그림자에 검게 물들어 버린 하트에서 마기를 떨치려면 오로지 적과 싸우고 힘을 폭발하는 것 외에는 없는 듯했다.

"좋아, 좋은 생각이야."

라브노크는 그렇게 동의했다.

사실 힘을 쓰면 쓸수록 마기가 그녀의 몸을 지배하는 순간이 가까워 올 것이고, 그렇게 될 경우 계약의 종속에 따라 바엘라는 영혼까지 그의 것이 된다.

'드래곤 애완동물을 갖게 될 줄은 기대도 하지 않았는데……'

라브노크는 이번 인간계로의 외출이 이렇게 큰 성과를 거둘 것이라고는 생각지 못했다.

인간 문령술사라는 귀한 존재에, 드래곤까지? 이제껏 그의 생애에 맺은 계약 중 가장 대박이었다!

'얼빠진 황제도 있었고, 대륙 전체를 바치겠노라고 다짐했던 녀석도 있었지만 다 소용없다……! 지금 인간 하나에 미치지 못하니까!

라브노크의 입가에 미소가 감돌자, 바엘라는 비틀거리며 자리에서 일어나 그를 향해 쏘아붙였다.

"……음흉한 생각이라면 집어치워. 네놈을 박살 내고 싶어지는 그 히죽거리는 미소 따위는 집어치우라고."

"알았어, 알았어."

라브노크가 순순히 대답했다.

"……카이는 절대로 건들지 마."

"그것도 잘 알아 모시겠습니다요, 아무렴요."

라브노크의 대답이 영 마음에 들지 않았지만, 바엘라는 그에게서 이내 관심을 끊었다. 어차피 느물거리는 마족에게 진지하게 화를 내는 것 자체가 바보짓 아닌가.

바엘라는 다시 엄습하는 고통에 신음소리를 흘리면서, 먼 곳에 있는 카이를 바라보았다. 그녀의 얼굴에 잠시 미소가 스쳤다.

'곧……. 곧 함께 있을 수 있어.'

그녀의 눈에 탐욕이 감돌았다.

'곧 내 것으로 할 수 있어.'

다크 드래곤이 날개를 펼쳤다.

어둠 한복판을 꿰뚫고 나타난 드래곤의 모습은, 그들이 한 번도 제대로 본 적이 없는 새로운 모습이었다.

드래곤의 날개는 얇은 피막이 뼈대 위에 얹힌 모습이었다. 용케 그 날개로 거대하고도 비만한 몸을 지탱해 날 수 있다고 생각할 정도로.

그러나 기묘할 정도로 아름다웠다. 얇은 금속처럼 보이는 매끈한 뼈대 주변으로 튼튼하게 연결된 모습이며 접히는 모습이, 비록 천사의 깃털 날개와는 다르지만 좀 더 유연하고 매끈한 모습을 자랑하고 있었다.

그들의 몸 전체를 감쌀 정도로 거대했지만, 동시에 원하는 대로 작게 접을 수 있을 정도로 유연하기도 했다.

그러나 지금 날아드는 다크 드래곤의 모습은, 그들이 저절로 고개를 돌릴 정도였다.

비틀거리면서 날아드는 것의 날개는 본래의 아름다운 빛을 잃은 채 군데군데 구멍이 나서, 지저분하게 찢어진 깃발 같았다. 힘이 없으면서도 용케 그들을 향해 날아든다 싶을 정도로.

그 붉은 눈동자와 본체의 변한 몸 색깔 때문에 본래 어떤 드래곤이었는지 알아볼 수가 없었다.

그러나 그것을 몰라도 누가 다크 드래곤이 되었는지 알아보는 것은 어렵지 않았다.

"바엘라, 어리석은 아이여!"

실버 드래곤이 오만하게 입을 열었다.

"한심한 것!"

그린 드래곤이 그 뒤를 이어 말했다.

그러나 바엘라는 신경 쓰지 않았다. 그녀가 신경 쓰는 것은 자신의 모습에 눈길도 주지 않는 카이였다.

"어째서……."

그녀의 목소리가 음울하게 허공에 울려 퍼졌다.

"어째서 아직도 날 보지 않는 거얏!"

목소리가 터져 나옴과 동시에, 그녀는 힘차게 마기의 브레스를 뿜어냈다.

"소용없는 짓을!"

"저 아이의 심장을 당장 회수하자! 테엘, 너도 거들어!"

그러나 테엘은 두 드래곤이 앞으로 나서는데도 전혀 신경 쓰지 않았다. 그는 카이 옆에서 그를 보호할 준비를 갖추고 있었다.

"어쩔 수 없겠군! 너라도 거들어라!"

"누가 할 소리를!"

두 드래곤은 앞으로 나서서 바엘라를 향해 힘차게 손을 뻗었다.

"프리즈 에어 슈팅(Freeze Air Shooting)!"

바엘라 주변의 공기가 순간 바작거리면서 얇은 막을 형성했다. 그리고 그 사이의 수분이 얼어붙으면서 얼음 탄환처럼 바엘라를 향해 사방에서 쏟아졌다. 사방의 공기, 자연의 힘을 이용해 그녀의 몸을 당장이라도 갈기갈기 찢어 낼 기세였다.

그린 드래곤 역시 뒤지지 않았다.

"플로잉 그라운드(Flowing Ground)!"

지진과는 달리, 땅 전체가 물이 된 듯 흐물거리면서 흐르기 시작했다. 이어 그는 양손을 하늘로 끌어올렸다. 물처럼 흐르던 땅이 그

손짓 아래 살아 있는 듯 움직이기 시작했다. 땅에서 하늘로 치솟아 올랐다!

다음 순간 땅은 살아 있는 회오리처럼 바엘라의 주변으로 치솟아 올랐다. 땅속으로 아예 묻어 버리겠다는 듯 그녀의 발끝을 낚아챘다!

그러나 바엘라는 비명도 지르지 않았다.

단지 서글픈 눈으로 주변을 둘러볼 뿐이었다. 그녀의 몸이 잽싸게 그 공격을 요리조리 피해 냈지만 발끝을 묶은 흙덩이에는 어쩔 수 없이 아래로 끌려 내려가기 시작했다.

"……그렇게는 안 되지. 바엘라 양, 잠시 실례하겠네. 보통은 숙녀에게는 이렇게 하지 않지만……."

라브노크가 그녀의 위에 올라탔다.

바엘라는 몸을 부르르 떨었다. 하지만 지금으로서는 다른 수가 없었다.

라브노크의 마법은 엄청났다. 드래곤이 마법의 생물이라지만, 마족 역시 그랬다. 마법이 자연의 흐름을 변형시키는 것이라면, 마족이 거기에 가장 어울리는 종족 아니겠는가!

"업사이드 다운 더 그라운드(Upside down The Ground)."

치솟아 올랐던 땅이, 다음 순간 먼 곳에서부터 서서히 뒤집히기 시작했다.

지진이 아니었다. 땅이 완전히 아래로 파꽉, 뒤집히는 것이 신이 거대한 쟁기로 땅을 뒤엎는 것 같았다.

바엘라를 붙들고 있던 힘이 약해졌다.

그러나 드래곤 역시 그 정도는 예상했다.

"역시 라브노크!"

"테엘, 도와라! 마족을 처치해야 해!"

"⋯⋯그것보다 더 중요한 건 따로 있다니까."

테엘은 그 말에 대꾸하지 않은 채 사벤을 찾아 사방을 둘러보았다.

"어째서 사벤이 보이지 않는 거지?"

"⋯⋯테엘, 결계를!"

카이는 순간 자신들 앞을 가로막고 있던 공기가 맑아진 것을 깨달았다. 녹색의 결계가 어느 순간 사라진 것이다.

정확히는 실버 드래곤이 마법을 쓴 순간부터.

"⋯⋯헛!"

테엘 역시 그 사실을 뒤늦게 깨달았다.

"한발 늦으셨다네!"

라브노크가 신나게 웃음을 터뜨리며 바엘라의 등 위에서 일어섰다. 그리고는 두 팔을 가득 벌렸다.

"가득한 신성력이여! 이 저주받은 생물 앞에 다시 한 번 움직여 보시지, 그래! 낄낄낄낄!"

그의 웃음소리가 허공에 메아리쳤다.

검은 나무줄기 같은 것이 허공 한가운데서 치솟아 올라왔다. 그리고 그린과 실버, 두 드래곤의 발목을 붙잡았다.

"……웃!"

"억, 이건 뭐야!"

"종속."

어둠 가운데 사벤이 몸을 드러냈다. 그는 양손을 몸 앞에 엑스자로 꼰 채, 양 손바닥은 드래곤들을 향해 움직이고 있었다.

"드래곤이라 해도 이 힘에서는 벗어날 수 없을 거다."

사벤은 그렇게 말하면서 드래곤을 노려보았다.

"이제 절대로 로인을 보호할 수 없을 거다."

그의 손에 따라 나무줄기가 움직였다. 그것들이 드래곤의 몸을 타고 위로 흐물거리며 움직였다.

놀란 두 드래곤이 순간이동을 하려 했지만 먹히지 않았다.

"움직일 수가 없어!"

"테엘! 도와다오!"

그러나 테엘은 동족의 부름에 관심을 갖지 않았다.

그의 두 시선은 사벤에게 똑바로 박혀 있었다.

"사벤, 나왔구나!"

"당연히. 못 다한 전투는 끝내야 하지 않겠나."

사벤은 말하면서 꼬았던 팔을 천천히 풀었다. 그의 두 손이 다시 문령을 시전할 준비를 하는 것을, 테엘은 알아챘다.

"테엘, 이것을 풀어라!"

"……신성력에 의지해. 당연히."

"어떻게 하라는 거지?"

테엘은 혀를 찼다. 그러나 테엘은 드래곤의 안위까지 걱정할 틈이 없었다.

"알아서 해!"

막둥이 사제의 반항에 두 드래곤은 이를 갈았다.

"저 녀석이. 감히, 봐줬더니만……!"

테엘은 그들에게서 관심을 끊었다.

카이 역시 붙들린 두 드래곤의 사제에게서 관심을 돌렸다.

"아까부터 생각했는데, 역시 전혀 도움이 안 되는군."

"할 말이 없군. 민망하게 됐다."

그렇게 말하는 사이에도 테엘은 한 손을 옆으로 뻗었다. 그들의 앞에 실드가 생성되었다.

막 바엘라와 함께 덤벼들던 라브노크는 그것을 보고는 서둘러 허공으로 방향을 바꿨다.

"빠르군."

"결계."

테엘은 망설이지 않고 용언을 내뱉었다.

카이와 그의 주변에 녹색의 결계가 형성되었다.

그러자 바엘라가 그 결계에 미친 듯이 머리를 들이박았다. 하지만 결계는 그 정도로 흔들리지 않았다.

"바엘라—! 뭐 하는 거냐!"

테엘이 소리 질렀다.

그러나 바엘라는 행동을 멈추지 않았다. 자신이 미친 것처럼 느껴져도 그녀는 스스로를 억제할 수가 없었다.

"……카이!"

그녀는 외쳤다.

"카이!"

카이가 그녀를 바라보았다.

그제야 바엘라는 결계에 머리를 박아대던 행동을 멈췄다. 그녀는 발톱을 결계에 박고는 어떻게 해서든 미끄러지지 않으려 했다. 그녀의 날개가 몇 번인가 퍼덕거리면서 균형을 잡았다.

결계의 신성력 때문에 발톱이 뽑히면서 피가 진득하니 흘러내렸다. 그런데도 그녀는 어떻게 해서든 결계를 붙들어 카이를 바라보려고 애썼다.

드래곤의 큰 얼굴을 마주하면서, 카이는 가만히 한 손을 앞으로 내밀었다. 바엘라는 그것이 기쁜 듯 눈을 깜빡였다. 그리고는 다시 미끄러지지 않기 위해 힘을 주었다.

"어리석구나, 바엘라."

"카이."

"어리석었어, 바엘라."

"카이……. 다른 말을 듣고 싶어, 카이."

바엘라는 고통을 억누르면서 말했다.

카이는 한 발 뒤로 천천히 물러났다.

바엘라는 그것이 아쉬운 듯 다시 몸을 버둥거렸다. 그녀의 온몸이 신성력에 닿으면서 저절로 상처가 났다.

테엘은 그 모습에 눈살을 찌푸렸다. 바엘라의 몸을 보호하던, 어지간한 검으로도 상처 낼 수 없는 드래곤 비늘은 이제 그녀의 몸에서 하나도 찾아볼 수가 없었던 것이다.

게다가 드래곤에게는 아무것도 아닌 신성력에 닿자마자 상처를 입었다는 것은…….

"바엘라, 아직 늦지 않았을 거다."

"……참회라도 하라는 거야? 신께 매달리라는 거야?"

바엘라가 중얼거렸다. 그리고 이내 웃음을 터뜨렸다.

"……나에게? 이런 몰골을 하고도 용신 로잉루가 나를 가호할 거라고 말하는 건가?"

"바엘라!"

"아니, 테엘. 바엘라는 이미 늦었다."

카이는 그렇게 말했다.

테엘은 뒤를 돌아보았다가 놀라서 입을 쩍 벌렸다.

"……어이, 야. 검은…… 왜 빼 들고 그래, 무섭게."

살벌할 정도의 진지한 기운으로, 카이는 검을 뽑아 앞을 겨누고 있었다.

"죽여 주겠다, 바엘라. 내 손으로 직접."

"……카이!"

바엘라는 그 말만 중얼거릴 뿐이었다.

테엘은 그 말에 심장이 섬뜩해지는 것을 느꼈다.

"카이, 너……."

"바엘라는 이미 없는 거나 마찬가지니까. 안 그런가? 저기에 있는 게 바엘라인가?"

테엘은 카이의 시선을 따라 결계 밖으로 시선을 돌렸다.

과연 그 자리에 있는 게 바엘라라고 할 수 있을까?

드래곤의 강대한 생명력, 아름다움은 모두 팽개친 존재. 마족이라는 적을 오히려 도와야 하는 굴복의 생명체.

"……저건 드래곤이 아니다."

이윽고 테엘은 나지막하게 중얼거렸다.

카이는 그 말에 고개를 끄덕였다.

"이미 바엘라는 없어."

"바엘라는 죽은…… 거다. 마족에게."

둘은 라브노크를 노려보았다.

라브노크는 자기 잘못이 아니라는 듯 태연했다. 오히려 싱긋 웃기까지 하면서 어깨를 으쓱거렸다.

"왜 남의 탓으로 돌리려는 거지? 거기에 있는 드래곤은……."

"바엘라의 영혼을 가져갈 수는 없을 거다, 라브노크."

테엘이 무거운 목소리로 외쳤다.

"너는 네 욕심을 후회하게 될 것이다!"

"……글쎄? 그렇게 한번 만들어 보시지!"

다음 순간 라브노크가 양손을 펼쳤다.

이전과는 비교할 수 없을 정도로 강력한 마기!

드래곤의 영혼을 매개로 해서 이 세상에 강림한 라브노크는 거리낄 것이 없었다.

그의 양손 아래 땅이 다시 뒤집히면서 다크 파워드(Dark Powered) 골렘이 불쑥거리면서 돋아났다.

생명체를 마물로 돌리는 건 자연스러운 마기의 영향 때문이었다.

하지만 라브노크를 비롯한 상위 마족들의 힘은 그보다 훨씬 더 강대했다. 그들은 비생물체를 만들어 낸다. 그들은 신이 아니었다.

그들이 만들어 낸 생명체는 생명이 아닌, 오히려 죽음이라 보아야 했다.

생명체의 근본은 살고자 하는 힘……! 경쟁도 협동도, 그렇게 엮여 살아가는 것은 살고자 하는 힘이었다. 강대하고도 아름다운, 끝이 없는 생명력이라는 것은.

그렇지만 마물의 생물체는 스스로도 죽음을 갈구하고 살아 있는 것을 저주한다. 모든 것을 파괴하려 한다.

다크 파워드 골렘을 골렘이라 부르는 것은, 그들이 골렘과 흡사한 흙인형의 모습이기 때문이었다. 그것은 단지 흙에 뭉쳐 있던 죽음의 기운이 다시 뭉친 것에 지나지 않았다.

뒤집혔던 땅 역시 그것에 대한 반석임에 틀림없었다!

"저것들, 지독할 정도로 준비했군."

테엘의 목소리에는 긴장이 가득 차 있었다.

그러는 사이, 그린과 실버의 두 드래곤은 검은 줄기가 꾸물거리면서 목뒤로 넘어가는 것을 깨닫고는 크게 놀랐다.

"테엘—!"

"신성력! 신께 빌어! 너희도 사제라면!"

테엘이 신경질이 난다는 듯 꽥 소리 질렀다.

카이는 이르엘을 돌아보았다.

"이르엘……! 몸조심해라!"

"저것들은 아무것도 아냐, 카이."

이르엘이 앞으로 나섰다. 그녀의 입에서 곧, 유창한 조화의 순리가 흘러나왔다.

"신의 이름 하에 태어난 세상 모든 것의 조화여, 지금 이 자리의 혼돈에 당신의 가지를 뻗어 그 신의 이름에 반하는 당신의 적을 끌어안으니, 세상의 조화여, 이제 이곳에 강림하소서."

"……어딜!"

그러나 그 노래가 사방에 빛으로 화하기 전에 사벤이 앞으로 나섰다. 그가 앞으로 나서면서 내뿜은 기운이 땅 위로 무겁게 깔리면서 골렘의 위에 검은 결계로 내리깔렸다.

"소용없어."

이르엘이 차분한 목소리로 말했다.

"조화의 순리! 정령들이여, 내 노래에 응답하여 힘을…… 까악!"

그녀가 다른 주문을 외우려는 찰나, 바엘라가 허공에서 매섭게 그녀를 향해 덮쳐들었다.

카이는 그것을 보고는 눈을 빛내며 둘을 향해 몸을 날렸다.

"……이르엘!"

이르엘은 순간 몸을 낮게 낮추었다. 그러면서 바람의 방패로 자신의 주변을 둘러쌌다. 어렸을 때부터 전투용으로 정령술을 익혀 온 이르엘에게 그 정도는 너무나 간단한 일이었다.

동시에 바엘라는 카이를 향해 절망 어린 시선을 보냈다.

카이는 바엘라의 그런 시선을 흔들리지 않는 눈빛으로 마주했다.

당당하고 흔들림 없이. 마치 대륙의 산맥이 똑바로 날아드는 드래곤을 마주 보듯이…….

'……!'

순간 바엘라의 끊겨 가던 이성이 한 가닥 갈피를 잡았다.

'……카이?'

저 눈빛을 어떻게 사랑하지 않을 수 있을까!

인간이라서 사랑 못하고 드래곤이니까 사랑 못하고, 그런 이유조차 적용할 수 없었다.

하늘처럼 오만하면서도 강물처럼 당당하고, 대지처럼 흔들림이 없었으며, 태양처럼 열정적인 그의 눈빛을 보면서 처음부터 자기 것으로 삼고 싶었던 것은…….

"모든 게 욕심은 아니었어……!"

바엘라가 신음처럼 중얼거렸다.

"……그 눈빛이, 내 아버지가 반한 그 인간의 눈빛과 너무나 흡사했기 때문에……!"

인간이면서도 너무나 선명했기 때문에!

그렇게 바엘라가 혼란스러워하던 중.

카이가 앞으로 달려들었다. 그의 검에서 치솟은 기운은 너무나 익숙한, 하늘로 올라가며 세상을 비추는 빛줄기와 같았다.

바로 용보월강참! 용이 달 위에 올라, 그 달빛을 타고 사방의 것을 베어 낸다.

그 빛이 바엘라를 덮쳤다. 그녀의 몸에 선명한 반월이 박혀 스며 들 듯이 사라졌다.

그리고 잠시 후.

바엘라는 자신의 가슴이 쩍 벌어지면서 속절없이 드래곤 하트를 드러내는 것을 느낄 수가 있었다.

귀한 생명이 땅 위로 스며들었다. 검게 썩어 가는 피가 반이었고, 아직까지도 선명한 붉은 피가 반이었다.

바엘라는 그것을 보면서 땅으로 천천히 떨어지기 시작했다.

사벤은 그것을 보고는 이마를 찌푸렸다.

그때였다.

테엘이 두 드래곤을 향해 움직였다. 이대로 상황을 바꿀 수 없다는 것을 깨달은 것이었다. 이대로는 사벤을 물리칠 수는 없다.

'남은 방법은 하나!'

테엘은 망설이지 않고, 두 드래곤에게 걸린 사벤의 검은 주술에 손을 댔다. 그의 눈빛이 진중하게 빛났다 싶은 순간.

"해제."

순간 공기가 빛남을 느꼈는지, 검은 줄기가 살아 있는 생명체인 양 심하게 꿈틀거린 순간.

"결계."

테엘은 순식간에 주변에 결계를 형성했다.

곧이어 빛이 번쩍이면서 주변에 거친 폭풍을 일으켰다.

"인간들은 몽땅 이리로 와!"

테엘의 목소리가 울려 퍼지자마자 그 뒤를 이어 문령과 충돌한 용언이 엄청난 폭발을 일으켰다!

바로 드래곤들의 몸 위에서!

"……이, 이놈, 테엘!"

분노한 드래곤들의 비명이 빛 속에서 번쩍이는가 싶더니 그대로 태양빛이 통째로 내려앉은 듯 사방에 눈부신 빛이 가득 찼다.

"저, 저게…… 미쳤나! 자기 동족을 대체 몇이나 죽이는 거야?"

라브노크가 재빨리 몸을 피하면서 그렇게 중얼거렸다.

그러나 그는 다음 순간 자신의 몸에서 겹겹이 빠져나가는 기운을 깨닫고는 몸을 휘청거렸다.

"어, 어째서……?"

"바보 같은 녀석, 드래곤이 죽어 가는 걸 아직도 몰랐던 거냐?"

"……쳇!"

라브노크가 이를 갈았다.

그리고는 재빨리 바엘라를 향해 고개를 돌렸다. 그러나 원래부터 신성력과 마기가 몸 안에서 충돌하던 데다가, 적절한 보호막조차 없이 그대로 당한 상처에 바엘라는 거의 죽어 가고 있었다.

그녀는 숨을 헐떡이고 있었지만 그 심장의 흐름 역시 곧 깨질 것처럼 보였다.

그녀의 반쯤 갈린 가슴 사이로 썩어 가는 드래곤 하트가 눈에 들어왔다.

라브노크는 그것을 보고는 그저 피식 웃어 버렸다.

"······아깝지만 버릴 수밖에."

"······뭐?"

사벤이 깜짝 놀라 라브노크를 바라보았다.

그들이 문령의 결계 뒤에 있다지만, 그 정도로 이 전투에서 승리할 수 없었다. 사벤은 언제든 이동할 준비를 갖춘 채였다.

이런 상황에서 라브노크는 이번 싸움이 대충 어떻게 끝날 것인지 감이 잡혔다.

'언제까지나 꼬리에 꼬리를 물고 싸울 것 같군.'

골렘들을 보호하는 문령의 결계는 꽤 쓸 만했다.

무엇보다 드래곤의 용언에 대항할 만한 힘이라는 것은 꽤 중요했다.

"드래곤 한두 마리 따위는 모처럼 생긴 재미있는 장난감에 불과하다. 너와는 비교할 바가 아니지······!"

"드래곤은 끝이라는 건가? 그렇다면 이 싸움에서 절대로 이길 수 없어!"

"······아니, 이길 방법이 있다. 골렘 따위를 보호하는 힘은 집어치워. 저것들은 그저 흙덩이에 불과해."

라브노크는 그렇게 말하면서 사벤의 한 팔을 붙잡았다.

그의 팔을 파고드는 손톱 아래에서 비릿하니 피가 흘렀다.

사벤은 그 흘러내리는 피 때문에 이상하게 두려워졌다.

죽음까지도 각오했다고 생각했는데, 막상 라브노크의 속내를 듣게 되자 그것은 죽음과 비교할 수 없을 정도로 두려운 일이었다.

'이것이…… 마족이라는 존잰가?

모든 문자와 모든 책의 내용을 이해하고 그에 따라 과거에 그 누구보다 해박하던 문령술사, 사벤 알 미네드.

자신의 제자까지 희생해서 계약을 맺은 지금, 사벤은 처음으로 후회하기 시작했다.

그러는 사이 라브노크는 무언가 어둠의 주술을 읊기 시작했다. 그 내용이 똑똑히 보였다. 죽어 가는 바엘라와의 계약을 끊어 내려는 주술!

'이자는…… 자기가 원하는 것만 얻어 내려 할 뿐! 애당초 계약 따위는 언제든 끊어 낼 수 있던 거였나!

그렇다면 자신 역시 죽는다면, 그야말로 개죽음 아닌가!

라브노크는 필요하면 언제든 자신을 버릴 것이다.

그렇다면 마물과 마족을 동방에서 몰아낸다는 일족의 비원은 영영 이룰 수 없는 것이다! 로인을 죽이기는커녕 모든 일은 그저 허사에 불과해지는 것이다!

마족과의 계약이 그런 의미를 지닌다는 것을, 그는 그제야 비로소 깨달았다.

사벤은 골렘들을 보호하던 결계를 천천히 거두었다.

"응? 그래. 힘을 아껴 둬. 일단은 피할 준비나 하자고……."

라브노크는 그렇게 생각하면서 사벤을 돌아보다가, 뭔가 이상하다는 듯 고개를 갸웃거렸다.

사벤의 몸에서 절망의 기운이 짙게 풍겼다. 라브노크는 그 분위기가 마음에 든다는 듯 웃음을 터뜨렸다.

"뭐야, 갑자기 순진하게? 죽음 운운할 때만 해도 네 녀석이 꽤 당당하다고 생각했는데, 아니었나? 갑자기 죽음이 두려워져?"

"……내가 가장 중요한 순간 어리석은 계약을 할 줄은 나도 몰랐다."

사벤이 이를 갈면서 외쳤다.

"네가 로인을 죽여 줄 거라 생각했는데……! 마족 따위의 말을 듣다니!"

사벤은 그렇게 말하면서, 라브노크까지 거두고 있던 결계를 일시에 해제했다.

테엘은 이미 문령술사, 그리고 마족과의 싸움에 익숙해져 있었다. 그는 그런 한순간의 틈을 놓치지 않고 달려들었다.

"선 파이어(Sun Fire)!"

"소용없어, 드래곤! 좀 닥치고 기다려 봐!"

라브노크가 버럭 외치면서 허공에 대단위 이공간 마법을 펼치려 했다.

그러나 그 순간, 테엘은 자신의 몸 주변에서 문령의 결계가 사라졌다는 것을 알 수 있었다. 그의 눈이 번득였다.

"화공(火攻)!"

용언도 마법도 아닌 기묘한 외침.

그러나 드래곤의 용언은 마나의 발화와 동시에 의지대로 펼쳐지는 클래스 오버의 마법처럼 작용했다.

이미 지독할 정도로 많은 고비를 넘긴 테엘이 아니던가!

그의 뒤에서, 역시 문령에서 벗어난 드래곤들이 상처 입은 본체로 강림했다.

그리고 일제히 마족을 향해 분노한 음성을 내질렀다.

"마나 봉인!"

"마의 봉인!"

두 드래곤의 입에서 일순간 터져 나온 동시적인 봉인 주문!

바로 라브노크의 마나가 펼쳐지는 것을 막음과 동시에, 그의 존재를 붙든 것이었다.

어둠 속에서 스며 나오던 그의 이공간이 신성력에 의해 이 세상에서 완전히 차단되었다!

라브노크는 얼굴이 새파랗게 질렸다.

"……사, 사벤……! 용언을 막아!"

사벤은 고개를 흔들었다. 그의 얼굴은 이미 창백해진 상태였다.

이어 라브노크는 어둠 속으로 발을 피하려 했지만 소용없었다.

마의 존재가 이 세상에 봉인되었다. 어둠과 단절되었다. 그는 영원히 마계로 되돌아갈 수 없게 된 것이었다!

"내, 내 힘이……! 겨우 이 정도에 당할……!"

허공에서 일렁거리던 태양이 그대로 신성력의 명령에 따라 세상

위에 작렬하기 시작했다.

지옥의 불과는 달리, 신성력으로 가득한 홀리 파이어(Holy Fire)!

라브노크는 순간 몸을 작렬하는 신성력에, 고통에 찬 비명을 내지르기 시작했다.

"크아아아아악!"

테엘의 온몸에서 진땀이 흘러내렸다. 홀리 파이어, 신성 계열의 공격은 그의 몸에서 역시 엄청난 힘을 뽑아내고 있었다.

'용신 로잉루, 그리고 주신이시여! 힘을…… 주시옵소서!'

사벤은 입술을 깨물었다. 자신의 온몸을 관통하는 고통이 무엇 때문인지, 그도 알 수 있었다.

그의 몸은 이미 마기로 가득 찼다. 생명력이 강한 드래곤이라면 몰라도 그는 일개 인간이었다.

반 마물, 반 마족인 그의 앞에 엄청난 신성력의 불덩어리가 쏟아지고 있으니 그 역시 그 여파에 휘말리는 것이었다.

"……결계를……!"

그것이 전부였다.

'저 마족이 역소환되든 어쨌든, 사라지고 나면…… 계약이 깨진다!'

그렇게 되면 자신은 어떻게 될까.

마족 따위를 믿는 게 아니었다.

'계약이 끊어지는 순간 이 자리에 있다가는 죽는다. 이동을…….'

그렇게 생각하면서 사벤은 죽을힘을 다해 마지막 문령을 날리려 했다.

이동의 문령.

그것을 눈치 챈 카이가 성큼성큼 뛰기 시작했다.

"사벤!"

그의 외침에 테엘의 공격이 잠시 흔들렸다.

"크학! 사벤…… 어서 이동을!"

그 힘이 약해진 틈을 타 라브노크가 사벤을 향해 소리쳤다.

"지독한 녀석! 태양의 신성력 아래 있으면서도 아직까지 죽지 않은 거냐!"

테엘은 자신의 몸에서 신성력이 서서히 고갈되는 것을 느끼며 악에 차서 외쳤다.

"그만 죽어! 죽어! 죽으란 말야!"

"사벤, 문령이라면 이 결계에서……! 케헥!"

사벤은 그러나 그를 데리고 피할 생각은 없었다. 그저 그를 향해 히죽 웃기만 했다.

"누가…… 너 따위를……! 지옥의 어둠 속에서도 흔적조차 없이 사라져라!"

그렇게 말하면서 사벤은 자신의 몸을 향해 이동의 문령을 날렸다.

이동의 금빛 문자가 허공을 날아, 사벤의 몸을 이동시키려던 그 때.

"신이 있다면…… 이젠 이 모든 일을 끝내 주세요."

허공에 울리는 아주 작은 기도문.

죽어 가면서 내뱉는 마지막 숨결.

"저자의 발을 붙들어 주세요."

아주 약한, 한순간 끊어질 듯 그렇게 겨우겨우 내뱉어진 기도문.

그러나 그 아주 약한 용언은 다음 순간 사벤의 문령과 충돌했다.

허공에서 다시 환한 빛이 터졌다.

"커헉—!"

사벤이 검고 진득한 피를 토하면서 뒤로 쓰러졌다.

그리고 그 앞에 카이가 도착했다.

언제나 그렇지만 그의 검은 항상 사벤의 바로 앞을 가를 듯 덤벼들었다.

"언제나 간발의 차로 빠져나갔겠다!"

카이는 망설이지 않았다.

사벤은 그 검에서 아직까지도 흘러내리는 드래곤의 피를 볼 수가 있었다. 검을 타고 흘러내리는 눈물 같다고 그렇게 생각한 순간.

손가락 하나 꿈틀거릴 기운조차 없었다.

"……!"

부릅 뜬 미간으로, 카이의 검이 무섭게 내리꽂혔다.

"잘 가라, 사벤!"

모든 것을 베고도 남을 기운……!

그 기운은 땅을 힘차게 가르고, 대륙을 가르고, 깊은 골짜기를 만들면서 한참을 더 뻗어 나갔다.

카이는 숨을 몰아쉬면서 그 앞의 흔적을 바라보았다.

그 광경을 보던 라브노크의 얼굴에도 절망이 스쳤다.

그리고 태양이 라브노크의 몸을 녹이면서 땅속으로 파고들었다.

세상이 일순간 환한 빛에 감싸였다.

번쩍이는 빛이 대지 위에서 넓게 퍼져 나간 순간.

그 싸움에 있던 자들이 빛 속에서 눈을 떴을 때, 그들의 앞에 남은 것은 처참한 싸움의 끝뿐이었다.

마물이 되어 가던 평원의 생명체들도 엄청난 신성력의 강림에 모두 사라지고 없었다.

오로지 남은 것은 태양 아래 한 줌 검은 재가 된 마족과, 카이의 검 아래 갈리고 신성력에 바짝 말라 버린 사벤의 시신뿐.

아니, 또 하나 있었다.

카이는 떨어져 있던 바엘라의 시신 곁으로 향했다. 마지막에는 카이를 도울 수 있었기 때문일까. 아니면 자신의 가냘픈 기도를 들은 것이 카이뿐이라는 사실이 기뻤던 걸까.

그녀의 시신은 평화로워 보였다.

카이는 그 시신 앞에 잠시 무거운 표정으로 고개를 숙인 채 서 있었다.

"이제…… 끝났구나, 모두."

그런 한숨을 토해 내기 무섭게.

테엘이 그를 향해 달려왔다.

"……끝났다!"

테엘의 목소리에는 기쁨이 가득 차 있었다.

"······카이! 끝났어!"

카이는 말없이 달려온 그를 거칠게 끌어안았다. 사내들이 서로의 힘을 자랑하듯이 목에 팔을 두르고, 그리고 이윽고······.

네크시아라를 바라보며 둘은 크게 웃음을 터뜨렸다.

SWORD OF DRAGONLOAD

에필로그

공작은 공왕이 되다

마족과의 싸움이 끝났다.

네크시아라는 평화롭게 회복을 시작했다. 이제 또다시 방해받을 일은 아마도 없을 거라고 모두 생각했다.

로인 역시 평화롭게 회복을 이어 나가고 있었다. 카이는 각지에서 몰려드는 사람들을 모두 받아들였다.

왕국의 백성이 되는 일에 축복이 있으리니……!

모드는 로인 공국의 왕궁을 짓는다는 데 엄청나게 감격해서, 모든 열정을 다 바치고 있었다. 드래곤의 신전 역시 수리해야 해서 꽤 바빴지만.

그러나 드래곤에게 남아도는 것이 시간이었기에, 그들은 가끔 들러서 잔소리는 할지언정 그렇게 몰아붙이지는 않았다.

드래곤의 신전, 용신의 가호…….

그것만 해도 한 공국의 출발에 전설로 남을 정도였지만, 거기에…….

카이는 새로운 봄이 왔을 때 결혼식을 두 번 올렸다. 물론 상대는 이르엘 하나뿐이었다.

한 번은 인간 식으로, 영주이자 공왕으로서 결혼식을 올렸고, 다른 한 번은 이르엘을 위해 엘프 식으로 숲 속에서 결혼식을 올렸다.

드래곤의 사제가 가호를 내린 공국에, 드워프가 지은 왕궁, 거기에 왕비는 하이 엘프.

벨하임은 결국 공왕에게서 백작 작위를 받아 냈다.

드래곤의 사제가 가호를 내린 공국에, 드워프가 지은 왕궁, 거기에 왕비는 하이 엘프에다, 최측근 수호기사는 소드마스터.

공국의 살림을 보살피게 된 리슨 역시 백작의 작위를 받았다. 그가 결혼을 하는 데 장애물은 없어진 셈이었다. 하지만 그는 어쌔신이라는 자신의 숨겨진 직업 때문에 고민했다. 그러나 아그니스는 오히려 그 점에 열광했다고 한다.

드래곤의 사제가 가호를 내린 공국에, 드워프가 지은 왕궁, 거기에 왕비는 하이 엘프에다, 최측근 수호기사는 소드마스터이고 개인 집사는 세상에서 가장 강한 어쌔신.

그 때문에 공국이 수천 년이 지난 후에도 전설로 남게 되었는가?

그 때문만은 아니었다.

그 모든 전설의 중심에는 카이가 있었다.

카이젤 아민 라 로인, 로인의 주인!

마족과 마물에게서 이 세계를 지켜 냈으며, 모든 굴욕을 이겨 낸 승자의 이름!

영원할지니, 그의 이름에 바쳐지는 칭송이여!

인간으로서 가장 강한 이름을 얻은 자여!

바로 카이젤 아민 라 로인, 로인의 주인!

〈The End〉